늑대지만 해치지 않아요

늑대지만 해치지 않아요

01

우유양 로맨스판타지 소설

블라썸

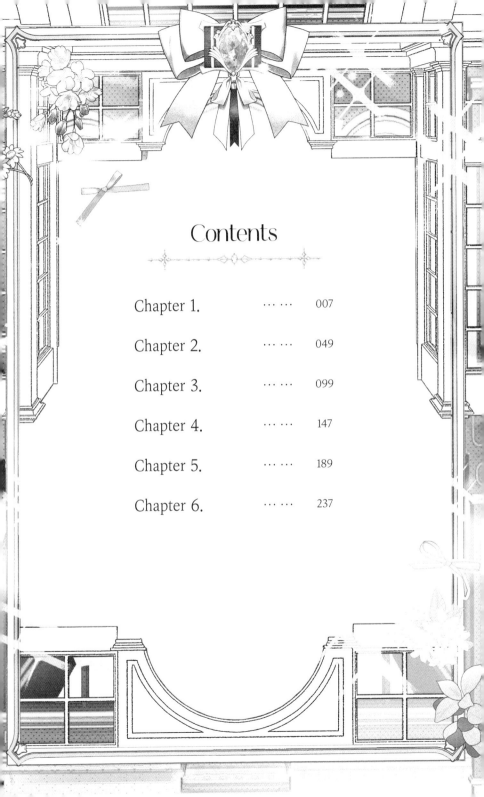

Contents

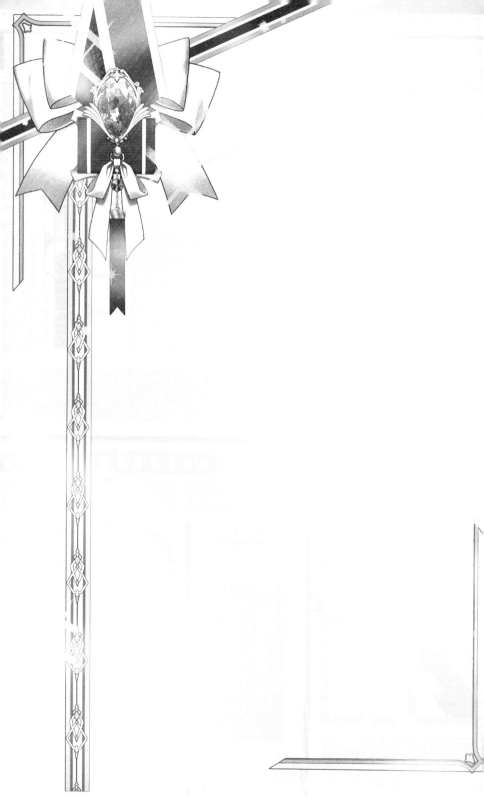

Chapter 1.

늑대지만 해치지 않아요

콩 심은 데는 콩이 나고 팥 심은 데는 팥이 난다는데. 오이 덩굴엔 오이가 열리고 가지 밭에는 가지가 난다는데. 그게 세상의 이치라는데, 이 세상엔 언제나 예외가 존재하기 마련이다.

그래, 만물의 탄생과 죽음, 그리고 그사이에 있는 수많은 일 중 가끔 '이런 일이 있나?' 싶은 사건도 있기 마련이다. 바로 나처럼 말이다.

'왜 내가 예외인데?'

몇백 년 만에 태어난 흰 호랑이나 머리가 두 개인 뱀, 혹은 콩깍지 속에 든 팥. 태어날 때 나는 머리에 호른처럼 돌돌 말린 양의 뿔을 달고 있었다.

'왜 하필이면 그게 나인데?'

그 정도야 뭐, 흔한 일이다. 문제는 우리 부모님이 사자란 것이었다. 황금빛 갈기를 닮은 금빛 머리칼이나 진짜 사자를 닮은 맹수의 귀도 없이, 뿔만 두 개 달고 태어난 것이다.

장난이 아니었다. 남의 경우면 '와, 정말?' 하고 말 일이겠지만, 그게 내 경우가 되니 죽을 맛이었다. 부모님이 싫은 건 아니다. 내가 양인 것도 그리 싫지 않다. 그 둘이 조합되니까 싫은 것이다. 그 누구의 잘못도 아니고 그냥 신의 장난 같은 조합이……

'그래, 내가 양인 게 싫은 건 아냐.'

올해 열다섯, 나는 짙게 선팅된 차창에 비친 내 머리칼 속에 숨겨진 뿔을 바라보았다.

'왜 나를 이렇게 낳았는지 부모님이 미운 것도 아냐. 부모님 잘못이 아닌걸.'

관자놀이 조금 위에 잘 말려진 뿔이 보였다.

중학교에 이르러 차가 멈춰 섰다.

"누나, 학교 잘 다녀와."

동생이 문을 열다 말고 웃으며 인사했다. 황금빛 머리칼에 사자 귀가 달린 동생의 등 뒤로 꼬리가 느긋하게 흔들렸다.

"저녁에 보자."

나는 웃으며 손을 흔들어 주었다. 네 살 터울의 남동생도 전혀 싫지 않다.

'동생도 얼마나…… 착하고 귀여워. 난 행운아야.'

그렇지만 동생이 문을 닫고 멀어지자마자 고개를 숙이고 한숨을 내쉬었다.

"학교 가기 싫다."

그러고 운전기사 아저씨가 듣지 못하게 작은 소리로 웅얼거렸다.

'그런데 그걸 다 조합하니 왜 이렇게 싫을까?'

이 세상엔 각양각색의 동물들만큼이나 각양각색의 사람들이 있다. 그 사람들은 모두 키도 다르고 얼굴도 다르고 몸도 다르고 머리에 난 귀나 뿔이나 이, 손톱과 발톱, 그리고 꼬리도 달랐다. 그러한 생김새를 결정하는 건 대를 이어 내려오는 피였다. 이른바 표현 형질, 우리가 흔히 '특성'이라 부르는 것이다.

학교에선 분명 '특성 위에 특성 없고 특성 밑에 특성 없다'고 하는데, 실제 내가 듣고 겪어 본 바로는 그렇지 않았다. 우리 집안만 해도 사자는 사자와 결혼해 사자만을 낳는다. 사회에서도 특히 '우수한' 특성으로 여겨지는 사람끼리 뭉친다. 학연, 지연을 뛰어넘는 유전. 그런데 내가 태어났다. 아무리 봐도 양의 특성을 가진 내가, 사자 집안에 말이다. 동생과 내가 다니는 사립학교는 육식 특성의 사람들만 다니는 곳이었는데, 당연하게도 그곳에 나 같은 양은 없었다.

나를 돌연변이, 혹은 불순분자처럼 바라보는 그 각양각색의 눈동자. 나와는 너무도 다른 꼬리와 귀들. 내가 학교에 가기 싫을 만했다.

우리 사자 특성을 가진 집안은 소수이다. 그 때문에 다른 특성을 가진 사람들보다 가치 있다고 여겨지고, 희소성을 유지하기 위해 같은 집안끼리만 결혼했다. 이른바 프라이드(Pride) 혹은 라운드(Round)라고 불리는 친족 집단을 형성해서 혈연을 강화시켜 온 것이다.

그러니까 처음에 내가 태어났을 때 난리도 그런 난리가 없었다. 더군다나 먹이 피라미드상 상위 계층과 하위 계층의 결혼 땐 상위 계층에 속한 특성이 발현된다고 하는데 말이다.

사자가 아니라 양이라니. 돌연변이라느니 불륜의 결과물이라느니 얼마나 말이 많았는지 모른다. 가족은 물론이고 프라이드의 순수성에 대한 의심도 한몫 거들어 레오파르디 가문엔 지진이 난 듯했다.

정말 다행인 일이라면, 정략혼이어도 우리 부모님은 서로를 아끼고 사랑한다는 사실이었다. 어쩌면 출생의 비밀을 간직한 채 보육원에 보내졌어도 이상하지 않은 나를, 우리 가족은 사랑으로 보듬어 감싸 안았다.

누군가는 그게 당연한 일이 아니냐고 하겠지만, 나는 대단하다고 생각한다. 쉽지 않았을 거라고 생각한다.

'행운이겠지?'

솔직히 내가 같은 상황이었다고 하면 어떻게 대처했을지 알 수가 없다. 아무튼 우리 부모님은 그때부터 서로의 가계도를 훑어 나가기 시작했다. 상대방의 외도를 의심하기 전에 말이다. 그 과정에서 다행히도 나의 출생 근거를 발견했다.

'세기의 사랑 같은 거 하지 말지.'

우리 가계도에서 이전까진 의식적으로 지워져 있던 딱 한 명. 할머니 소피.

"8대조 할머니께서 양이셨단다."

가문 따위 개나 줘 버린 사랑의 결과물이 내 대에서 발현된 거란다.

"엄마, 아빠, 나는 왜 양이에요? 내 머리엔 왜 뿔이 있어요?"

어린 내가 유치원에서 울며 돌아와 묻자마자, 부모님은 내게 기다렸다는 듯 가계도를 펼쳐 보였다.

"겉으로 드러나는 특성이 무엇이든 너는 너란다, 루시. 네 몸엔 엄마와 아빠의 사랑이 흐르고 있어. 겉보기에 우리가 조금 다를지 몰라도……."

'그러니까 나는 겉으로 보기엔 팥이어도 속 알맹이는 콩이란 거지?'

나는 그렇게 이해했다.

하지만 네 살 터울로 태어난 동생은 나와 같은 양이 아니라 사자였다. 그리고 나의 일부는 분명 사자라는데, 나는 전혀…… 속도 사자 같지 않았다.

나는 이방인이었다. 이 세상엔 분명 사자보다 양의 특성을 가진 사람이 더 많다는데. 왜 내 눈엔 보이질 않을까?

'난 언제까지 이렇게 살아야 할까?'

내색하지는 않지만, 나는 아직도 우리 집 식탁 위에 핏물이 배인 고깃덩이가 올라올 때마다 속이 울렁거린다.

점심시간, 나를 위해 특별히 마련된 샐러드 모둠 팩을 뜯으며 생각했다.

'외로워.'

나의 형질은 누구의 잘못도 아닌데, 나는 외롭다.

'정말로 사무치게 외로워. 그런데 이 외로움을 알아줄 사람이 없어.'

시간을 아주 오랫동안 들여 학생들 틈바구니에서 식사를 마친 뒤, 나는 공책 한 장을 부욱 찢었다.

'여기엔 내 마음을 알아줄 사람이 없어.'

그리고 종이비행기를 만들어, 창문을 열고 하늘을 향해 던졌다.

'다른 곳엔 있을까?'

점심시간이 끝나는 종소리가 들렸다.

'예를 들면 이 학교 너머에?'

물론 이 외로움엔 내가 자처한 바도 없지 않다. 내 머리 위에 난 뿔이 어떻든, 내 성이 '레오파르디'이니 자기 무리에 넣어 주겠다는 일이 왕왕 있었다. 재수 없게 들리겠지만…… 그래. 특성 위에 특성 없고 귀족 제도야 이미 거의 유명무실해졌다지만, 우리 집안은 꽤 괜찮았다.

하지만 그들과 함께해도 이 외로움이 가실 것 같지 않았다. 친구를 만들 수 있을 것 같지 않았다. 나는 가슴이 뻥 뚫린 채 태어난 것 같다. 이 외로움을 누가 채워 줄 수 있을까? 혹은 무엇으로 채울 수 있을까?

'언젠간 알 수 있을까?'

생각해 보니 오늘은 사교 모임이 있는 날이다.

'색종이 남았나?'

나는 찢긴 공책 한구석에 낙서를 끄적거리다 문득 고개를 들어 올렸다. 점심

시간 직후 수업. 머리에 하이에나 귀를 단 선생님이 칠판에 판서해 나갔다.

〈정치〉 시간이었다.

"후……."

가장 좋아하는 시간이었는데도 나는 한숨을 내쉬곤 그 소리의 크기에 놀랐다.

사교계. 각자의 라운드, 혹은 프라이드라고 불리는 혈족 공동체는 또 다른 공통의 목표 아래에 왕왕 모였다.

각각의 특성을 서로 이해하기 위한 교류의 장이라고 했지만, 그것은 명분일 뿐. 만약 그게 진실이라면 그곳에 초식 특성의 사람들은 왜 없을까? 아무튼 명분만으론 정당성이 부족하잖아. 그러니까 자선 파티니 사교 행사이니 구실을 가져다 붙였다.

하지만 서로가 만나서 이룰 진짜 목적이 뭐가 있겠어, 정경유착 혹은 자식들의 맞선이지.

'휴…….'

목적이 그거라서 다행이라면 다행이었다.

'인기 없어서 다행이야, 정말.'

아주 가끔, 특성이 달라도 비슷한 지위를 가진 가문끼리 자식들을 맺어 주는 경우가 왕왕 있었다. 명예가 부족한 신진 가문이 좋은 특성을 가진 자녀와 결혼해 라운드로 들어가는 일도 있었고.

물론 이 둘 중 나는 어디에도 해당 사항이 없었다. 아무리 내 안에 든 피가 사자의 형질을 갖고 있다지만, 막상 시도해 보니 양이라면 어떡하겠는가? 그건 나와 자비롭게 친구가 되어 주는 것과는 전혀 다른 문제였다.

친구라면 여러 명 만들 수도 있겠지만 가족은…… 아니니까.

'나는 누굴 낳아서 그 애한테 나와 똑같은 부담감을 지우고 싶지 않아.'

때문에 나를 포함한 사교계 참석자 중 그 누구도 내 연애 문제에 관심이 없었다. 그래서 사교계에 나갈 때 나의 애티튜드는 간단했다.

예쁜 옷 입고 입장한 후, 처음 30분간은 부모님 곁에서 방긋방긋 웃는다. 묻는 말에 대답 꼬박꼬박 하고, 곧 사람들의 관심이 부모님께로 쏠리면 가장 구석진 자리로 이동한다. 그러고 나서 연회장 발코니 한구석에 앉아 몇 시간이고 종이접기를 하는 것이다.

보통은 휴대전화를 만지작거리는 게 고작이겠지만, 나 같은 경우엔 손을 부지런히 움직이는 편이 나았다.

'휴대전화를 들여다보는 건 생각만 많아지지. 이 지루한 행사에 관해 대화를 나눌 친구도 없는데…….'

파우치에서 색색의 종이를 꺼내 접다 보면 시간을 잊을 수 있었다. 보통 동물농장 한 울타리를 가득 채울 정도로 접다 보면 행사가 끝났다. 그러면 나는 그 결과물을 고이 진주 파우치에 쑤셔 넣고 집에 돌아왔다.

그러니까 오늘도 그랬어야 할 텐데…….

벌컥!

오늘은 좀 달랐다. 누군가 발코니 창을 벌컥 열어젖힌 것이다.

"……헉!"

그건 내가 막 개를 접기 시작하던 때의 일이다. 나는 긴 드레스를 대충 폭이 넓은 난간에 걸쳐 놓고, 두 다리를 아무렇게나 펼친 채로 종이를 접다 깜짝 놀랐다.

"……어?"

누군가의 등장과 함께 연회장 안의 훈풍이 내게 밀려들었다. 나는 난간에 조르륵 줄을 맞춰 올려놓았던 작품들을 급히 드레스 안쪽으로 쓸어 넣었다. 처음엔 날 찾으러 온 부모님인 줄 알았다.

'……뭐야?'

나는 그림자를 먼저 보았다. 동그란 반달 귀가 아니라, 쫑긋한…… 개의 귀.

'개?'

그림자의 주인은 세모꼴의 쫑긋한 짐승 귀와 복슬복슬한 꼬리를 달고 있었다. 나는 고개를 들었다.

회색빛 귀가 돋아난 은발을 단정히 빗어 넘긴 소년이 서 있었다. 머리와 색을 맞춘 것이 분명한 슈트의 등 뒤로는 꼬리가 붕붕 흔들리고 있었다. 말 그대로 프로펠러가 달린 것처럼 붕붕붕.

"안녕?"

귀공자 같은 얼굴을 한 소년이 내게 말했다.

"나는―."

"너 뭐야?"

나는 깜짝 놀란 탓도 있어 날 선 소리를 뱉었다.

"자리 잘못 찾은 것 같은데, 문 닫아!"

"어?"

그러자 남자애의 얼굴은 붉게 물들었다. 나는 다시 말했다.

"방해되잖아. 문 닫으라고."

내 말에 남자애는 고개를 끄덕끄덕했다.

"응응, 알았어."

탁.

그러더니 문을 닫았다. 발코니로 불쑥 들어오더니 말이다.

"어?"

나는 의아했다.

'넌 나가야지…… 왜 들어오고 앉아 있어?'

내 말은 문을 닫고 나가란 뜻이었는데, 이걸 뭐라고 알아들은 건지 내 또래 소년은 발코니 안으로 들어온 다음 문을 닫았다. 그러고는 턱, 하고 잠금 장치까지 꼼꼼하게 걸었다.

"……?"

그리고 '이제 뭐 할까?'라는 듯이 날 바라보았다. 붕붕붕붕—. 꼬리의 속도는 여전했다. 마치 주인을 오랜만에 만난 개처럼 흔들고 있었다.

'지금 나랑 뭐 하는 거야?'

우리 사이로 물음표가 떠다녔다. 나는 남자애의 눈을 바라보며 고개를 까닥여 나가라고 눈치를 줬는데, 상대는 시선을 피하지 않았다. 아니, 피할 줄을 모르는 것 같았다.

"……?"

"…….."

그래서 별안간 눈싸움이 시작되었다. 남자애의 속눈썹은 길고 촘촘했다.

'……어?'

나는 문득 이 애의 눈동자가 달빛 속에서 은빛으로 빛난다는 사실을 알게 되었다.

'아, 이게 아니야! 이게 무슨 일이야!'

지금 상대방 눈 관찰하고 있을 때가 아니었다. 나는 고개를 옆으로 돌렸다.

여전히 남자애의 꼬리는 흔들리는 중이다. 그 소리가 마치 벌들의 날갯짓 소리처럼 들렸다.

"음, 저기."

남자애가 웃으며 물었다.

"여기에서 뭐 하고 있었어?"

나는 이제 어쩔 줄 몰라서 치맛단만 구깃구깃 구겼다. 어색했다.

"너 길을 잃었니?"

"아니?"

"그럼 가족은 어디 있어?"

"……몰라."

"몰라?"

끄덕끄덕.

이제 정말 무안해져 시선을 피하는 것은 나다. 눈치가 없는 건지 눈치를 줘도 물러나지 않으려는 건지, 남자애는 연회색 눈을 뜨고 여전히 미소를 머금고 있었다.

"안녕, 나는 로만이라고 해."

소년은 가슴에 손을 얹고 자기 자신을 소개했다. 부모님이나 형제 혹은 친구, 그 어떤 소개자도 없이 스스로 말이다.

"여기서 뭘 해?"

그게 나와 로만의 첫 만남이었다.

'로만?'

보통 누가 자신을 소개할 때, 믿을 만한 보호자나 소개자란 다리를 거치지 않는가.

"뭘 하냐니……."

하지만 로만의 곁엔 아무도 없었고…… 더군다나 성도 말하지 않았다. 나는 말끝을 흐렸다.

'내세울 만한 집안은 아닌가?'

나는 그렇게 판단했다. 그러니까 내가 누구인지도 모르고 저렇게 얼이 빠져 있지.

'날 처음 본 다른 사람들은 날 신기하게 보거나 불쌍하게 보는데 말이야.'

게다가 나도…… 저런 얼굴을 본 일이 없었다. 로만은 한 번이라도 봤다면, 잊기 어려운 얼굴이었다.

"난, 나는 루시야."

어쨌든 더 이상 눈앞의 남자애를 무안하게 만들 수 없기에, 나도 고개를 까

18

닥이며 내 소개를 간략하게 했다.

'누가 데려가 주면 좋을 텐데.'

보아하니 얼마 전에 사교계 데뷔를 한 것 같은 이 남자애는, 나에 대해 아무 것도 모르는 것 같았다. 그런데 난 이 아무것도 모르는 강아지랑 놀아 줄 생각이 없었다.

'나랑 놀아 봤자 재미없을 거다'라는 기운을 팍팍 풍기며, 나는 다시 내 드레스 안에서 종이로 접은 동물들을 꺼내 진열한 뒤 접다 만 종이를 들었다.

"……?"

로만을 투명인간 취급하며 말이다.

'아니…… 뭐야?'

그런데, 나가지 않는다.

'뭔데?'

이제 종이를 접으면서도 불편해서 견딜 수 없어진 건 오히려 나였다.

'뭐야? 뭐야? 뭐야?'

특성에 따른 성격은 혈액형이나 별자리 점 같은 거라지만……. 개라서 그런가? 사람이 불편해하는 게 보이지도 않나?

'어?'

심지어 남자애는 난간으로 다가오더니 훌쩍 뛰어올라 내 옆에 앉았다. 여긴 우리 집도 아니었고, 내가 이 발코니를 선점했다고 나가라 할 수 있는 것도 아니었다.

"……."

나는 그래서 뭐라고 할 수가 없었다.

"루시."

로만이 다정한 목소리로 물었다.

"재미있어 보이는데 나도 한 장 주면 안 돼?"

나는 고개를 돌려 남자애를 바라보았다. 로만에게서는 한 번도 맡아 본 적 없는 꽃향기와 아몬드 냄새가 났다.

"자."

종이를 준 것은 주지 않으면 그걸 빌미로 계속 말을 시킬 것 같아서였다. 내가 종이를 내밀자 로만은 그걸 소중한 듯이 받아 들었다.

'이상한 애야. 뭐, 지루해지면 나가겠지.'

나는 다시 고개를 숙이고 종이접기를 시작했다.

쥐를 완성한 때였다. 무심코 고개를 들어 보니 로만이 아직도 있었다.

'얜 정말 여기서 뭐 하니?'

인맥을 쌓고 정보를 수집하기 위한 모임인 만큼 시간이 금인데 말이다. 게다가 얘는 종이를 갖고 이상한 짓을 하고 있었다.

"그걸…… 왜 찢고 있어?"

보니까 기껏 준 종이가 날카로운 손톱에 갈기갈기 찢기고 있었다.

"내가 싫음 말로 해. 종이에다 화풀이하는 거야?"

"어? 어? 아냐! 내가 널? 아니, 난 그게 아니라…….."

로만이 당황해 왕왕거렸다.

"그─ 미안해! 하는 법을 몰라서 그랬어!"

"하는 법도 모르는데 종이를 왜 달라고 그랬어?"

"너랑 친해지고 싶어서! 화풀이한 거 아냐! 왜 널 싫어한다고 생각해?"

내가 다그치자 로만은 당황한 얼굴로 숨도 쉬지 않고 말했다. 무슨 뜻인지 알아듣기도 전에 피식 웃음이 나왔다.

"나랑 왜 친해지고 싶은데?"

나는 완성한 쥐를 난간 위에 내려놓았다. 이제 좀 알겠다. 이 애는 누가 떠밀어서 여기에 온 모양이었다.

'저기 저, 머리에 뿔 달린 여자애 보이지? 쟤랑 이야기 좀 하다 오렴.' 하고
말이다.

"누가 나랑 친해지라고 시켰어?"

"어?"

내 말에 로만은 얼이 빠진 얼굴이 되었다.

"저기 말이야, 나와 친해져도 아무것도 나올 게 없어. 난 너와 친해져도 우리
부모님께 아무 말도 안 할 거거든."

심술궂은 말에 그 애는 연회색 눈을 동그랗게 떴다. 그러더니 오히려 내게
물었다.

"지금 우리 사이에 너희 부모님이 왜 나오는데?"

나는 그 말에 허를 찔렸다.

"……어? 응."

나는 순간 할 말을 잃었다.

'그거야 우리 부모님은…… 나는…….'

로만은 여전히 의아한 얼굴이다.

"누가 뭘 시켰다는 거야? 넌 누가 마음에 안 드는 사람과 친해지라고 하면 그
럴 수 있어? 예를 들면…… 저런 놈 말이야."

그리고 발코니의 유리 창문을 바라보더니 누군가를 가리켰다. 거기엔 내가
밥맛이라고 생각하는 표범 남자애가 여자애들 사이에 둘러싸여 있었다.

"아니."

나는 그 말에 웃기 시작했다.

"아니지. 아니야."

왜 순간 웃음이 나왔는지 모르겠다.

"종이접기 가르쳐 줄까? 내 말은, 네가 싫지 않으면 말이야."

"싫지 않아."

회색 색종이를 내밀자 로만이 받아 들었다.

"싫을 리가 있겠어?"

나는 그날 처음으로 누군가와 어울려 놀았다. 처음으로 사교 모임 안에서 나와 다른 특성을 가진 사람과 사교를 한 것이다.

"로만, 넌 개지?"

"어……? 어."

"그럴 줄 알았어. 한눈에 알았다니까?"

하지만 아니었다. 어차피 이 바닥이 거기서 거긴데, 걔는 뭐 그런 거로 거짓말을 했는지 모르겠다. 바보인가?

"그럼 이거 줄게."

나는 접어서 난간 위에 줄지어 놓았던 동물 중에 개를 뽑아 로만에게 주었다. 종이는 많고 나는 늑대를 접을 수도 있었는데, 나중에 걔가 왜 그랬는지 이유를 듣고 나서도 도통 알 수 없었다.

"기분이 좋아 보이는구나."

그날 밤, 나는 어쩐지 아무것도 먹지 않았는데도 배가 부른 듯한 느낌으로 집에 돌아왔다.

백미러에 비친 내 얼굴을 보고 아빠가 말했다.

"네."

내가 대답했다.

"오늘 피아니스트의 연주가 참 아름다웠거든요. 가슴을 울리는 선율이었어요."

"……음?"

나중에 알고 보니 그날 연회에 깔린 음악엔 피아노 반주가 없었다고 한다. 특별히 초청한 피아니스트가 감기에 걸렸기 때문이었다.

'이렇게 괜찮은 애인 줄 알았으면 처음에 그렇게 모질게 대하지 말걸.'

나는 생각했다.

'……상냥할걸. 그럴 수 있었는데.'

로만은 처음부터 끝까지 쭉 상냥했다. 내가 뭘 하는지 알고서도 흥미를 잃고 떠나지 않았다.

'거기서 처음으로 누구와 함께 있었네, 연회가 끝날 때까지…….'

그날 처음으로 사교 모임에 나가길 잘했다는 생각이 들었다.

'나와 친해진다고 해서 얻을 것도 없는데. 난 빛 좋은 개살구일 뿐이니까…….'

밤에 침대에 누워 눈을 감았는데 시끄러워서 눈이 떠졌다. 다른 곳에서 난 소리가 아니었다. 내 심장에서 난 소리 때문이었다.

나는 가슴 위에 두 손을 얹었다. 두근두근. 그리고 손안의 떨림을 느꼈다.

이야기를 나눈 것, 단지 그것뿐이었는데. 그 정도는 다들 하지 않나. 그런데도 눈을 감자 은발에 회색 눈을 한 남자애가 떠올랐다.

그 애는 대화가 즐거웠을까? 처음에 너무 면박을 준 건 아닐까? 내 말이 분명 불쾌했을 텐데, 어떻게 한 발 더 다가올 수 있었을까?

별것 아니었지만, 오늘 일어난 일 모두가 대단하게 느껴졌다. 난 처음에 로만을 퉁명스럽게 대한 게 후회되었다.

'그 애는 한 번도 내 뿔을 신경 쓰지 않았지.'

다음 모임에서도 로만을 만날 수 있을까?

'볼 수 있으면 좋을 텐데.'

생각이 뭉게뭉게 피어올랐다.

'상냥한 애였으니까…… 다음엔 또 다른 사람한테 가겠지?'

다음 모임에서도 내게 말을 걸어 줄까?

곰곰이 생각해 보았지만 알 수 없었다.

다음 모임에서 나는 처음으로 내 드레스가 신경 쓰였다. 재질은 뭐가 더 나을까, 로즈골드색이 나을까 청회색이 나을까. 거울 앞에서 몇 번이고 목걸이를 풀었다가 걸었고 귀걸이를 착용했다 뺐다.

내 방 침대에서 뒹굴뒹굴하던 동생 루이가 한마디 했다.

"그거 하나 안 하나, 누나는 똑같이 예뻐."

난 속마음을 들킨 것 같아 움찔했다.

"예뻐 보이려고 이러는 거 아니거든?"

"그래, 누나. 그런데 누구 만나러 가?"

그 말엔 더더욱 흠칫했다.

"아니이? 내가 만날 사람이 누가 있어?"

나는 결국 귀걸이를 풀어 보석함에 내려놓았다. 어쩐지 너무 꾸민 티가 나는 것 같아서였다.

'어휴…….'

누구한테 잘 보이려고 한 것은 아니었다. 정말로. 정말 누굴 만나러 모임에 가는 건 아니었다.

다만 그날 연회장에 발을 딛자마자 은발 머리 남자애가 그냥 내 눈에 들어왔을 뿐이었다. 그리고 우린 동시에 눈이 마주쳤다. 로만의 두 귀가 쫑긋 섰다.

방긋.

그 애가 활짝 핀 해바라기처럼 나를 보고 웃었다.

'왔어?' 하는 웃음이었다. 로만의 꼬리가 흔들렸다. 나는 괜히 시선을 피했다.

"루시. 왔구나!"

내가 발코니로 향하자마자 나를 졸졸 따라온 로만이 문을 꼭 닫고 말했다. 울창한 버드나무가 발코니의 난간으로 휘영청 늘어져 있었다. 짙푸른 잎사귀가 금방이라도 발코니 안쪽으로 쏟아질 듯했다.

로만의 꼬리가 흔들렸고, 나는 그 흔들리는 꼬리에 안심했다. 로만이 말했다.

"안 오는 줄 알고 걱정했어…… 보고 싶었어."

나는 그 말에 말없이 잎사귀를 만지작거렸다.

'뭘 걱정씩이나 해.'

사실 같은 마음이었지만 굳이 입 밖으로 낼 필요는 없을 것 같았다.

"……종이접기 할래? 내 말은, 너만 괜찮다면 말이야."

내가 할 수 있는 말은 이게 고작이었다.

……누구랑 친구를 해 본 적이 있어야지.

'그런데 얘가 종이접기를 좋아할까?' 하는 걱정이 무색하게, 로만은 고개를 힘차게 끄덕였다. 여전히 회색 꼬리가 흔들리고 있어서 나는 또다시 안심했다.

다행이다. 쟤한테 꼬리가 있어서.

"넌 어느 학교 다녀?"

"우르바노, 넌?"

"유벤시오."

알 만한 사립학교였다. 진짜 괜찮은 라운드에 속해 있어야 들어갈 수 있는 학교. 나는 고개를 끄덕였다.

'그런데 왜 초면일까?'

그리고 뒤이어 갸웃했다. 그 정도의 집안이면 보통 열세 살에 사교 모임 데뷔를 하기 마련인데, 그동안 한 번도 로만을 소개받은 적이 없었다.

'아냐, 다 사정이 있겠지. 궁금해하지 말자. 말해 주기 전까지는…….'

귀족제가 무너지고 부르주아 시대가 열리면서, 새로 형성된 신흥 계급 중엔 개의 특성을 가진 사람이 많다고 들었다.

'새롭게 떠오르는 기업가 집안 같은 건가?'

그런 가문들은 끈끈한 라운드를 형성해도 모임에 잘 불러 주지 않고 은근히 따돌린다는데, 로만도 그 때문에 늦게 모임에 초대받았는지도 모른다.

'잠깐만…… 얘, 그러면 더더욱 나랑만 놀면 안 되는 거 아닌가?'

나는 내 생각에 흠칫했다.

'하지만 얘가 가면…….'

로만이 '왜?' 하는 눈으로 나를 바라보았다. 나는 괜히 우물거렸다.

"거기, 거기선 '삼각 주머니 접기'를 하면 돼. 자, 이렇게."

"'삼각 주머니 접기'가 뭔데?"

"어? 아, 우선 대각선으로 각각 접은 다음에 말이야. 십자 방향으로…….'"

"각각 대각선?"

"내가 잘못했다. 다시 해 볼게, 천천히 따라 해 봐."

로만이 종이를 접는 모습을 빤히 바라보던 내가 물었다.

"그런데 로만? 나랑만 여기 있으면 부모님이 뭐라고 하지 않으실까?"

만일 사교 모임이 처음이라면 지금 이럴 게 아니라, 부모님 곁에서 조금이라도 더 많은 사람과 안면을 터야 하지 않을까?

'음, 내가 개살구라는 걸 어떻게 말하지? 말하긴 했는데, 이해 못 한 건가?'

내가 아무것도 모르는 애를 지금 독점하는지도 몰랐다.

"부모님?"

로만의 얼굴에 설핏 그늘이 드리워졌다.

"아버지가 어떻게 아시겠어, 여기 안 계신데."

"어머니는?"

"돌아가셨어."

"어!"

나는 너무 놀라서 로만의 어깨를 툭, 하고 건드렸다. 로만의 어깨가 내 손안에서 움찔 튀어 올랐다.

"그, 아니, 어쩜 좋아. 미안해, 난……."

어째서 세상의 모든 부모님이 살아 있다고 생각했을까. 당황해서 로만의 어깨를 마구 어루만지며 내가 말했다.

"내가 무신경했어. 내 말은 이런 곳은, 보통 부모님과……."

로만이 다정하게 말했다.

"미안해할 필요 없어. 정말이야, 여긴 형들과 함께 온 거야."

"형들."

"그래, 나는 셋째야. 막내거든."

"형님들과 사이는 좋고?"

로만이 피식 웃더니 미소를 띠면서 말했다.

"개판이야."

개들만이 할 수 있는 조크에 나는 웃었다. 저렇게 웃으며 말하는 걸 보니 실은 사이가 좋을 것이다.

"나는 남동생이 한 명 있는데, 걔는 여기 안 왔어."

"왜?"

"오기 싫다 했거든. 전시당하는 느낌이라고. 하지만 사이는 좋아."

"그럼 넌?"

"어?"

로만이 물었다.

"너는 그런 느낌이 안 들어?"

순진무구한 물음이었다.

"그게…… 들지, 그런데…… 나마저 안 오면 부모님이 쓸쓸하시지 않을까 하는 생각도 들고, 그래서—."

나는 말을 하다 머뭇, 했다. 어쩌면 부모님은 내가 이런 곳에 참석하지 않기를 바라는데, 내가 상처받을까 봐 말을 못 하는 것인지도 모른다는 생각이 들어서였다. 나도 부모님이 상처받을까 봐 거절하지 못하고.

'우린 어쩌면 서로의 눈치를 보느라 악화일로를 걷는 건 아닐까?'

"다행이다."

로만이 말했다.

"뭐가?"

"이유야 어쨌든 여기서 이렇게 널 만나게 됐잖아."

그건 굉장히 무신경하고 자기중심적인 말이었다. 하지만 그 말에 긴장이 탁 풀렸다. 나는 웃었다.

"날 만나서 좋아?"

"응, 좋아."

사교 모임의 목적이 명확하다 보니 모두가 마음을 숨긴다.

'저 꼬리 좀 봐.'

특히 귀나 꼬리는 감정의 척도라, 그걸 움직이지 않는 훈련을 받거나 고정하는 장치를 쓰는 사람도 있다고 했다.

'넌 참 순진하다.'

하지만 적어도 로만은 그 장치를 쓰지 않나 보다.

'막내라 그런가?'

꼬리는 흔들리는 것이 마땅하다는 듯 나를 보고 나서 한 번도 멈추지 않았다. 그래서 나는 안심할 수 있었다.

"남동생이랑 사이는 어때?"

로만이 물었다.

"좋아, 아니…… 좋을까? 잘 모르겠어."

"왜? 많이 싸워?"

"안 싸워. 동생은 절대로 내게 싸움을 안 걸어. 그래서 오히려…… 잘 모르겠어. 가끔은 싸워야만 알 수 있는 게 있잖아."

어떻게 사자가 양에게 싸움을 걸 수 있겠어? 루이한테 나는 못 미더운 누나일 것이다. 하지만 내 말에 로만은 의아해했다.

"안 싸우면 좋은 거 아닌가?"

"응…… 그렇겠지."

"정말로 그래. 우리 가족은 심심하면 서로한테 시비를 건다고."

로만이 단호하게 말해서 난 또 안심했다.

"그럼 좋은 건가 보다."

형이 두 명 있다기에 나는 개 두 마리를 접어서 로만한테 선물해 주었다. 혼자서 하던 걸 둘이서 하다 보니 종이가 금방 떨어졌다.

"로만."

"응?"

종이도 떨어지고 화제도 떨어지고……. 갑자기 무슨 생각이 떠올랐는데, 이게 맞는 건지 몰랐다.

'실례가 아닌가?'

나는 말을 꺼내기까지 머뭇, 했다.

"저기 내가…… 좋은 거 해 줄까?"

로만의 귀가 쫑긋했다.

"뭔데?"

"내가 전에 책에서 읽었거든. 그러니까 너만 괜찮다면……."

"응?"

"머리를 쓰다듬어 줄게. 그럼 개는 스트레스가 많이 풀린대."

하지만 그 말에 로만이 금시초문이라는 듯 눈을 동그랗게 떠서 나는 자신이 없어졌다.

"하긴 이게 다 다르지? 공들여 만진 머리도 망가질 테고. 그게, 나는……."

아까 무신경하게 꺼낸 말이 너무 미안해서 한 말이었는데.

"아니? 맞는데? 맞아! 만져 줘."

로만이 얼른 고개를 숙였다. 그 말에 나는 연회용 장갑을 벗고 로만의 머리를 빗듯이 만져 주었다. 갑자기 그 애의 입에서 아우…… 하는 소리가 났다. 나는 황급히 손을 떼었다.

"아냐, 아냐. 좋아서 그런 거야."

"……그래?"

"더 해 줄래?"

"응."

나는 로만의 머리가 망가지지 않게 조심조심 만졌다. 이것으로 내 말실수가 좀 만회되었으면 좋겠다고 생각하면서.

머리를 내어 준 로만은 계속 목에서 이상한 소리를 냈다. 아우우…… 하는.

'개들이 이런 소리를 내던가?'

모르겠다. 개든 고양이든 어디 친구가 있었어야지…….

어째서 끝도 없이 지루하게만 느껴지던 파티가 이렇게 일찍 끝났는지 모르겠다. 웅성거리는 소리에 난간에서 내려와 발코니의 문을 여는데, 등 뒤에서 로만의 목소리가 들렸다.

"우리, 다음 모임에서도 만날 수 있겠지?"

고개를 돌리자 애원하는 듯한 로만의 얼굴이 있었다. 그 목소리도 목소리지만, 축 처진 귀에서 로만의 아쉬움이 진하게 느껴졌다. 정말 솔직하다니까. 나는 웃었다.

"몰라."

"왜?"

"애초에 다음이 언제인지도 모르잖아. 이런 모임이 날짜를 정해서 열리는 것도 아닌데."

내 웃음에 로만의 꼬리도 땅에 끌렸다.

"그래도 아마 나는 올 거야."

내가 말했다.

"약속을 할 수는 없겠지만, 또 만나면 함께 놀자."

내 말에 로만이 활짝 웃었다.

그다음 갑자기 사교 모임이 비정상적으로 확 늘어난 건, 지금 생각해도 이상한 일이다.

'이게 무슨 일이지?'

사실 사교 모임이 그렇게 큰 규모로 열리는 일은 많이 없거든. 그것도 우리 부모님이 참석해야 할 만큼 큰 규모로 말이다.

아무튼, 집으로 돌아가는 길. 나는 사실 후회했다.

'아!'

차 뒷좌석에서 뒤늦게 말이다.

'휴대전화 번호 받을 걸 그랬나?'

하지만 다시 망설여졌다.

'우리가 그렇게 친한가? 사교 모임 밖에서도 개인적으로 만날 정도로?'

나 혼자는 괜찮다. 하지만 로만은 나중에 나 같은 거랑 논다고 피해를 입을 수도 있고……. 로만은 함께 있으면 날 좋아한다는 걸 알겠는데, 이렇게 혼자

고민하다 보면…… 걜 잘 모르겠단 생각이 들었다.

'우린 그냥…… 사교 모임 친구인가?'

그날 밤, 내가 부모님한테 로만의 이야기를 꺼낸 건, 아마 그런 불안감이 반영되어서일지도 몰랐다.

"엄마?"

"응?"

"역시 전 친구를 사귀는 법을 잘 모르겠어요……."

"친구?"

"오늘 무례한 말을 한 것 같기도 하고……."

얼마만큼 거리를 벌려야 하는지, 또 어떻게 다가가야 하는지.

"친구를 사귀었니?"

놀란 아빠가 물었다.

"아니요."

알쏭달쏭했다.

"친구까지는 아닌데……."

사귀어 본 적이 없으니 헷갈렸다. 우리가 무슨 사이지?

'내가 지금 친구를 사귄 것 같기도 하고, 아닌 것 같기도 하고…….'

"누구 말이니?"

아빠가 물었다.

"……."

나는 그 물음에 잠깐 할 말이 없었다.

"아마 말한다고 해도 모르실 거예요."

우린 단 두 번 만났을 뿐이었다. 게다가 로만은 아직 나한테 자기 성을 알려 주지 않았다. 알려 주기 싫은 걸까?

'걘 참 비밀스러워.'

자기 전까지도 나는 로만을 생각했다.

'그래서…… 더 특별하게 느껴지는 것 같아.'

우린 생각보다 금방 만났다. 내 고민이 무색하게 말이다.

"우리 생각보다 일찍 만났다."

아니, 꽤 자주 만났다. 방긋 웃는 로만한테 내가 말했다.

"이상하게 이번 달에 모임이 많네."

"그래서…… 싫어?"

로만이 내 눈치를 보며 물었다.

"아니, 좋아."

그러나 이상한 일이었다, 확실히.

'우리 일주일에 한 번은 만나고 있잖아?'

우리 부모님은 사교 모임에 자주 얼굴을 비치는 편이 아니었다. 그런데 연말 시즌도 아닌 지금, 자선 파티가 주마다 연이어 열리고 있지 않은가?

"그거 알아? 소문에 따르면 이 모임들의 뒷배에는 바스커빌 가문이 있다는데 말이야."

알고 보니 근래 열리는 모임의 주최자는 돈 많기로 소문난 가문이었다.

"아무래도 그 가문이 요즘 뭔가를 모의하고 있나 봐. 아니면 정치계로 진출할 건가?"

난 로만을 위해 사교계에 참석해야만 들을 수 있는 고급 정보를 알려 주고 싶었을 뿐인데, 정작 본인은 움찔했다.

"그게 아니라, 말 그대로 그, 응, 자선을…… 가진 것을 그게 필요한 사람과 나누려는 게 아닐까?"

"로만, 넌 참 순진하구나."

우리 로만 어쩌니.

내가 웃었다.

"그래도 널 만나니까 참 좋다."

아무튼 나야 좋았다. 그렇게 몇 번 만나자, 우리 사이엔 자연스러운 약속이 생겼다. 연회장에 들어가면 서로를 찾는다. 눈인사를 한다. 남들 눈을 피해 둘만 있을 장소를 찾는다. 그런 식으로 열 번은 만났을까? 어느 날, 내가 먼저 용기를 내어 말을 꺼냈다.

"로만."

"응?"

계절이 가을에서 초겨울로 바뀌어 가고 있었다.

"아무리 생각해도 발코니는…… 너무 열린 장소 같아. 그러니까 이제 우리, 여기 말고 안으로 들어가지 않을래?"

"안이라면, 연회장 말이야?"

마치 소공자처럼 차려입은 로만이 고개를 갸우뚱했다. 내가 조금 답답해하며 로만의 귀에 대고 속삭였다.

"아니, 연회장 말고 좀 더…… 은밀한 곳 말이야."

로만의 눈이 커다랗게 뜨였다. 그 뒤, 우린 작당 모의를 하는 스파이처럼 남들 눈치를 보며 연회장 위층에 마련된 손님용 침실에 숨어들었다. 그리고 그 안에서 뭘 했냐면…….

"나 오늘 반짝이 색종이 가져왔다?"

"아, 진짜?"

"그것뿐이 아냐, 무려 두 면이 다…… 홀로그램이라고."

"얼른 보고 싶어."

"빨리 갈게, 먼저 방 잡아 놓고 있어."

종이접기를 했다.

'걘 도대체 왜 내 장단에 맞춰 준 걸까?'

연말까지 내내, 남들 눈엔 어찌 보이나 상관없이, 우린 열다섯이나 먹어 놓고 푹신한 침대에 앉아 종이만 접어 댔던 것이다.

"고마워, 집에 가져가서 장식해 놓을게."

그리고 다 접은 종이는 늘 로만이 소중한 보물이라도 되는 듯 들고 갔다.

'휴, 누가 누구더러 순진하단 거야.'

지금 와서 생각해 보면 도대체 왜 그랬는지 믿기지 않는다. 종이접기 말고도 할 게 많았을 텐데, 처음에 종이를 접었다고 만날 때마다 그럴 필요는 없었는데. 왜인지 모르게 일은 그리되었다.

아, 생각해 보니 종이만 접었던 건 아니다. 음식도 가져와서 먹었다. 시각적인 만족을 위해 장식된 파슬리나 셀러리, 브로콜리, 방울토마토가 내 것, 고기가 로만의 것이었다. 실로 우아하게 칼질을 하는 로만의 이는 육식을 하는 짐승답게 날카로웠다.

"왜?"

반짝거리는 하얀 이. 로만은 음식을 먹다 말고 나를 바라보더니 입을 손으로 숨겼다.

"내가 너무 게걸스러웠어?"

그러더니 뭘 지레짐작했는지 얼굴이 하얗게 질렸다.

"아, 내가 무심했어. 네 앞에서…… 이거 양고기야?"

"나 진짜 양은 아니거든?"

무심하긴? 그때 나는 어째서 로만이 고기를 먹는 게 아무렇지도 않게 느껴지는지 스스로 고민 중이었다.

"육식이 왜? 살기 위해서 먹는 건데 뭐가 어때서?"

나는 고개를 절레절레 저었다.

"괜히 나 배려하지 마. 이런 모습 많이 봐 왔어. 실은…… 나 우리 가족과 특성이 다르거든."

"아, 정말?"

나는 웃을 뻔했다. 이 연회장에 양의 특성을 가진 건 나밖에 없는데.

'알고 있었으면서. 얘 정말 거짓말 못 한다.'

내가 어떤 의미로 유명한지, 내가 가장 잘 아는데. 로만의 당황스러움이 그대로 얼굴에 드러났다.

"그런 경우 있다고 하잖아."

"그래, 맞아. 그래서 난 우리 가족이랑도 식성이 달라. 뭐, 파티에 참석하는 가문의 특성은 거의 다 먹이 피라미드 윗부분에 위치하고 있으니까."

내가 말을 하면 할수록 로만의 표정이 어두워졌다.

"나 같은 사람을 배려하기 힘들지. 나도 그게 맞다고 생각해. 소수를 위해 다수가 희생할 수는 없는 거잖아. 난 익숙해."

나는 로만이 죄책감을 느낄까 봐 부러 속사포처럼 말했다.

"왜? 익숙해질 필요 없어."

하지만 로만은 당황해하며 말했다.

"어?"

"전혀 익숙해질 필요 없다고. 익숙해지면 안 되는 거잖아."

나는 그 말에 눈을 동그랗게 떴다.

익숙해지지 않으면…… 내가 여기서 어떻게 살아야 하는데?

"그래도…… 내가 우리 부모님더러 나의 식성에 맞추라는 건 또 다른 폭력이잖아."

그걸 시작으로 나는 로만과 조금 더 깊은 이야기를 하게 되었다.

"가끔 난 내 존재 자체가 누군가한테 폭력이 될 수도 있단 생각을 해."

그 누구와도, 한 번도 해 본 적이 없는 이야기였다.

"그래서 내가 멀리 떠나는 게 모두에게 좋지 않을까 하고."

"뭐?"

"그렇잖아. 특성이 달라도 하다못해 너처럼…… 개나 다른 특성이었으면 괜찮았을 텐데. 그럼 적응하기 쉬웠을 텐데."

"루시, 그건…….'"

"네가 무슨 말을 하려는 건지 알아."

어느새 우리의 두 손은 멈춰 있었다.

"내가 태어나자마자 내정되어 있던 정략혼은 파투 나고, 신문에는 자극적인 헤드라인을 단 기사들이 실렸대."

덕분에 나는 깨닫기도 전에 유명 인사였다. 사자 가문에 태어난 양이라고 하면 다 누군지 안다.

"어렸을 때 난 내가 입양아라고 믿고 싶었어."

난 별로 유명해지고 싶지도 않았는데.

"그런데 엄마랑 아빠는 내가 묻자마자, 사전처럼 두꺼운 유전학 논문과 저 먼 선대조까지 연결된 가문 트리를 보여 주더라."

"오, 불쌍한 루시."

한때 난 내 이름이 '불쌍한 루시'인 줄로만 알았다.

"날 이해해 줄 가족이 어딘가 있으리란 생각은 산산조각이 났어. 왜냐하면 나한테 양의 특성을 물려준 할머니는 돌아가셨으니까."

안다. 그건 부모님의 배려였다. 겉으로 발현된 특성에도 불구하고 '너는 우리의 딸이란다.' 하는 말이었다. 지금은 그게 무슨 뜻인지 안다. 하지만 당시에는 몰래 숨어 얼마나 울었는지 몰랐다.

"물론 다르다는 게 틀린 게 아니라고 배우고, 나도 그게 실제로 맞단 걸 알

아. 하지만 그게 정말 현실에 적용되느냐…… 하면 잘 모르겠어."

이건 내가 지금까지 누구한테도 말한 적이 없던 이야기였다.

"가끔 만나는 친척들도 내 뿔에 대해 절대 언급하지 않지. 마치 그걸 언급하면 자기 머리에도 뿔이 돋아나는 줄 아는 것처럼."

누구한테 말할 수 있을까? 여기 있으면 점점 투명인간이 될 것 같다고. 부모님은 나를 사랑하고, 나도 부모님을 사랑하는데. 그런데도 나는 외로움이란 허기를 달랠 길이 없었다.

"가끔 우리 가족이 무인도에 떨어지면 어떨까 상상해. 한 40일 정도 굶었을 때 가장 먼저 잡아먹히는 건 내가 아닐까?"

나는 눈을 동그랗게 뜬 로만을 보고 웃어 버렸다.

"너무 심각한 이야기를 했지? 미안해."

맞아, 들으면 심각해질 이야기니까 그 누구에게도 하지 않은 것이다. 그런데 왜 로만한테는 털어놓았을까?

나는 종이로 장미꽃을 완성해, 심각한 얼굴을 한 로만의 귀에 꽂아 주었다.

"그냥 웃어넘기자."

로만이 장식용 파슬리로 가득한 접시로 포크를 뻗은 건 그때였다.

"어?"

꿀꺽.

로만이 파슬리를 삼키는 소리가 크게 들렸다. 목울대가 꿀렁거렸다. 나는 눈을 커다랗게 떴다.

"야…….”

"그렇게 맛없진 않아."

로만이 말했다.

"이런 게 뭐 대수라고. 평생 먹고 살 수도 있을 것 같은데?"

그러더니 내 귀에 대고 속삭였다. 마치 비밀 얘기라도 털어놓는 것처럼 말이다.

"느…… 아니, 걔는 잡식이야. 개 풀 뜯어먹는 소리라는 말도 있잖아."

나는 순간 반박하려 했다.

'그건 말도 안 되는 소리란 뜻이잖아.'

하지만 말을 하는 로만의 표정은 진지했다.

"루시, 난 풀도 과일도 먹을 수 있어. 그러니까 설령 너랑 내가 무인도에 떨어진다고 해도 우린 잘 살 수 있을 거야. 바로 지금처럼……."

로만의 말대로 그건 개 풀 뜯어먹는 소리인데, 난 그 말에 웃음이 났다. 나는 로만의 등을 다정하게 두드렸다.

"웃기는 소리 하지 말고 나가자, 파티가 끝날 것 같아."

언제부터인가 음악 소리가 들려오지 않는다.

"벌써?"

로만의 목에서 끄응, 하는 신음이 흘렀다. 그때였다. 문고리가 돌아가는 소리가 들리더니 손쓸 새도 없이 문이 벌컥 열렸다.

"어……?"

나는 열린 문을 멀뚱멀뚱 바라보다 말했다.

"엄마?"

내 말에 로만이 침대에서 용수철처럼 벌떡 튕겨져 올랐다.

충분히 오해할 수 있는 상황이었다.

"……."

그날 밤, 집으로 돌아가는 차 안에는 침묵이 무겁게 감돌았다. 부모님과 맞닥뜨린 순간, 나는 로만이 무어라 말하기도 전에 그 애를 소개했다.

"제 친구예요!"

나는 그동안 내가 누군가의 소개자가 될 줄은 꿈에도 몰랐다.

"형님들이 기다리시겠다!"

그러고는 부모님이 로만을 추궁하기 전에 등을 떠밀어 얼른 밖으로 몰아냈다. 그게 끝이었다.

'로만이 나한테 잘못한 게 뭐야?'

나는 부모님이 로만의 태도를 지적하지 않기를 바랐다. 하지만 방 안에서 단둘이 논 건 정말 잘못했다는 생각이 들긴 했다.

남들이 보기에는 착각할 수도 있었을 것이다. 날 마치 손에서 놓으면 깨져버릴 유리 인형처럼 감싸고도는 부모님이라면 더더욱…….

"그 애가 네가 말했던 새로운 친구니?"

"……네."

이상하게도 이제야, 입 밖으로 말하고 나니 우리의 관계의 형태가 뚜렷해졌다.

열다섯, 나는 처음으로 친구를 사귀었다.

"루시, 난 풀도 과일도 먹을 수 있어. 그러니까 설령 너랑 내가 무인도에 떨어진다고 해도 우린 잘 살 수 있을 거야. 바로 지금처럼……."

그것도 아주 다정한 친구를…….

내 귀가 붉어졌다. 그리고 갑자기, 뜬금없이, 가슴이 뛰었다. 엄마는 내 얼굴을 들여다보더니 걱정스러운 표정으로 말했다.

"아무리 그래도…… 방 안에 단둘이 있는 것은 좋아 보이지 않더구나. 더군다나 내가 알기로 그 아이는…….."

나는 그 말에 흠칫했다.

"엄마, 우린 정말 종이접기만 했어요. 믿으시지 않을지도 모르겠지만요. 남들이 보기에 어떨지 생각하지 못했어요. 그런데……."

내가 말했다.

"지금 하실 말이 그 애가 아닌 가문에 대한 험담이라면 거라면 듣지 않겠어
요. 나는 로만의 부모님이 아니라 로만을 만나고 있으니까요."

나도 생각지 못한 말이었다. 하지만 마치 아주 오래전부터 이 생각을 하고
있었다는 듯 말은 술술 흘러나왔다.

"그 애는 착하고, 다정하고, 절 그냥 루시로서 바라보고 다가와 주었어요. 그
래서 더 걔가 좋아요."

언제부터 그런 생각을 했는지, 또 내 가슴속 어디서 그런 말을 할 용기가 났
는지도 몰랐다. 부모님은 그 말에 나를 바라보았다.

"그래, 맞는 말이다."

사자 갈기 같은 풍성한 턱수염을 쓰다듬으며 아빠가 고개를 끄덕였다.

"친구는 가문을 보고 사귀는 것이 아니지. ……친구는 말이야."

맞아, 그렇다.

'중요한 건 너라는 존재지. 너를 둘러싼 가족이나 친구들이 아니야.'

하지만 그것과는 별개로 나는 깨달았다. 내가 그 애를 둘러싸고 있는 것들
중 아는 게 거의 없다는 것을.

'우린 친구인데.'

나의 속마음을 내보였을 때, 로만은 나도 모르던 가장 옳고 알맞은 답을 해
주었다. 나는 반대로 생각해 본다.

'나는 어떤가?'

로만의 말에 올바른 답을 제시해 주거나 위로해 준 적이 있었나?

'어?'

나는 침대에 누워 있다 벌떡 일어났다. 없었다.

'난 그 애에 대해 아는 게 없어.'

그 애의 집, 라운드, 학교생활, 좋아하는 음식이나 취미, 심지어 전화번호……. 아는 게 마치 모르는 사이처럼 없었다. 나는 멍하니 있다 다시 침대에 풀썩 쓰러졌다. '내가 이기적이었나?' 하는 생각이 들었다.

'뭔가 좀 더 물어보는 건데. 스스로 알려 주길 바란다고 생각하면서…… 내가 노력해서 알 생각은 하지 않았구나.'

아는 건 그 애의 이름이 로만이라는 것, 아버지와 사이가 좋지 않아 보인다는 것, 형이 둘 있다는 것, 어머니가 돌아가셨다는 것…….

'물어볼 걸 그랬어.'

나는 갑자기 로만한테 미안해졌다. 종이접기도 내가 좋아하는 것이었지, 로만은 처음에 어떻게 접는지도 몰랐다. 그런데 나는 어떤가?

'내가…… 이기적이었어.'

그 애가 나와 놀기 위해 하나부터 열까지 나한테 맞춰 주었다는 것을 깨닫자, 얼굴이 터질 것처럼 붉어졌다. 이곳만 벗어나면 친구를 얼마든지 사귈 수 있는 것처럼 굴었으면서. 정작 있는 친구한테는 이렇게 무심했다니…….

'어쩌지…… 나랑 노는 거 진짜 재미없었을 거야.'

무의식중에 마음만 먹으면 언제든 로만을 만날 수 있다고 생각했는지 모른다. 나에게 편리한 대로 감정을 쏟아부었는지도 모른다.

'다음에 만나면 로만이 좋아하는 걸 물어보자, 연락처도 물어보고…… 우선 사과하자. 그 애가 해야 할 말을 들어 주지 않은 것에 대해.'

사과하자. 뭘 어떻게 사과해야 할지는 모르겠지만.

'많이 놀란 표정이었는데, 저번 일로 멀어지는 거 아냐?'

나는 반은 두려움에 떨면서 다음 모임에 참석했다. 그리고 보니 그 애를 만난 건 늦여름이었는데, 벌써 연말이 되어 있다.

'……어?'

그런데 이상한 일이다. 로만의 모습이 보이지 않았다. 나는 처음으로 온 연회장을 누벼 가며 로만을 찾았다. 마치 떨어진 브로치라도 찾듯 말이다.

"무슨 일이야?"

사람들과도 부딪쳤다.

"아, 미안해."

하지만 쫑긋한 세모 귀가 솟은 은발이어서 손을 뻗어 보면 다른 사람이었다. 나는 점점 가슴이 선뜩해졌다.

'만약 로만이 사라져 버리면? 갑자기 나타나지 않으면?'

혜성처럼 빛나며 솟아오르는 가문이 있는가 하면, 갑자기 땅으로 꺼지는 가문도 왕왕 존재한다. 나는 어째서 우리의 만남이 영원할 거라고 생각했던 걸까? 요즘 파티가 잦아서?

'도대체 난 왜 휴대전화 번호를 교환하자는 이야기를 안 한 거야? 또 그 앤 왜 나한테…….'

인파 속에서 나는 점점 울 것 같아졌다.

'아……!'

후회의 물결 속에 휩쓸리고 있는데 누군가 위에서 내 어깨로 손을 턱, 하고 얹었다.

"루시?"

나는 고개를 들어 올렸다.

"루시 맞지?"

로만은 아니었다.

"안녕, 난 로만의 형이란다."

고개를 들어 올리고도 한참 위에 머리가 있었다. 로만과는 나이 차가 많이 나 보이는 어른이었다.

"예? 아, 네, 저 루시 맞아요."

은발 머리 위에는 움직임 없는 세모꼴의 회색 귀가 있었다. 형이라서 그런지 얼굴에서 로만이 얼핏 보였다. 그가 고개를 숙이며 싱글싱글 웃었다.

"로만은……?"

"그래, 로만한테 네 이야기를 많이 들었어. 실례가 될지 모르겠지만 우리 둘 다 로만을 알잖니? 그러니 내 소개를 할게. 나는 해롤드 바스커빌이라고 한단다."

로만의 형이 한 자기소개에 난 딱딱하게 굳었다.

"……예?"

난 그 순간 퍽, 하고 명치를 맞은 느낌이었다. 나도 모르게 신음하듯 중얼거렸다.

"바스커빌이요?"

"그래, 바스커빌."

해롤드 씨의 눈이 웃음기를 가득 담고 구부러졌다.

"……."

나는 그 가문을 잘 알았다. 아니, 모르는 게 더 이상하다. 세 번째 세계대전 이후 급격히 성장한, 전 세계를 무대로 하는 다국적 기업 가문이 아닌가?

부모님이 정치인이니 더 잘 안다. 반대 당을 우선적으로 지원하는 그들의 로비스트에 부모님이 골머리를 앓고 있었다.

아니, 그건 문제가 아니지. 그 가문은 늑대였다. 늑대! 그것도 바스커빌 가문의 늑대. 왕관을 쓴 회색 늑대의 문장.

'허…….'

머리에 바스커빌가의 문장이 떠오르며 종 울리는 소리가 들렸다.

댕…… 댕댕…….

나는 멍했다. 자기소개를 먼저 한 사람 앞에서 그리 경악한 표정을 지었으니

실례가 아닐 수 없었다. 게다가 그 '바스커빌 가문'의 사람인데 말이다.

"……."

하지만 할 말이 없었다. 첫 만남부터 지금에 이르기까지, 로만이 한 모든 말과 행동이 머릿속에서 주마등처럼 재생되었다.

"나는 개야."

"느…… 아니, 개는 잡식이야. 개 풀 뜯어먹는 소리라는 말도 있잖아."

"난 풀도 먹을 수 있고 과일도 먹을 수 있어. 그러니까 설령 너랑 내가 무인도에 떨어진다고 해도 우린 잘 살 수 있을 거야. 지금처럼……."

'어떻게……?'

내가 한 말도 떠올랐다.

"그거 알아? 소문에 따르면 이 모임들의 뒷배에는 바스커빌 가문이 있다는데 말이야."

뭐라고 했더라? 욕은 아니더라도 이상한 말을 한 거 같은데?

"아무래도 그 가문이 요즘 뭔가를 모의하고 있나 봐. 아니면 정치계로 진출할 건가?"

창백한 로만의 얼굴까지 기억이 난 뒤, 나는 입을 벌린 채로 가만히 있었다.

"……."

해롤드 씨는 그러는 동안 빙긋빙긋 웃으며 나를 참을성 있게 기다려 주고 있었다.

'알았으면 그런 말 안 했을 거 아냐!'

나는 심한 사기를 당한 기분이었다.

'아니, 왜? 도대체 왜? 심지어 바스커빌이 되어 가지고, 왜?'

아주 가끔 귀나 꼬리를 염색하거나 가짜 귀를 달고 자기의 특성을 속이는 사람이 있다고도 들었지만, 왜?

'어떻게……!'

울컥하고 무엇인가 아랫배에서부터 솟아올랐다. 분노였다. 배신감에 온몸이 떨렸다.

'이 개새끼, 아니 늑대 새끼가 진짜……!'

나는 파티에 오기 전까지 내내, 왜 로만에게 자기 자신에 대해 말할 기회를 주지 않았을까 고민했다. 하지만 아니었다. 걘 말을 안 한 게 아니라, 무슨 이유인지는 모르겠지만 의도적으로 날 속인 거였다.

'그럼 지금까지 내가 만난 애는 누구야?'

나는 눈물이 다 날 지경이었다.

'나는 그 누구한테도 말 안 한 얘기도 다 했는데……. 나는 믿었는데…….'

왜 그랬는지 모르겠다. 이유를 알고 싶었다. 내 분노를 아는지 모르는 척하는지, 해롤드 씨가 말했다.

"루시, 로만 그 녀석이 오늘 개도 걸리지 않을 홍역에 걸렸지 뭐니. 참 이상하지. 예방 주사도 맞았는데 말이야. 루시는 홍역에 걸린 적 있니?"

"예?"

홍역이란 말에 나는 흠칫했다.

"로만이 많이 아파요?"

로만이 홍역에 걸렸다는 말에 순간 분노가 사르르 녹았다.

"그래, 지금은 거의 다 나았지만 말이야. 그래서 루시 네가 홍역에 면역이 있다면, 오늘 병문안을 와 주었으면 해."

해롤드 씨는 다음 말을 비밀 이야기라도 하듯 속삭였다.

"걔가 널 많이 그리워하거든."

그러고는 고개를 갸웃갸웃했다.

"밤마다 달을 보며 울지. 또 뭐라더라…… 무슨 아보…… 카도라던가? 채소 도 먹고 말이야."

나는 점점 입가에 드리운 해롤드 씨의 웃음이 이상하게 느껴졌다.

"로만이 나한텐 네가 걱정할 테니 아무 말도 하지 말라고 했지만, 형이 되어 서 어떻게 그럴 수가 있겠니? 귀여운 동생인데 말이야."

도대체 동생이 아프다는데 왜 저렇게 흐뭇하게 웃고 있는 걸까?

'그렇게 상큼하게 웃으실 때가 아닌 거 같은데요?'

해롤드 씨가 말했다.

"그래서 말인데, 오늘 와 줄 수 있겠니?"

바스커빌가로부터의 초대였다.

"네가 와 준다면, 로만한텐 아마 미리 받는 크리스마스 선물 같을 거야."

나는 친구 집에 한 번도 가 본 적이 없었다. 게다가 바스커빌이라면……. 나 는 망설였다.

"로만이 널 많이 좋아해. 네 얼굴만 봐도 나을지 몰라."

하지만 그 말을 들은 순간, 갈 수밖에 없었다.

"부모님께 허락받고 올게요."

"함께 가도 될까? 부모님께 나를 소개해 줄래?"

정말 아주 많이…… 로만의 얼굴이 보고 싶었다.

Chapter 2.

늑대지만 해치지 않아요

해롤드 씨는 이미 부모님과 안면이 있는 듯했다. 생각해 보면 당연했다. 그 기업의 자제분인데 부모님이 모를 리 없었다. 사이도 안 좋은걸.

"둘은 이미 사이좋은 친구고 아직 어린아이들인걸요. 걱정하시는 일 없게 제가 잘 모셨다 늦지 않게 돌려보내 드리겠습니다."

해롤드 씨도 이 상황을 아는지 자초지종을 설명했지만, 부모님은 역시나 마뜩잖은 표정이었다. 겉으론 품위 있는 태도를 취하고 있지만, 딸인 내게는 망설임이 느껴졌다.

내가 딸이 아니라 아들이고, 양이 아니라 사자였다면 상황이 달랐을까?

"로만이…… 보고 싶어요."

우리 집안은 일찍이 무엇이든 하고 싶은 것, 필요한 것이 있으면 토론과 설득으로 해결했다. 그 과정이, 나중 세상에 나가 무슨 일을 할 때든 자기 생각을 관철하는 데 도움이 될 것이라는 이유에서였다.

"난 그 애 친구고, 로만이 절 보고 싶어 해요."

나는 그날 처음으로 부모님께 뭔가를 졸랐다. 바스커빌과 부모님의 입장상 그리 좋은 관계가 아니라는 걸 알면서도 말이다.

"그 애는 나한테 잘해 줬어요. 나도 그러고 싶어요……."

부모님은 걱정스러운 얼굴로 서로를 바라보았다. 그리고 곧 엄마를 바라보며 아빠가 내 머리를 다정하게 쓰다듬었다.

그래서 나는 난데없이 연회장을 빠져나가는 바스커빌 가문의 차 뒷좌석에 앉게 된 것이었다.

해롤드 씨 옆자리에 앉은 나는 없는 기억 있는 기억을 다 쥐어 짜냈다.

'그러고 보니 그룹 회장님께서 거의 10년째 병을 이유로 두문불출 중이시지? 부인이 세상을 떠난 뒤로. 그래서 장남이 사업을 맡았고.'

바스커빌가에 대한 정보였다.

'아, 해롤드 씨는 그럼 가문 안살림을 맡고 있다는 둘째겠구나. 그래, 맞아. 아직 사교계에 데뷔하지 않은 막냇동생이 있단 얘기는 들었어.'

흘러들은 이야기다 보니 정보가 정확하지는 않았다.

'데뷔가 늦어서 나보다 어리다고 생각했는데, 내가 왜 이렇게 관심이 없었지? 아, 말도 안 돼. 로만이 늑대라니?'

떠오르는 건 로만의 흔들리는 꼬리였다.

'욕이 아니라, 걔는 정말 개 같았다고…….'

아무튼 머릿속이 복잡하다 못해 터질 것 같았다.

'날 속인 이유가 뭘까? 레오파르디 가문과 바스커빌 가문이 적대적 공생 관계여서?'

학교에서도 정치적, 혹은 경제적 이해관계에 따라 암묵적으로 무리가 뭉쳐졌다 흩어지곤 했다. 하지만 우리는 그런 사이가 아니지 않는가.

'내가 착각했나? 나는 우리가 좀 더…….'

거기까지 생각하다 보니 이상할 정도로 나는 쓸쓸해졌다. 다행히 내 기분이 좀 더 우울해지기 전에 바스커빌 가문의 차가 고풍스러운 조각이 얽힌 검은 철제 대문 앞에 도착했다.

'아…….'

그때서야 난 바스커빌 가문에 초대받았으면서도, 하다못해 꽃 한 송이조차 들고 오지 않았다는 걸 깨달았다.

"저……."

바스커빌의 문장이 박힌 철문의 중앙이 좌우로 갈라지고 검은 차가 저택을 향해 쭉 뻗은 길로 머리를 디밀었을 때, 내가 말했다.

"빈손으로 와서 죄송해요."

해롤드 씨는 손사래를 쳤다.

"무슨 소리야. 내가 급하게 청한 건데 뭘. 정 선물을 해 주고 싶거든 로만한 테 가서 네 부모님께 한 말을 해 주렴. 정말 좋아할 거야."

로만한테 물을 게 정말 많았다.

'로만은 도대체 형한테 나를 뭐라고 이야기한 걸까?'

일단 그 애가 아프지 않은 게 확인만 되면 말이다.

차가 저택의 로비에 도착하자 해롤드 씨가 먼저 내려 직접 문을 열어 주었다. 차에서 내리는데 그가 말했다.

"아까 말했다시피 너는 내 깜짝 선물이니까 우리 여기서부터 조심조심 들어 갈까? 이래 봬도 로만이 귀가 꽤 밝거든."

그가 자신의 귀를 손가락으로 가리켰다. 나는 말없이 고개를 끄덕였다. 해롤 드 씨는 현관으로 들어가 인사를 하는 고용인에게도 입술에 검지를 가져다 대 입을 다물게 했다.

'개관이라더니…… 이 정도면 친한 거 아닌가?'

엘리베이터 안에서는 이제 히죽거림으로밖에 보이지 않는 웃음을 감추지 않았다.

"……."

해롤드 씨는 소리 없이 입을 벌려 웃었다.

'정말 즐거워하시네.'

아무래도 장난기가 많은 사람 같았다.

'로만을 귀여워하나 봐.'

이렇게 정성을 들일 정도로 나이 차 많이 나는 동생을 귀여워하는 것 같았다. 나는 이상하게 해롤드 씨에 대한 호감도가 올라갔다.

로만의 방은 엘리베이터 바로 옆에 위치해 있었다.

"로만? 자니?"

해롤드 씨가 문을 톡톡톡 두드렸다.

"……."

방에선 아무런 소리도 들려오지 않았다.

"로만? 내가 뭘 좀 가져왔는데, 몸은 좀 괜찮아? 나 문 열고 들어간다?"

"시끄러워—."

그 말에 탁한 목소리가 들렸다. 목감기에 걸린 사람처럼 잔뜩 잠기고 긁히는 소리. 나는 그게 로만의 목소리라는 게 믿기지 않았다. 해롤드 씨가 손짓하고 입 모양으로 말했다.

'들어가 봐.'

그리고 손을 흔들며 복도를 걸어 이번엔 계단을 통해 1층으로 내려갔다. 그 모습을 잠시 지켜보다 나는 문을 열었다.

퍽!

그와 동시에 뭐라 할 새도 없이 날아온 베개를 맞았다.

"들어오지 말란 말, 헉!"

털썩.

베개가 내 얼굴에서 미끄러져 발치에 떨어졌다.

"⋯⋯."

나는 고개를 숙이고 조용히 코를 움켜쥐었다.

'코 부러진 거 아냐?'

눈물이 찔끔 났다. 우선 나는 코를 쥐고 흔들어 보았다. 다행히 멀쩡했다.

곧 로만의 비명이 들렸다.

"루시? 루⋯⋯ 악! 어떡해! 어떡해! 어떡해! 어떡해! 미안해! 미안해! 미안해!"

뒤늦게 로만이 침대에서 달려왔다.

나는 코를 막고 고개를 들었다. 로만은 검은 파자마 차림이었는데, 정말 홍역은 홍역이었는지 드러난 피부엔 붉은 물집이 가득했다.

"루시? 루시!"

늘 단정하게 빗어 넘긴 머리칼도 엉망으로 헝클어지고 뒤통수는 눌려 있었다.

"⋯⋯."

나는 코를 움켜쥔 채 말없이 로만을 노려보았다.

"⋯⋯미안해."

내 어깨를 움켜쥐려던 로만은 내 눈빛에 움찔하더니, 이내 안절부절못했다. 로만의 꼬리가 다리 사이에 착 감겼다.

"아파? 다쳤어? 손 좀 내려 봐. 코피 나는 거 아냐? 도대체? 여길 어떻게 온 거야? 루시? 어?"

나는 코를 쥔 손을 내렸다. 그리고 고개를 숙여 바닥의 베개를 집어 로만을 마구 패기 시작했다.

"루시? 악! 으악! 악! 어? 악! 루시! 악!"

힘껏, 풀스윙으로 말이다.

"악! 미안! 많이! 악! 아팠어? 악!"

"야, 이 새끼야! 개라며? 너 개라며? 어? 바스커빌이 개야? 언제부터 개였어? 바스커빌이 개면! 레오파르디는 고양이다! 어!"

"어? 그게! 사정, 악! 잠시, 악! 내 말 좀! 루시! 사정이! 저기 잠깐! 악! 아우! 억!"

뜨문뜨문하긴 했어도 함께 보낸 시간이 반년이다. 정정할 시간은 얼마든지 있었잖아.

'그런데 날 반년을 속여? 반년을?'

나는 베개가 터지도록 힘껏 때렸다. 이게 베개가 아니라 좀 더 딱딱한 물체였다면, 로만은 아마 맞아 죽었을 것이다. 그래도 얼굴의 수포를 피해 때린 게 내 우정의 증거였다.

"아, 아아……."

이윽고 로만은 꿇어 엎드렸다.

"살려 줘, 용서해 줘……."

용서는 무슨! 더 맞고 이야기 시작해, 우리. 내가 베개를 높이 들어 올렸을 때였다.

똑똑!

거절할 틈을 주지 않겠다는 듯한 재빠른 노크와 함께 문이 벌컥 열렸다.

"루시! 다과라도 좀 먹고……?"

나는 매끄러운 쟁반에 홍차 잔과 디저트를 담아 든 해롤드 씨, 그리고 그 뒤의 거대한 남자와 눈이 마주쳤다. 드레스 차림으로 베개를 높이 쳐든 채 말이다.

"……."

한편, 로만은 꿇어 엎드린 채 두 손으로 가드를 올리고 있었다.

해롤드 씨는 쟁반을 든 채 눈을 깜박였다. 아마 뒤의 남자는 내 생각이 맞는다면, 현재 바스커빌가의 가주인…… 알렉산더 씨일 것이었다. 검은 정장 차림의 그는 눈을 휘둥그레 뜬 채 서 있었다.

"……."

아마 다과상은 핑계고, 둘은 막냇동생 친구의 눈물겨운 병문안을 상상하고 문을 열었음이 분명했다. 그런데 눈앞에 펼쳐진 것은, 본인이 데려온 여자애에게 귀여운 막내가 두들겨 맞고 있는 장면이었다.

"……."

나는 얼음이 되었다. 지금 이 일이 바스커빌 그룹과 레오파르디가의 싸움으로 비화하는 건 아닐까?

"루시……."

해롤드 씨는 조심스럽게 들어와 근처 테이블에 다과상을 내려놓으며 말했다.

"왜 멈추고 그래, 루시? 베개로 되겠어? 뭐 더 가져다줄까? 자 봐, 스윙을 할 땐 허리, 이 허리를 이용해야지. 그리고 지금 로만 옆구리가 비었잖아."

해롤드 씨가 조심스럽게 오른손으로 주먹을 쥐어 보였다.

"패, 쟨 저거보다 더 맞아야 해. 더 패, 응? 우리 눈치 보지 말고, 이건 여기…… 두고 갈게? 맛있게 먹고 힘내서 패? 파이팅!"

"야! 해롤드 네 짓이지! 이 악마 같은 새끼야!"

순간 엎드려 있던 로만이 해롤드 씨한테 달려들려고 했지만, 문이 닫힌 게 먼저였다.

쾅!

그렇게 문은 닫히고, 로만은 여전히 베개를 들고 있는 나와 눈이 마주쳤다. 천년 같은 침묵이 흘렀다.

"나 아직 더…… 맞아야 돼?"

로만은 웅얼거렸다.

"나 아파…… 루시, 아파아…… 나 환자야아……."

로만의 말에 나는 베개를 쥔 손을 내렸다. 그리고 베개를 저 멀리 던져 버렸다. 숨이 가빴다. 하지만 분이 다 풀린 건 아니었다.

"……로만."

아니, 사실 잘 모르겠다. 나는 이마를 짚었다.

'내가 화가 난 건가?'

이게 화가 난 건지, 아닌 건지. 또 지금이 화를 낼 만한 상황인지 아닌지…….

'우리 친구 맞나?'

나 혼자만 친구로 생각했을 뿐, 사실 우리는 서로를 명확하게 정의한 적이
없었다. 나는 로만을 내려다보았다.

"로만 바스커빌."

그 말에 로만이 날 올려다보았다. 못 본 새 로만의 몸이 조금 더 커진 것 같
았다.

"바스커빌, 날 왜 속였어?"

이렇게 성으로 부르니 로만과 천만 광년은 멀어진 듯한 기분이 들었다. 로만
이 신음했다.

"그런 식으로 부르지 마, 루시."

그리고 슬픈 눈망울로 나를 올려다보다 두 손으로 얼굴을 묻고는 중얼거렸다.

"나 로만이잖아."

두 손에서 신음인지 울음인지 알 수 없는 소리가 새어 나왔다. 늑대의 하울
링이었다.

"아우……."

로만이다.

안다. 하지만 생리적으로 그 울음에 내 몸이 움찔했다.

"……."

우리 사이에 갑자기 어색한 침묵이 흘렀다. 나는 문가로 걸어가 테이블 앞에
앉았다. 고급스러운 홍차 잔과 티포트엔 가문의 문장이 섬세하게 새겨져 있었
다. 우리 집도 식기는 다 이렇다.

'얘 진짜 바스커빌이 맞긴 맞구나.'

새삼 생각했다.

곁들인 핑거 푸드는 크리스마스 쿠키였다. 나는 차를 한 잔 따라 마셨다. 진한 실론 티였다.

'티타임 음료랑 음식까지 마련해 주셨는데…… 때리는 모습을 보여서 어떡해?'

알렉산더 씨는 모르겠지만, 해롤드 씨는 장난기는 많아도 다정한 형 같아 보였다.

'말은 장난스러웠어도, 로만 형들한테 못 볼 꼴을 보였네. 동생 친구라기에 데려왔더니 아픈 애를 패고 있기나 하고. 점수 많이 깎였을 거야.'

레오파르디로서 실례를 많이 했다. 사교계엔 이제 레오파르디 가문의 양이 폭력적이기까지 하다고 소문이 날 것이다. 안 그래도 혼삿길이 막혔는데, 막막하다. 정말.

'소문날까? 나겠지?'

로만은 아직도 얼굴을 두 손에 묻고, 뭐가 그리 서러운지 간간이 울고 있었다.

'얘는 뭘 잘했다고 울어?'

친구는 거짓말을 하고, 방금 전엔 가문의 얼굴에 먹칠을 하고. 지금 울고 싶은 건 나였다. 하지만 한편으로는 걱정도 됐다. 안 그래도 아픈 애인데, 내가 어딜 잘못 쳤나 싶어서.

"이리 와, 로만. 나 너한테 물을 게 많아."

화를 다 가라앉힌 내가 말했다.

그 말에 바닥에 앉아 있던 로만이 얼굴에서 두 손을 떼더니 비실비실 일어났다. 귀는 축 처져서 거의 머리에 붙어 있었다. 로만은 맞은편에 앉았다. 나는 미지근한 홍차를 따라 주었다.

"흐, 이제…… 내가 싫지?"

갑자기 로만이 앓는 소리를 냈다.

"왜? 못생겨져서?"

내 대답에 로만은 한참 동안 충격받은 얼굴로 앉아 있더니, 겨우 입을 뗐다.

"나…… 못생겨졌어?"

나는 고개를 숙여 시선을 피했다. 그러자 로만이 다시 두 손에 얼굴을 묻었다.

"어으으어어웅……."

로만은 엉엉 울기 시작했다. 나는 이 와중에 생각했다.

'이걸 하울링이라고 하는구나.'

개가 아닌 늑대의 울음. 몰랐는데 문득 깨달았다. 로만은 지금 늑대들이 무리를 부를 때 내는 소리로 울고 있었다. 편견이란 게 참 무섭다고, 난 늑대들은 뭔가 좀 독특할 줄 알았다.

'그렇잖아. 늑대라고 하면 상상되는 이미지라는 게 있잖아.'

꼬리도 치지 않고, 귀도 쫑긋거리지 않고, 차갑고, 친화력도 없을 것 같고, 속된 말로는 피도 눈물도 없을 것 같다고 생각했는데…….

'개같이 우네.'

생각해 보면 늑대나 개나 그게 그건지도 모른다. 어디 양과 사자에 비할까?

'그럼 개랑 뭐가 다른 거지?'

나는 로만의 옆자리로 옮겨 갔다.

"알았어, 그만해. 안 못생겼어. 나도 일곱 살 때 그거 걸려 봐서 아는데, 금방 나아."

뭐 홍역 가지고 이렇게 난리인지 모르겠다. 나는 로만의 등을 쓰다듬었다.

"물집만 안 터뜨리면 괜찮을 거야. 솔직히 지금도 괜찮아. 내가 장난친 거야."

로만의 두 손을 얼굴에서 떼어 내려 했는데 잘 되지 않았다.

"얼굴 좀 보고 이야기하자. 응?"

"나한테 화났잖아."

로만의 말에 나는 얼굴을 찡그렸다.

'아니, 이건 너라도 똑같이 당하면 화가 나지?'

늘대가 개인 척하다니, 사기도 이런 사기가 없는데.

"내가 왜 화가 났을 거라고 생각하는데? 응?"

방금 전 마구 팬 것엔 아무 의미가 없다는 듯 내가 물었다. 그러자 두 손 아래서 훌쩍이는 소리가 났다.

"내가 늘대라서……."

나는 경악했다.

'미친놈이?'

이게 무슨 개 풀 뜯어먹는 소리야?

"아니, 그게 무슨 소리야? 거짓말을 해서지?"

사실 거짓말, 할 수 있다. 사람이 살다 보면 거짓말 좀 할 수 있지. 나라고 안 할까? 또 누구든 자의로 특성을 선택하지는 못하니, 열등감도 품을 수 있다. 그걸 내가 이해 못 하겠는가?

'지금과 다른 내가 되고 싶은 마음, 아마 그건 세상에서 내가 가장 잘 알걸?'

하지만 이렇게 자기 형만 나타나도 들통날 거짓말을, 그것도 바스커빌이 왜 했는지 나는 알 수 없었다.

'숨길 이유를 알 수가 없잖아. 도대체 넌…… 고민을 털어놓는 날 보면서 무슨 생각을 했을까?'

로만의 생각을 갑자기 모르겠다. 바로 그 점에 화가 났다.

"날 속이고 접근한 이유가 뭐야?"

내가 가진 무엇인가가 로만이 고민을 털어놓을 만한 믿음을 주지 못했을까?

"아니면, 그냥 날 놀리고 싶었어?"

"어?"

내 말에 로만이 얼굴에서 두 손을 떼어 냈다. 내가 중얼거렸다.

"그래서 너에 대한 정보는 모두 숨긴 거야? 왜 나한테 말을 걸었어? 동정심? 아니면, 신기해서? 혹시 누군가와 내기라도 한 거야?"

그 말에 로만의 연회색 눈이 커다래졌다.

"아, 아냐, 루시, 아냐! 무슨 말을 그렇게 해?"

"그럼?"

"그게 아니라…… 그게, 아아……!"

나는 로만의 눈을 보고 대답을 듣고 싶었다.

"말해 봐, 그럼?"

눈을 보고, 얼굴에 드러나는 표정을 보고, 귀를 보고, 꼬리를 보고 대화하고 싶었다. 내가 방황하는 로만의 두 손을 내 두 손으로 꼭 쥐자, 그 애가 흠칫했다.

로만은 홍역 때문인지 붉은 얼굴로 한참이나 머뭇거렸다.

"그게 아니라, 바스커빌과 레오파르디는 사이가 안 좋잖아. 그리고, 그리고……."

목소리는 점점 더 작아져 갔다.

"양과 늑대만 해도 그렇게 사이가 좋진 않아 보여서……."

이번엔 내가 눈을 크게 뜰 차례였다. 로만이 신음했다.

"자…… 잘 보이고 싶었어."

로만의 눈을 가만히 바라보다 내가 말했다.

"너 진심이구나?"

나는 웃기 시작했다.

"왜…… 왜 웃는 거야?"

로만이 물었다.

"아니, 무슨, 개면 괜찮을 줄 알았어? 내가 말했잖아. 우리 가족은 사자라고. 도대체 그게 무슨 상관이야?"

만일 방금 전에 한 말이 거짓말이라면, 바스커빌가의 삼남은 배우로 대성할 재목이었다.

"로만, 네가 뭐든지 나는 괜찮아."

나는 로만이 갯과의 좀 더 작은 짐승, 이를테면 여우라고 해도 믿었을 것이다.

"그런데 왜 하필이면 개야?"

"개는…… 양이랑 좀 더 친한 것 같아서…… 그, 목양견도 있고…….'

나는 그 말에 또다시 웃었다. 로만은 아예 테이블에 엎드렸다.

"그냥…… 못 들은 거로 해 줘."

"뭐, 목양견이 돼서 내가 울타리 안에 들어가게 발목이라도 깨물 생각이었어?"

"모르겠어, 그날 왜 그랬는지 모르겠어. 한번 그러다 보니까…… 미안해."

두 팔에 머리를 파묻은 로만이 말했다.

나는 로만의 머리칼을 쓰다듬었다.

"그러지 마, 나 제정신 아냐."

로만이 신음했다.

"왜 제정신이 아닌데? 아직도 열 나? 해롤드 씨가 몸은 괜찮아졌다고 했는데."

"아니…… 그게, 지금 꿈속에 있는 것 같아."

그러고는 두 팔 아래서 웅얼거렸다.

"믿기지가 않아. 꿈인가? 어떻게 네가 지금 내 방에 있어?"

그 말에 나는 또다시 웃기 시작했다. 갑자기 모든 긴장이 다 풀렸다. 역시 로만은 내가 아는 로만인 것이다.

"병은 언제 다 나아?"

"나았어."

"무슨 소리야, 안 나았잖아."

"아니…… 이건 병이 아니라…… 그냥 아무튼 괜찮아, 난."

로만이 웅얼거렸다. 하지만 그다음에 아무 말도 하질 않았다. 로만의 얼굴이 빨개졌다.

"……."

나는 사실 웃음을 멈추느라 무진 애를 써야 했다.

'얘는 어쩜 이렇게 귀여울까?'

내 또래의 남자애들과는 정말 달랐다.

"널 이렇게 봐서 좋아."

내가 테이블에 올려놓은 손에 턱을 괴며 말했다.

로만이 내게 물었다.

"있잖아, 진짜 여긴 어떻게 온 거야?"

"해롤드 씨가 데려다줬어. 내가 네 크리스마스 선물이래."

"진짜……."

로만은 끔찍한 말을 들은 듯이 눈을 질끈 감았다.

"죽여 버릴 거야, 그 새끼."

그러더니 머리를 감싸 쥐며 진저리를 쳤다.

"내가 사과할게. 진짜 미친…… 아……. 또라이 아니냐."

해롤드 씨는 바스커빌가뿐만 아니라 기업의 재무도 담당하고 있다고 들었다. 재계이든 정계이든 대단한 영향을 미치는 사람인데, 로만한텐 그 사람이 그냥 또라이인가 보다. 하기야 그렇지.

'친해 보인다.'

로만은 둘째 형과 주먹다짐 같은 걸 하면서 컸겠지만, 한편으로는 이렇게 나를 데려올 만큼 서로를 잘 알고 챙겼을 것이다.

'부럽네.'

바쁜 시간을 쪼개서 말이다.

나는 로만이 부러워졌다.

"루시, 정말 미안해. 내가 잘못했어."

"뭘, 이렇게 너도 보고 좋지. 형님들한테 내 이야기 많이 했다며?"

"아니! 안 했는데!"

"로만, 거짓말 좀 하지 말고."

"나쁜 이야기는 안 했어……."

"옳지, 그렇게 말해야지."

로만의 두 귀가 혼란스러운지 파닥거렸다. 형님들이 내게 무슨 말을 했는지 궁금해 미치겠다는 얼굴이었다.

"나한테 별말 안 했어. 그냥 내가 오면 네 병이 진정될 거라고, 대충 그런 말이었어."

정말로 별말 아니었는데 로만은 다시 테이블에 엎어져 버렸다.

"그나저나 어쩌다 홍역에 걸렸어? 보통 태어날 때 다 예방주사 맞지 않니?"

로만이 다시 얼굴을 번쩍 들어 올렸다.

"홍역이래?"

"어?"

"해롤드가 홍역이라고 그랬어?"

"응."

이번엔 로만의 꼬리가 파닥파닥했다.

"하아……."

로만은 숨을 깊게 들이마셨다 내뱉었다. 해롤드 씨가 로만한테 이상한 말을 했나 보다. 얘는 자기가 죽을병인 줄 안 게 분명했다.

"로만."

이름을 부르자 로만이 나를 바라보았다.

"로만, 우린 여전히 친구지?"

내가 물었다.

"너나 나의 식성이나 성별이나 가문과는 상관없이, 그치?"

로만이 놀란 얼굴로 답했다.

"그럼. 당연하지."

왜 그런 걸 묻느냐는 듯이.

"그런데 있잖아, 로만."

로만은 나를 늘 안심시켰다. 그건 로만이 늑대여서도 아니고, 바스커빌이어서도 아니었다. 로만이 로만이어서였다.

"너한테 궁금한 게 많아. 우선, 좋아하는 게 뭐야?"

"어?"

"종이접기가 원래 취미는 아니었을 거 아냐, 그거 말고 좋아하는 게 뭔데?"

"어…… 별로 없는데."

"시간 많아, 생각해 봐."

"케이크 가져올까? 먹을래?"

"아니."

로만은 마른침을 삼켰다.

"그…… 풋볼, 인가?"

진짜 로만에 대해 알 수 있는 시간이었다.

'아, 인기 많겠네.'

벌써 학교에서 로만이 어떤 위치인지 그려졌다.

"활동적인 취미네. 그리고 또?"

"이거 무슨…… 취조야?"

곧이어 '나 뭐 잘못했어?' 하고 로만이 물었다.

"그래서? 이게 취조면, 싫어?"

"아니?"

"그럼 너도 물어봐, 나한테 궁금한 거 있으면."

로만은 내 말에 심각한 표정을 지었다. 마치 지뢰 찾기 게임에서 폭탄은 한 개, 빈칸은 두 칸 남은 사람의 고뇌를 엿본 듯한 기분이었다. 잠시 후, 로만이 조심스레 물었다.

"나 말고 친한…… 사람 있어? 학교든 아니면 다른……."

"없어."

그런 게 궁금했구나. 나는 즉답했다.

"괜찮아, 그런 질문 해도 상처 안 받아. 그렇다고 누가 딱히 날 괴롭히는 것도 아닌걸. 그러니까 난 네가 가장 친해. 넌?"

"어?"

"넌 누구랑 가장 친해?"

로만은 입을 다물고 눈을 도록도록 굴렸다.

"루시, 너랑 가장 친해."

"아, 진짜?"

그 대답에 나는 기뻐졌다.

"그럼 이제 내 차례인가? 가장 좋아하는 색깔이 뭐야?"

"흰색?"

그러고 백문 백답 같은 이야기를 계속해 갔다. 자정이 다 될 때까지 말이다.

"아, 휴대전화 번호 줄래?"

맞다, 오늘 만나면 제일 먼저 물어볼 게 이거였다. 나는 클러치 백에서 휴대전화를 꺼냈다. 로만은 얼른 내 휴대전화를 받아 전화번호를 찍었다. 나는 다시 기뻐졌다.

"너 다 나으면 이번엔 연회장 밖에서 만나자."

로만의 귀가 그 말에 쫑긋했다.

"그럼 내일?"

"내일…… 까진 너 안 나을 것 같은데?"

똑똑.

그때 노크 소리가 들리더니 방문이 열렸다. 우리는 동시에 문을 바라보았다.

"루시, 오늘 병문안 와 줘서 참 고맙다. 부모님께서 차를 보내 주셨구나."

은발의 남자가 빙그레 웃었다. 알렉산더 씨였다. 아까의 일이 떠오른 내 얼굴이 빨개졌다. 로만이 그런 내 얼굴을 바라보다 다시 자기 첫째 형을 바라보았다.

"로만, 이제 작별인사 해야지."

알렉산더 씨가 다정하게 말했다.

"우리 형 여자친구 있어."

방에 있던 인형을 안고 현관까지 배웅 나온 로만이 말했다.

"알아."

내가 말했다.

"응? 어떻게?"

로만이 내 말에 어리둥절해했다.

'……헉.'

말실수했다.

'……아니, 그게.'

그야 안 알려고 해도 소문이 들리니까. 바스커빌쯤 되면 누구와 결혼할지가 사람들 초미의 관심사니 말이다. 알렉산더 씨한테 일반인 여자친구가 있는 건 이미 알 만한 사람들은 다 알았다.

게다가 바스커빌은 온갖 모임엔 다 참석하고도 정략혼은 하지 않기로 유명했다. 그 때문에 그 가문을 두고 이상한 소문이 돌기도 했다.

'좋으나 가문은 상관없다고 방금 전에 말해 놓고는.'

내 얼굴이 다시 빨개졌다.

"아니, 그, 응…… 예전에 부모님께 들었어."

"아, 정말? 알고 있었어?"

로만은 빵긋! 웃었다.

'로만, 난 정말 네가 좋아.'

정말 로만은 단순해서 사랑스러웠다. 내가 차에 타려는데 로만이 안고 있던 인형을 내밀었다.

"이건 선물이야."

"어?"

"주려고 생각하고 있었어."

나는 인형을 바라보았다. 복슬복슬한 양 인형이었다.

집에 돌아오는 길, 나는 로만의 가문에 대해 생각했다.

'바스커빌…….'

바스커빌 가문은 정략혼을 하지 않기로 유명했다. 특성 때문이 아니더라도 기업가이니 이익에 따라 혼맥을 맺는 게 유리한데도 말이다.

하기야 이상하게도, 그 가문에서는 그 어떤 사람과 결혼해도 늑대의 특성을 가진 사람들만 태어났다. 그것도 남자들만.

'바스커빌가는 서자가 없기로 유명하다 그랬나.'

무슨 유전자의 장난인지 모르겠다. 나는 마치 마트료시카 인형처럼 똑 닮은 얼굴을 한 로만의 형들을 떠올렸다. 알렉산더 씨를 열면 해롤드 씨, 해롤드 씨를 열면 로만이 나올 것 같았다.

'아, 안 돼! 이게 로만과 무슨 상관이야. 생각은 그만두자.'

나는 복슬복슬한 인형을 손으로 주물주물 만졌다. 병문안 선물도 가져가지 못했는데, 오히려 선물을 받아서 집으로 돌아가고 있었다. 인형에서는 향긋한 냄새가 났다.

"이걸 어디서 샀어?"

"그냥 너랑 닮아서, 크리스마스 마켓에서 땄어."

하지만 어중이떠중이 같은 물건만 파는 마켓에서 땄다기엔 털이 너무 보드라웠다.

'로만의…… 머리칼 같아.'

나는 거기에 내 코를 푹 파묻었다.

"왜 이렇게 늦게 왔니?"

"잘 다녀왔고? 친구 몸은 어떻고?"

엄마와 아빠가 걱정스러운 얼굴로 내게 물었다.

"몸은 좀 나아진 모양이에요. 이거 로만이 선물로 줬어요."

나는 인형을 부모님께 보여 드렸지만, 두 분은 여전히 걱정스러운 모습이었다.

나는 그날 밤, 베개 삼아 인형을 베고 누웠다.

「나는 집에 잘 도착했어. 괜히 풀 뜯어 먹지 말고, 밥 잘 챙겨 먹고 잘 자.」

곧바로 답장이 왔다.

「응, 오늘 와 줘서 고마웠어.」

「정말 너무 고마워. 벌써 다 나은 것 같아.」

그걸 보고 나니 잠이 잘 왔다. 잠을 자기 위해 양을 셀 필요도 없이.

로만이 다 나은 건 새해가 지난 후였다.

우린 처음으로 귀찮은 드레스와 슈트를 벗어 던지고 만났다. 전날 밤에 눈이 내려 날은 따스한데, 아직 나뭇가지엔 눈꽃이 피어 있었다.

"로만!"

나는 하늘색 스웨터에 검은 진 차림이었고, 로만은 갈색 코트를 입고 나왔다. 포마드기 없는 로만의 은색 머리칼이 부슬부슬했다.

"머리……."

"어, 이상한가?"

로만이 머리끝을 잡아당기며 말했다.

"아냐, 훨씬 보기 좋은데?"

나는 웃었다. 우리가 그담에 뭘 했냐면?

"이거 해 본 적 없댔지?"

"어."

"그럼 가르쳐 줄게."

야외 아이스링크에서 스케이트를 탔다. 평일 아침인데도 사람이 꽤 많았다.

로만의 스케이트 끈을 내가 묶어 주었다. 나는 링크에 먼저 들어가 로만의 두 손을 쥐었다. 우리는 먼저 천천히 한 바퀴 돌았다.

"잘 탄다, 운동 신경이 있어서 그런가 봐."

그렇게 말하면서도 내심 아쉬웠다.

'처음이라면서?'

사실 새끼 양처럼 빙판 위에서 부들부들 떠는 모습이 보고 싶었는데, 로만은 의외로 금방 잘 탔던 것이다. 하지만 그게 같이 놀긴 더 좋았다.

우리는 한참 동안 빙판이 스케이트 날에 긁혀 사각사각하는 소리를 들으며 링크를 돌았다. 찬바람이 오히려 기분 좋았다.

"나 이것도 할 줄 안다?"

나는 제자리에서 빠르게 돌았다.

로만이 박수를 쳤다. 나는 투명 치마를 입은 양 우아하게 인사를 했다.

쉬는 시간을 알리는 호루라기가 울리고 우리는 휴식용 벤치에 앉아 코코아를 마셨다. 장갑을 벗고 코코아로 손을 녹이는데 로만이 말했다.

"사실 나 긴장했어."

"뭐가?"

"오늘……."

"오늘?"

로만의 입김이 하늘을 하얗게 물들였다.

"우리 이렇게 밖에서 만난 거 처음이잖아. 아…… 이걸 뭐라고 해야 할지 모르겠는데, 우린……."

나는 금방 이해했다.

"알아."

우린 그동안 모임에서만 만났다. 거긴 지루하기 그지없는 곳이었다.

"막상 밖에 나와서 만나면 재미없을 것 같았지? 할 이야기도 없고?"

로만은 그 말에 눈을 똥그랗게 뜨더니 고개를 절레절레 저었다.

"아니, 아니, 너랑 있는 건 재미있어. 재미없을 리가 없지. 내가 말하고 싶은 건 그게 아니라……."

로만은 또 하얀 입김을 뿜어내었다.

"네가 재미없어할 것 같아서 긴장했어."

나는 웃었다.

사실 나도 그랬다.

'아이스링크에 가는 게 맞나? 활동적인 운동 좋아한다고 했으니까…… 하지만 난 풋볼 같은 건 할 줄 모르고……. 아, 그냥 안전하게 영화나 볼 걸 그랬나? 괜히 거길 가자고 그랬어. 하지만 난 할 줄 아는 운동이 없고…….'

어젯밤, 걱정으로 잠이 오질 않았다. 더 말하려는데 다시 호루라기 소리가 울렸다.

"더 탈까?"

"응!"

우리는 두 시간 더 스케이트를 탔다. 그러곤 귀가 새빨갛게 언 채로 레스토랑에 들어가 저녁을 먹었다.

'아, 정말 기분 좋다.'

다들 친구와 이렇게 놀겠지, 생각했다.

"다음에도 또 놀자."

"언제?"

"음, 다음 주?"

평범한 하루였다. 하지만 집으로 돌아오는데, 하늘로 날아오를 것만 같은 기분이 들었다. 나는 차가운 뺨에 두 손을 얹었다. 처음으로 살아 있다는 실감이 났다.

'다른 아이들도 다 이랬겠구나.'

친구를 가질 수 있다는 건 얼마나 대단한 일인지.

'내가 너한테 얼마나 고마운지 넌 알까?'

그 후 나는 로만과 급격하게 친해졌다. 그게 남들의 눈에 얼마나 이상하게 보였을지 짐작이 간다.

바스커빌과 레오파르디. 양과 늑대.

그냥 붙여 놓기만 해도 이상하잖아. 참 이상한 세상이다.

'왜 모두 이 세상이 이상하다는 걸 모를까.'

학교에서는 평등을 가르치는데, 어째서 그게 학교에서조차 지켜지지 않을까? 차라리 모두가 그냥 뿔이나 비늘, 꼬리나 이빨 같은 것 없이 살 수 있다면 좋을 텐데. 어딘가 그런 세상이 없을까?

나는 주말마다 로만을 만났다. 우리는 만나면 같이 옷 쇼핑을 하거나 영화를 보거나, 좋아하는 책을 골라서 바꿔 읽거나 산책을 했다.

점점 다른 사람들 눈이 신경 쓰이지 않게 되었다. 우리는 연회장에서도 숨지 않고…… 그러니까, 발코니나 방으로 들어가지 않고 스스럼없이 이야기를 나눴다. 등을 치면서 깔깔 웃기도 했다.

나는 로만을 알면 알수록 좋아졌다. 그 애가 가진 특성이 다 좋게 보였다. 특히 꼬리. 로만의 꼬리는 언제나 붕붕 흔들리고 있어서 나를 좋아한다는 걸 알 수 있었다. 나는 로만을 의심하지 않아도 되었다.

아, 로만이 사랑스러웠다.

"루시."

어느 날 식사 자리에서 부모님이 물었다.

"네?"

"요새 바스커빌과 친하게 지내더구나. 물론 네가 친구를 사귀는 건 정말 좋은 일이지만……."

나는 의아해서 부모님을 바라보았다.

"혹시 그 애가 널 괴롭히는 건 아니니?"

그 말에 충격을 받았다.

"그게 무슨 소리세요?"

부모님은 당황스러운 듯이 서로의 얼굴을 바라보았다.

"만약 우리 관계에 강자와 약자가 있다면 강자는 저일걸요? 로만은 전혀 절 해치지 않아요."

왜 그런 말을 듣는지 이해가 가질 않았다.

"전 로만과 친구예요. 그렇게 보이지 않으세요?"

나는 당황해서 물었다.

"우리가 얼마나 오래 만나고 있는지 아시잖아요."

로만을 처음 만난 건 초여름이었다. 지금은 한 바퀴 돌아 봄이었다. 내 그릇엔 싱싱한 봄채소가 가득했다. 로만이 있어서 나는 내가 앞으로 할 일에 용기를 가질 수 있었다.

그 소리를 들은 건 나만이 아닌 듯했다. 하기야 소문이 그리 빨리 퍼지고 왜곡되는 것이 프라이드 안이다. 카페에 앉은 로만은 꼬리와 두 귀를 축 늘어뜨렸다.

"내가 널 괴롭히는 걸까?"

나는 어이가 없었다.

"미쳤어? 내가 왜 괴롭힘당하면서 누굴 만나? 너 착한 거 내가 아는데."

분위기가 너무 심각해져서 나는 장난을 쳤다.

"내가 뭐 편지라도 써 줄까? 가문 인장도 찍어 줄게. 그거 들고 다닐래?"

"……."

하지만 로만의 귀는 다시 설 기미가 보이지 않았다.

"루시."

시무룩한 얼굴로 로만이 말했다.

"넌 날 어떻게 생각해?"

"어떻게 생각하긴, 가장 친한 친구라고 생각하지."

내가 로만을 위로했다.

"넌 내가 아는 사람 중에 가장 착한 늑대야, 로만."

"……."

"아마 세상에서 가장 착할걸?"

하지만 그건 로만이 원하는 대답이 아닌 듯했다. 로만은 한숨을 내쉬었다.

"루시. 고백할 게 있는데……."

"응?"

"사실 난…… 너한테만 착해."

나는 웃었다.

"그거 신기한 일이다, 난 너한테만 나쁜데."

로만이 미간을 찡그렸다.

"넌 하나도 안 나빠."

나는 웃으려 했지만 잘 되지 않았다.

"미안하다. 이건 내가 양이라서 그래."

로만이 한참 어떤 말을 해야 좋을지 모르겠단 얼굴로 나를 바라보았다.

"내가 사자였다면 네가 이런 말은 안 들었겠지."

다 내가 문제다.

"그런 말 안 하기로 했잖아. 난 양인 네가 좋아."

로만이 고개를 붕붕 저었다.

"그건 내가 양이라서 좋단 뜻이야? 그 연회장에 양이 나뿐이라서?"

나는 일부러 로만을 놀렸다. 하지만 로만은 찡그린 미간을 풀지 않은 채 성실하게 답했다.

"난 네가 뭐든지 좋았을 거야. 하지만 넌 지금 양이니까, 난 양이 아닌 너를 상상할 수 없어."

나는 그 말에 로만을 끌어안아 주고 싶었다. 뽀뽀해 주고 싶었다.

"로만."

넌 이 세상에서 가장 다정한 늑대일 거야.

"난 네가 정말 좋아. 알지?"

나는 로만이 정말 좋았다.

"우리의 우정이 언제까지나 끝나지 않았으면 좋겠어. 어른이 되어도, 이대로 영원하자. 약속해 줄 거지?"

로만은 내 말에 아랫입술을 꾹 깨물었다.

"그럴게."

하지만 말로 하는 약속은 해변의 모래성과 같아서, 얼마나 잘 허물어지는지 나는 안다.

"네가 원한다면…… 루시."

진심이겠지만, 모든 진심은 순간뿐이다.

'네가 양이었다면 얼마나 좋을까?'

하지만 나는 늑대가 아닌 로만을 상상할 수 없었다. 나와 같길 원하는 동시에 지금과 다른 로만을 원하지 않는다니, 참 이상하지. 로만의 모든 것이 하나도 빠짐없이 사랑스러웠다.

'그랬다면 우린 만날 수 없었겠지?'

나는 손을 뻗어 테이블에 올려진 로만의 손을 꼭 쥐었다.

며칠 전의 일이다.

"……."

"똥폼 잡고 앉아 있다."

상념에 잠긴 로만은 차창을 바라보며 한숨을 푹 내쉬었다. 뒷좌석에 함께 타고 있던 해롤드가 피식 웃었다.

"그냥 인정해, 너도 바스커빌이라는 걸. 그럼 마음이 한결 편해질걸?"

"……."

"가문의 수치다, 정말. 너 이빨 뽑아야 돼."

로만은 그 말을 못 들었다는 듯 무시했다.

"열여섯이 돼 가지고 연회장에선 종이접기하고 링크에선 스케이트만 타고. 도대체 언제까지 그럴 거야? 네가 그러고도 바스커빌이야?"

"……."

"데이트하기 전날 밤 내내 개인 링크에서 밤새 특훈한다고 뺑뺑이 돌던 건 안 들켰냐? 어? 루시가 뭐라고 안 해?"

로만은 해롤드의 말을 개무시했다.

"로만, 너 그렇게 점잔 빼다 될 것도 안 돼, 알아?"

하지만 해롤드의 말은 끊임없이 이어졌다.

"참 나. 걔도 알고 있다니까, 네가 걔 좋아하는 거? 알면서도 무시하는 거야. 친구는 무슨 친구, 우리 속 개새끼지."

"입 안 닫아?"

로만이 새하얀 이를 드러내며 으르렁거렸다.

"네가 현실을 직시하면 좋겠어서 한 이야기야. 계속 그렇게 친구놀이 하고 있다간 넌 결국 주인한테 걷어차인 개처럼 질질 짜게 될걸?"

그때였다.

"네가 로하네스한테 차인 다음처럼 말이야?"

조수석에 앉은 알렉산더가 조용히 말했다. 해롤드의 얼굴이 순식간에 굳었다.

"뭐?"

해롤드는 눈을 하얗게 뜨고 백미러를 통해 알렉산더를 노려보았다. 그러거나 말거나 알렉산더는 뜨개질에 집중했다.

"거기서 그 말이 왜 나와?"

"해롤드, 로만을 괴롭히지 말고 천천히 생각을 해 보렴. 너보다는 사실 로만이 낫지."

해롤드의 반박에 아랑곳없이 알렉산더가 말했다.

"적어도 루시는 로만과 데이트를 해 주잖니. 아프면 걱정도 해 주고, 병문안도 와 주지. 반면 너랑 로하네스는?"

"야."

"장담하는데, 로하네스가 제 우리 속에 넣어 준다면 넌 좋아서 배까지 드러낼걸?"

"야, 알렉산더 바스커빌……."

해롤드가 으르렁거렸다.

"지금 연애한다고 잘난 척하는 거야 뭐야? 로하네스는 날 사랑해, 아직 자기 마음을 인정하지 않았을 뿐이라고."

"로하네스의 동의는 받고 하는 말이겠지? 해롤드, 너야말로 현실을 깨달았으면 좋겠구나."

눈 하나 깜짝하지 않고 알렉산더가 말했다. 손은 여전히 뜨개질에 집중하며 말이다.

"걘 너를 사랑하지 않아. 그냥 어릴 때 함께 논 정이 있을 뿐이지. 너야말로 우정을 바탕으로 한 호의와 사랑을 혼동하지 말아야……."

"야! 지금 한판 붙자는 거야!"

해롤드는 결국 으르렁거리며 조수석을 향해 달려들었다. 두 형제의 싸움에 차가 요동쳤다.

"저 또라이들."

로만은 치를 떨었다. 늘 있는 일이라 운전기사는 동요조차 하지 않았다.

"개판이야, 진짜. 늑대 가문 수치다."

로만은 욕설을 중얼거리곤 차창을 조금 열어 찬바람을 맞았다.

"죽고 싶다……."

차에서 뛰어내리고 싶었다.

오래전부터 로만은 자신이 늑대인 것도, 또 바스커빌인 것도 싫었다.

'도대체 이런 특성은 왜 물려받는 건데?'

그러나 겉으로든 속으로든, 유전자가 미치는 영향은 얼마나 강력한 것인지.

'내가 태어나고 싶어서 바스커빌로 태어난 것도 아닌데.'

늑대들은 무리 지어 살고, 일생 동안 오로지 한 상대를 짝으로 삼아 해로한다. 개가 무리의 우두머리에게 보내는 충성심은 본래 늑대가 반려자에게 갖는 지고지순함의 변형이었다.

바스커빌 가문은 그 늑대의 특성을 아주 강하게 물려받았다. 단순히 머리에 난 귀와 등 뒤의 꼬리가 몸에 흐르는 피를 증명하는 것만은 아니다. 가끔은 유전병 같은 특성들이 있었다. 예를 들면 밝은 귀 대신 주어진 어두운 눈이나, 남들보다 약한 심장 혹은 짧은 수면 시간 같은 것들 말이다.

바스커빌의 특성은 육체적으로는 약점이 전혀 없었지만, 정신적으로는 치명적인 단점이 있었다. 지독한 상사병이었다.

'수명이 이렇게 긴데 오직 한 사람만이라니…….'

태어나 일평생을 한 사람만을 보고 사랑한다는 것.

'이 세상에 변수가 얼마나 많은데…….'

짐승의 세계는 좀 더 단순하다. 인간만큼 복잡한 생물은 없다. 바스커빌가에 새겨진 늑대의 특성은 사랑의 변질을 전혀 이해하지 못했다.

어떻게 사랑 이외의 조건으로 반려자를 정하겠는가? 사랑하는 이를 어떻게 첩 혹은 그늘 속의 여자로 만들 수 있겠는가?

특성을 희석하려는 노력이 몇 번이나 있었지만, 모조리 실패로 돌아갔다. 특성은 강하고 끈질겼다. 그 뒤 바스커빌 가문은 자신의 특성을 숨겼다. 바로 저주라고 불리는 흉흉한 소문 뒤에 말이다. 어릴 때 로만은 이 저주가 잘 이해되지 않았던 것 같다.

"그런데 일생에 단 한 사람을 사랑하는 게 왜 약점인 거야?"

로만은 열 살 때 알렉산더의 꼬리를 붙잡고 물었다.

"응?"

그때 그는 이미 후계자 수업을 받은 후, 기업 일을 하고 있었다.

"그게 궁금하니, 로만? 어차피 시간이 지나면 자연스럽게 알게 될 텐데?"

늑대 가문들은 대부분 형제의 우애가 좋다.

"우리 로만은 궁금한 게 많아서 먹고 싶은 것도 많겠구나."

아하하, 하고 웃으며 알렉산더는 자기 무릎까지 오는 로만을 끌어 올려 품에 안았다.

"그건 이 세상 모든 사람이 우리 바스커빌 같지 않기 때문이겠지?"

알렉산더가 고개를 갸웃하며 미소 지었다.

"이 세상엔 사랑을 값싸게 여기고 이용하려 하는 사람들이 정말 많단다."

그리고 아직 아무것도 모르는 로만에게 당부했다.

"더군다나 네가 상대를 사랑한다는 이유만으로 그 사람이 널 사랑해 주진 않지 않을 거야. 로만?"

"응?"

"그럼 우리한텐 일이 정말 복잡해지지. 이제 알겠니?"

모르겠다. 로만이 고개를 젓자 알렉산더는 미소 지으며 한 손으로 동생의 머리칼을 쓰다듬었다.

"그러니까 남들한테 매력적으로 보일 만한 점을 아주 많이 만들어야겠지? 사랑에 빠지기 전에?"

이 세상엔 사랑을 값싸게 여기는 사람들이 많다. 또 내가 사랑하는 사람이 날 사랑하지 않을 수도 있다.

"게다가 사람의 감정은 얼마나 빠르게 변하는지."

알렉산더는 그것이 '우리의 특성이 약점인 이유'라 말했다. 로만이 같은 질문을 둘째 형에게 던지자, 좀 더 날 선 대꾸가 날아왔다.

"아, 그건 약점이 아니라 저주야."

해롤드는 치를 떨었다.

"설령 정말 수많은 난관을 뚫고 네가 사랑하는 사람이 널 사랑하게 만든다고 해서, 그게 마냥 해피엔드가 될 거라고 착각하는 건 아니겠지?"

로만이 얼굴을 찌푸리자 해롤드가 피식 웃으며 동생의 미간에 검지를 대고 문질렀다.

"멍청이 같으니. 그러니까 아무도 사랑하지 않는 지금을 즐기도록 해, 로만. 알겠지?"

사랑하는 사람이 날 사랑해도 그다음 문제가 있다? 그건 더 어려운 말이었다. 아버지께도 물으려 했지만, 그때도 아버지는 일 더미에 파묻혀 있어 저택에 잘 들어오지 않았다.

'그건…… 나 때문이겠지, 아버진 날 미워하시니까.'

로만의 어머니는 그를 낳고 나서 아주 몸이 약해졌다……. 그 때문인지 로만의 아버지는 한 번도 로만을 마주 보고 안아 주는 일이 없었다.

⁂

특성에 대한 물음에 형 둘이 나란히 알쏭달쏭한 답을 준 그해, 로만의 어머니는 하늘로 돌아갔다. 로만의 기억 속 어머니는 병원에 가면 늘 호흡기를 낀 채 눈을 감고 있던 갈색 늑대였다.

'역시 나 때문이겠지.'

아버지는 어머니의 장례식을 치르자마자 겨울 별장에 틀어박혔다. 때문에 부회장이던 알렉산더가 바스커빌가를 비공식적으로 이끌게 되었다.

"역시 아버지는 날 싫어하시지?"

"음……."

알렉산더는 정신적으로도 아버지의 자리를 대신할 만큼 상냥했지만, 절대로 빈말을 하는 법이 없었다.

"이해하렴, 로만. 네가 사랑을 하면 알게 될 거야. 원래 사랑은 잔혹한 것이니까. 바스커빌한테는 더더욱."

사랑이 잔혹하다니……?

그해, 로만은 사랑에 관한 책을 많이 읽어 보았지만, 알렉산더가 말하는 것이 뭔지 명확히 알 수 없었다. 로만은 아버지도, 어머니도, 알렉산더도, 해롤드도 사랑했다. 하지만 그 사랑은 '저주'라 불릴 만큼 잔혹하지도 폭력적이지도 않았다.

도대체 사랑이란 뭘까?

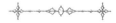

몇 년 뒤, 로만은 엉망이 된 해롤드가 로비에 엎드려 울음을 터뜨리는 걸 보았다.

"어떡해, 나 로하네스를 사랑하나 봐!"

유명한 의학자를 많이 배출한 유서 깊은 북극곰 가문 아가씨였다.

"개한테 코 꿰였나 봐!"

해롤드와는 유치원 때부터 친구였고 말이다. 로만은 생각했다.

'아니…….'

믿기지가 않았다.

"그걸 이제 알았단 말이야?"

로만이 할 말을 알렉산더가 대신 해 주었다.

"게다가 그렇게 괴롭혀 놓고? 해롤드? 양심 있니?"

"나도 왜 그랬는지 모르겠어. 다른 애랑 노는 게 싫어서……."

"해롤드, 너 도대체 몇 살이야?"

"흐윽, 어흐어어어엉!"

해롤드는 엉엉 땅을 치며 울부짖었다.

"난 이제 망했어!"

이야기를 들어 보니 로하네스가 다른 남자, 그것도 같은 특성의 회색곰 가문의 남자와 사귀기 시작한 모양이었다.

'진작 잘하지.'

알렉산더는 해롤드를 들어 소파에 눕혔다. 고용인이 물을 가져왔다. 해롤드가 소파에 누워 엉엉 울다 말했다.

"……이제 어떡하지? 로하네스를 납치할까?"

잘못 들은 줄 알았다.

'이게 무슨 소리야?'

로만은 생각했다.

"해롤드."

알렉산더도 마찬가지인지 웃던 그대로 얼굴을 굳혔다.

"그건 범죄란다."

"몰래 하면 되잖아."

"그러기엔 로하네스의 가문이 너무 출중하지 않니. '특성과 종족 없는 의사회'를 조직한 분들이셔."

"그렇지만……."

"너도 분명 용의 선상에 오를 테고 기업 주가도 떨어질 테니…… 다른 방법을 찾아봐야겠지?"

"흑, 흐흑! 아니, 로하네스가 다른 남자를 사귄다니까! 나 진짜 죽을 것 같아!"

알렉산더가 다정하게 손수건으로 해롤드의 얼굴을 닦아 주며 말했다.

"울지 말고 생각을 해야지. 자, 상대편을 제거하는 건 어떠니? 회색곰이라고?"

"로하네스가 싫어하면 어떡해."

"그렇다고 납치 감금은 좋아하겠니? 보자……. 안 들키게만 하면 되니까……."

로만은 움찔했다.

'……?'

흘러가는 대화 내용이 이상했던 것이다.

"저기, 잠깐만."

로만은 자신도 모르게 둘 사이에 끼어들었다.

"형들 지금 도대체 무슨 말을 하는 거야?"

그 말에 알렉산더와 해롤드가 동시에 막내를 바라보았다.

"해롤드, 로하네스 누나를 정말 사랑한다면 누나가 하는 사랑을 방해하면 안되지?"

로만이 둘째 형을 타일렀다.

"사랑은 사랑하는 사람이 행복해지길 바라야 하는 거잖아."

그게 로만이 책에서 읽었던 사랑이었다.

"형이 로하네스 누나를 행복하게 해 줄 수 있다고 생각해? 아니, 그럼 처음부터 괴롭히지나 말지."

로만은 눈살을 찌푸리며 첫째 형한테도 말했다.

"알렉스 형은 도대체 지금 뭘 부추기고 있는 거야?"

실로 정론이었다. 알렉산더와 해롤드의 눈이 둥그렇게 떠졌다. 곧 해롤드는 로만을 노려보았고 알렉산더는 가슴에 손을 얹었다.

"오…… 우리 귀여운 로만."

"너 뭐라는 거야? 죽을래?"

극과 극의 반응이었다.

“X발, 지랄하네. 바스커빌 주제에. 지는 지금 사랑 안 한다 이거야? 두고 보자. 그 생각이 1년을 갈지 2년을 갈지!”

해롤드의 입에서 험한 소리가 나왔다. 그 말을 듣고 있던 알렉산더는 결국 못 참겠는지 입을 벌려 웃기 시작했다.

“하하하하하하!”

“넌 사랑하면 절대 나한테 들키지 마라, 알겠어?”

해롤드가 눈물범벅인 얼굴로 으르렁거렸다.

“로만.”

나중에 알렉산더가 로만의 방으로 와 침대에 앉았다.

“내가 잘못 생각한 거야?”

로만이 물었다.

“음, 해롤드가 로하네스를 정말 사랑해서 그래. 사랑해서 자기 마음을 더 인정하고 싶지 않았던 거야.”

알렉산더는 쓴웃음을 지으며 말해 주었다.

“해롤드에겐 로하네스가 전 세계인데, 로하네스에게 해롤드는 조그마한 섬 같은 거니까. 그 간극이 미칠 정도로 미웠던 거겠지.”

“사랑하는데도?”

“사랑하니까 더더욱.”

알렉산더가 말했다.

“바스커빌에게 사랑은 얼음산의 꼭대기 위에 선 것처럼 가혹하고 숨 막히는 것이거든.”

‘알겠지?’ 하고 알렉산더는 로만의 머리를 쓰다듬었지만 여전히, 여전히 로만은 이해가 되지 않았다.

“하지만 형은 괜찮잖아.”

그때 알렉산더에겐 이미 마르셀이란 여자친구가 있었다. 마르셀의 가문과는 아주 어린 시절부터 교류가 있었고, 공식화하지만 않았지 둘은 거의 약혼한 것에 가깝다고 로만은 생각했다.

'사랑이란 형과 마르셀 누나 사이에 흐르는 것 같은 거잖아.'

두 사람이 함께할 때 흐르는 평화롭고 온화한 분위기…… 알렉산더는 로만의 이상이었다. 자신도 그렇게 사랑하고 싶었다.

"네 눈엔 내가 괜찮아 보여?"

그러나 알렉산더는 로만에게 되물었다.

"내가, 정말로?"

로만은 고개를 끄덕였다.

"그렇구나. 하지만 로만, 지금은 잘 모르겠어도 언젠간 알게 될 거야."

그 말과 함께 알렉산더가 웃었다.

"알고 싶지 않아도 이해하는 순간이 네게도 찾아올 테니까."

하지만 로만은 영원히 이해할 수 없을 것 같았다.

"그땐 지금 내가 괜찮지만은 않다는 걸 알게 되겠지."

그 후, 해롤드는 아주 오랫동안 앓아누웠다. 밤이면 밤마다 해롤드의 하울링이 들려 로만은 귀마개를 끼고도 이불에 머리를 파묻어야 했다.

'뭐가 저렇게 절박해?'

하울링은 외로운 늑대가 도와 달라며 무리를 부르는 소리였다.

'왜 저렇게 죽을 것같이 울어?'

그래서 늑대라면 더더욱 외면할 수 없는 소리. 해롤드는 죽어 가는 짐승처럼 신음했다. 마치 무리에게 도움을 요청하듯이.

'사랑이 뭐 얼마나 대단한 거길래?'

사실 털끝 하나 다치지 않았으면서도 말이다. 로만은 그때 해롤드가 왜 그렇게 유난인지 알 수가 없었다. 딱히 이해하고 싶지도 않았다.

'나는 형들과 어딘가 다른 걸까?'

그게 다 루시를 만나기 전까지의 이야기였다.

'아, 싫다.'

로만이 남들보다 사교계에 한참 늦게 데뷔한 것은, 알렉산더와 해롤드가 동생의 의지를 존중해서도 있었지만…….

"꼭 가야 하는 거야? 이제 와서?"

"야, 언제까지 책임을 방기할래?"

……아버지가 기업의 총수이자 가주였던 시절, 암묵적으로 로만을 제 자식으로 인정하지 않은 탓도 있었다.

"내가 배려를 못 해서 미안해. 이제 너도 슬슬 많은 걸 배우고 익혀야겠지."

해롤드가 투덜거리자 입 중앙에 검지를 댄 알렉산더가 말했다.

"됐다니까, 난 원래 이런 거 싫어해."

"누군 좋아서 일하니?"

말은 험하게 해도 해롤드가 로만의 나비넥타이를 다정한 손길로 만져 주며 말했다.

"네가 하도 데뷔 파티 안 열고 조용히 넘어가고 싶다고 해서 한 발자국 물러나는 거니까 입 다물어."

"하지만 해롤드—."

"뭐가 문제야? 그냥 대충 여기저기 돌아다니다 누가 춤추자 그러면 춤추고 그래. 귀찮아도 웃어 주고. 싫은 소리 하지 말고."

"하아."

그렇게 말하지 않아도 그럴 생각이었다. 하지만 로만은 사교계 데뷔식을 생각보다 더 혹독하게 치렀다. 거기서 루시를 보았던 것이다.

사랑. 모르겠다고 생각하면서도 한편으론 그게 뭔지 궁금했던 사랑. 로만한 테 사랑은 몽실몽실한 검은 머리칼을 하고 머리에 뿔을 단 여자애의 모습으로 나타났다. 바람결에 발코니 문은 부드럽게 열려 있었고, 그 안에 사랑이 있었다.

길고 고불고불한 머리칼과 파란 눈동자, 오뚝한 코, 반짝반짝한 분홍빛 입술. 사랑은 발코니 난간에 드레스 차림으로 걸터앉아 있었다. 그렇다, 드레스를 입고 말이다.

희고 매끈한 다리가 드레스 자락 아래 아무렇게나 드러났다. 달빛이 그녀의 등 뒤에서부터 쏟아졌다. 마치 핀 조명처럼……. 순간 로만의 머리엔 종소리가 들리는 듯했다.

'너무…….'

갑자기 너무도 어두워 보이지 않던 부분이 밝아지고, 새로운 대륙이 모습을 드러낸 느낌이었다.

'정말 너무 귀여워…….'

학교에서 몇 번, 제가 좋다며 고백해 오는 여자애들이 있었다. 로만은 신기할 정도로 아무 생각도 들지 않았지만 연애란 게 가끔 궁금하기도 했다. 그래서 큰형에게 물었다.

"내가 만약 누군가와 사랑에 빠진 걸 눈치 못 채면 어떡해?"

그건 '혹시 내가 고백을 거절한 여자애 중에, 나중에라도 내가 사랑에 빠질 애가 섞여 있기라도 하면 어떻게 해야 하냐'는 뜻이었다.

"호감을 사랑으로 착각한다거나 그럴 수도 있잖아?"

그 말에 알렉산더가 답했다.

"로만, 알쏭달쏭하면 그게 사랑이겠니?"

단호했다.

"알쏭달쏭하면 절대로 아니야."

바스커빌의 사랑은 절대로 그렇지 않다고, 알렉산더가 말했다.

하지만 난 안 그럴지도 모르잖아.'

그러나 이제 알렉산더의 말을 알겠다. 알쏭달쏭하지 않다. 알쏭달쏭할 리가 없다. 로만은 한참 동안 멍하니 서 사랑이 제 가슴을 어루만지는 것을 느끼고 있었다.

"뭐 해?"

해롤드가 로만의 어깨를 붙잡고 귓가에 속삭였다.

"왜? 어디 아파?"

로만이 시선을 고정한 채로 말했다.

"형, 저기 쟤…… 누구야?"

해롤드는 고개를 갸웃하더니 로만의 시선을 따라 움직였다.

"누구?"

"저…… 머리에 뿔 달린…….'

해롤드의 목소리가 들렸다.

"아, 신기하지? 양이 여기 다 있고."

해롤드가 로만의 귓가에 속살거렸다.

"쟤가 바로 사자 프라이드의 돌연변이야. 심지어 레오파르디인데 쟤 대에 이르러 뭔가 아주 잘못됐나 봐. 솔직히 우리로선 고소해 죽겠는 일이지."

"이름이 뭔데?"

그제야 해롤드는 로만의 상태가 뭔가 이상하단 걸 알아차렸다.

"어?"

로만은 홀린 듯이 레오파르디의 양을 바라보며 생각했다.

'그래, 저 애는 마치 돌연변이처럼 예뻐. 하늘에서 내려왔나 봐.'

지금까지 발견한 그 무엇보다 아름답다고.

"형이 소개해 줘."

로만은 해롤드를 올려다보았다.

"허……!"

해롤드는 로만의 눈이 아주 맛이 간 걸 알아차렸다.

"나 저 애를 알고 싶어. 형이 꼭 소개해 줬으면 좋겠어."

"……아, 안 돼."

해롤드는 로만의 어깨를 흔들었다.

"쟤는 안 돼! 야, 정신 좀 차려 봐. 레오파르디랑? 양인데? 제정신이야?"

제정신일까?

"제정신 아니면 소개 안 해 줄 거야?"

모르는 이들끼리 만날 때에는 신원이 확실한 사람의 소개가 필요했다. 로만은 짜증이 났다.

"난 쟤랑 얘기하고 싶어. 다른 누구도 아닌 쟤와. 소개해 달라니까?"

"야, 잠깐만 있어 봐. 아니, 알렉산더는 어디 간 거야?"

해롤드는 그녀에게로 가는 징검다리를 놓아 줄 기미가 없어 보였다.

'쓸모없네. 진짜.'

로만은 지나가는 웨이터의 은빛 쟁반에서 황금빛 액체가 담긴 잔을 집어 들었다.

"야, 너 미성년⋯⋯."

그리고 단숨에 들이켰다.

"얘 미쳤나 봐⋯⋯."

경악에 찬 해롤드의 목소리가 들렸지만 로만은 신경 안 썼다. 액체는 저 아래로 내려갔다 명치 즈음에서 탁 치고 오르며 로만의 심장에 용기를 불어넣었다.

'왜 지금까지 여길 안 왔을까?'

여기 올 때까지 퉁명스레 안 가겠다느니 어쩌니 했던 자신을 한 대 쳐 주고 싶은 심정이었다.

'왜 그랬을까? 조금이라도 더 일찍 왔다면 시간낭비하지 않아도 되었을 텐데.'

로만은 마음에 들지 않는다고 때를 봐 내팽개치려 했던 나비넥타이를 고쳐 매고, 머리칼을 두 손으로 단정하게 빗어 넘겼다.

'용기를 내자.'

다행히 바스커빌에게는 특성은 아니지만, 대를 이어 내려오는 잘생긴 외모가 있었다.

'용기를 내, 로만 바스커빌.'

일생에 단 한 명밖에 선택하질 않는데 이 수려한 외모라도 없었다면, 이 가문은 몇 대도 못 가 멸문되었을지도 몰랐다.

"나 간다."

로만은 빈 잔을 해롤드한테 떠맡겼다.

"아, 안 돼. 로만? 진짜? 이거 진심이야?"

"도와주지 않을 거면 방해하지 마."

해롤드가 로만의 어깨를 쥐었지만, 로만은 손으로 탁 쳐 냈다.

'뭐라 하지? 뭐라 하지? 뭐라 하지? 뭐라 하지? 뭐라 하지? 뭐라 하지? 뭐라

하지?'

해롤드를 무시하고 여자애를 향해 걸어가는데, 사실 멀쩡한 것은 얼굴뿐이고 머릿속은 하얬다.

로만은 바람에 의해 다시 스르르 닫혔던 발코니의 유리문을 열었다. 인기척을 느꼈는지 여자애가 그를 바라보았다.

'어쩜…… 이렇게 머리끝부터 발끝까지 예뻐?'

로만은 생각했다.

'마치 달에서 내려온 여신 같아.'

머리 위 살짝 말린 두 개의 뿔은 처음에는 눈에 들어오지도 않았다.

'와.'

가까이서 보니 더 아름답고 귀엽고 깜찍하고…… 아무튼 그 무엇으로도 비유할 수 없을 것 같았다.

"……?"

여신은 깜짝 놀란 얼굴로 로만을 바라보았다. 동그란 눈 위로 드리워진 속눈썹이 너무 길다. 손으로 무엇인가를 쥐고 있다 드레스 밑으로 감췄는데, 손가락도 길고 예뻤다.

'아.'

심장이 터질 것처럼 두근거렸다. 하늘엔 지금까지 본 달 중에 가장 큰 달이 떠 있었다.

'난 널 기다리고 있었어!'

로만은 늑대가 달에 끌리듯이 그녀를 상기된 얼굴로 바라보았다.

"안녕?"

목이 멨다.

"너 뭐야?"

그녀가 인상을 찌푸리더니 물었다.

"자리 잘못 찾은 것 같은데, 문 닫아!"

"어?"

"방해되잖아. 문 닫으라고."

탁.

로만은 그 말에 주인 말 잘 듣는 개처럼 꼬리를 치며 문을 닫았다.

"응응, 알았어."

우리 둘만의 세상에 다른 사람이 들어오는 게 싫은 건 로만도 마찬가지였다. 로만은 잠금장치까지 야무지게 걸었다.

'이제 뭐 할까?'

여자애는 당황한 듯 아무 말도 하지 않았다.

"여기에서 뭐 하고 있었어?"

로만이 물었다.

"너 길을 잃었니?"

여자애가 고개를 갸웃했다.

"아니?"

"그럼 가족은 어디 있어?"

"……몰라."

"몰라?"

여자애는 이제 로만을 부모님을 잃은 미아라도 되는 것처럼 바라보았다.

"안녕, 나는 로만이라고 해."

"난, 나는 루시야."

로만은 그녀에게로 다가갔다. 가까이 가서 보니 종이로 무언가를 접고 있는 중이었다. 난간에 종이로 만든 동물들이 줄지어 늘어서 있었다. 로만은 루시의 옆 난간에 걸터앉았다.

"루시, 재미있어 보이는데 나도 한 장 주면 안 돼?"

뭘 하는지는 잘 몰라도 같이 하고 싶었다. 루시는 당황으로 물든 얼굴로 색종이 한 장을 내밀었다.

'가까이서 보니 더 귀엽다.'

로만은 생각했다. 루시는 종이를 가지고 손가락을 꼼지락꼼지락하면서 뭔가를 했다. 로만은 자디잔 은색 진주가 달린 드레스가 루시의 몸에 너무 잘 어울린다고 생각했다. 마치 그녀를 위해 태어난 옷 같았다.

'아니, 이렇게 귀여운 생물이 이 세상에 언제부터 있던 거야?'

로만은 어느새 저도 모르게 종이를 잘게 찢고 있었다. 루시가 문득 고개를 들더니 로만의 손에서 무참히 찢겨 나가는 종잇조각을 바라보았다.

"내가 싫음 말로 해. 종이에다 화풀이하는 거야?"

로만은 오해받아서 당황했다.

"어? 어? 아냐! 내가 널? 아니, 난 그게 아니라……."

오늘따라 왜 이렇게 말수변이 없어지는지.

'앗, 아니야! 그게 아니라!'

로만은 허둥지둥하다 결국 솔직하게 고백했다.

"그, 미안해! 하는 법을 몰라서 그랬어!"

루시는 어이없어했다.

"하는 법도 모르는데 종이를 왜 달라고 그랬어?"

"너랑 친해지고 싶어서! 화풀이한 거 아냐! 왜 널 싫어한다고 생각해?"

그 말에 루시가 제 얼굴을 빤히 들여다보더니 피식 웃었다.

'어?'

그 순간 그 미소가 심장에 박혔다.

"나랑 왜 친해지고 싶은데?"

루시가 말했다.

"누가 나랑 친해지라고 시켰어?"

"어?"

로만은 루시의 말을 이해할 수 없었다. 루시의 눈이 불투명하게 흐려졌다. 마치 슬픈 듯했다.

"저기 말이야, 나와 친해져도 아무것도 나올 게 없어. 난 너와 친해져도 우리 부모님께 아무 말도 안 할 거거든."

"······?"

로만은 이렇게 물을 수밖에 없었다.

"지금 우리 사이에 너희 부모님이 왜 나오는데?"

로만에게 그건 없는 거나 마찬가지였으니까.

"······어? 응."

그 말에 루시는 눈을 깜박깜박 떴다.

"누가 뭘 시켰다는 거야? 넌 누가 마음에 안 드는 사람과 친해지라고 하면 그럴 수 있어? 예를 들면······ 저런 놈 말이야."

로만은 손가락으로 연회장 쪽을 가리켰다. 솔직히 누굴 가리킨 줄도 몰랐는데, 루시의 표정이 풀렸다.

"아니지. 아니야."

이내 루시가 경계심을 풀고 웃기 시작했다.

"종이접기 가르쳐 줄까? 내 말은, 네가 싫지 않으면 말이야."

싫을 리가 없었다.

"로만, 넌 개지?"

"어······? 어."

"그럴 줄 알았어. 한눈에 알았다니까?"

왜 개라고 했는지 모르겠다. 그날 왜 성을 숨기고, 루시가 개냐고 물었을 때 고개를 끄덕였을까?

로만 바스커빌은 나중에 그 이유를 알았다. 바스커빌가의 저주. 자신은 절대 아니라고, 예외라고 생각했으면서도 바스커빌의 특성이 께름칙하다는 걸 알고 있어서였다.

'네가 날 좋아해 주었으면 좋겠어!'

로만은 자신의 안에서 희미하게 울부짖는 소리를 못 들은 양 무시하면서도, 사실 뭔가 이상하다는 걸 느꼈다.

'내가 널 좋아하듯이! 나만을! 그 누구도 아닌 바로 나만을! 그럼 내가 너한테 이 세상을 가져다줄 수 있을 텐데!'

그런데 도대체 무엇이 이상한 걸까?

"이거 줄게."

그날 루시는 종이 개를 선물해 주었다. 로만은 그 종이 개를 구겨질세라 소중하게 품에 안고 차에 탔다.

"루시는…… 마치 달의 여신 같아."

"봤지, 저렇게 됐다니까."

해롤드가 말했다.

"한 방에 맛이 갔어."

"누구라고?"

"루시."

"뒤에 레오파르디는 왜 빼?"

해롤드가 말했다.

"아…… 레오파르디?"

알렉산더는 탄식했다.

"발자크, 샌디 레오파르디 부부 할 때 그 레오파르디? 그분들 장녀 루시 레오파르디 이야기하는 거 아니지?"

해롤드가 말했다.

"아니었으면 좋겠지."

"말리지 그랬어."

"말려지면 그게 바스커빌인가? 쟨 인생 종 친 거야, 진짜."

해롤드가 불쌍한 동생을 바라보며 말했다.

"아니, 난 적당히 뜨거운 맛 좀 봤으면 했는데 그대로 용암 속에 다이빙할 줄이야……."

해롤드와 알렉산더의 탄식엔 분명한 이유가 있었다.

"돈에 매수되지 않는 사람들이 진짜 무서운 건데 말이지."

레오파르디는 지금은 허울뿐이라고는 하지만, 그래도 권위가 남은 에덴버스 왕가의 시작과 함께하는 정치 명가였다. 가문의 문장은 붉은 하트 속에 그려진 왕관을 쓴 사자.

"음……."

알렉산더는 집에 돌아오자마자, 꿈꾸는 듯한 표정을 풀지 못하는 로만을 2층 응접실 테이블에 앉혔다.

"아무래도 우리 귀여운 로만이 앞으로 가시밭길을 걷겠구나. 어떻게 하면 좋겠니, 해롤드?"

해롤드와 함께 말이다.

"불법적인 방법으론, 어떻게 찔러도…… 피 한 방울 안 나오겠지?"

해롤드가 중얼거렸다.

"찔렀다 감옥에 안 가면 다행이지, 해롤드. 저쪽은 사람 감옥 보내는 데 특화된 분들이셔."

알렉산더가 말했다.

"그러니까 내 사랑스러운 동생이나 내가 감옥에서 종신형을 받지 않는 방법으로 이야기해 보자."

사랑에 빠진 로만을 두고 두 형 사이에 일대 토론이 벌어졌다.

Chapter 3.

늑대지만
해치지 않아요

식탁 위에서 꺼내지 말아야 하는 주제가 둘 있다. 정치와 종교다. 토론을 해
봐야 답이 나오질 않기 때문이다.

"게다가 정치적 스탠스도 다르고……."

바스커빌과 레오파르디는 이 중 하나에서 극명하게 대립한다.

정치적 견해……. 둘은 정치적 입장으로 치자면 상극 중의 상극이었다. 하지
만 이해관계가 맞는다면 언제든지 한 침소에 들 수 있는 것 또한 정치.

"어떻게 방법이 없을까?"

"그러니까 어떤 방법?"

"적어도 전쟁은 안 나는 방법 말이야."

알렉산더와 해롤드는 일단 유혈사태 없이 로만의 사랑을 이뤄 주고 싶었다.

"우리가 레오파르디한테 비빌 수나 있나? 걔네는 우릴 뭣도 아니라고 생각하
잖아."

해롤드가 인상을 찌푸렸다. 알렉산더는 대답 없이 팔짱을 꼈다.

"……."

그 말이 맞았다. 귀족제와 왕정이 유명무실해졌다 해도, 클래스는 영원하지.

"정략결혼 제의는…… 우리랑 안 엮이려고 하겠지?"

해롤드의 말에 알렉산더가 대답 대신 눈썹을 들어 올렸다.

"양이어도?"

우선 그 집안엔 왕가의 피가 흐른다. 같은 사자 중에서도 적통이 아니면 거들떠도 보지 않는 게 바로 그 집안이었다. 그 집안 눈으로 보자면 바스커빌은 잡종 중의 상 잡종이다.

"어쩌다 그 단단한 프라이드 안에서 양이 태어났지?"

알렉산더의 말에 해롤드가 답했다.

"1차 세계대전 때, 황제의 셋째 동생이었던 대공의 장남이었나? 난데없이 옷 지어 주던 평민과 사랑에 빠져서 그만……."

"……저런."

"여자는 결국 프라이드 안으로 들어오지 못했지만 자식들은 인정받았어."

해롤드는 거기까지 말하고 한숨을 내쉰 뒤 쓴웃음을 지었다.

"사실 전시가 아니었다면 불가능했던 일이지. 황제고 황자고 전쟁으로 죽어 나가던 때였으니 말이야. 가문 복원이 무엇보다 중요했거든."

해롤드의 말에 알렉산더가 검지로 턱을 톡톡 두드렸다.

"로맨틱한 이야기네."

"그래서 루시가 태어났을 때, 그 집안의 사랑 이야기가 꽤 주목을 받았잖아. 대중들은 로맨틱한 사랑 이야기를 좋아하니까."

해롤드는 미간을 찌푸렸다.

"하지만 현실적으론 그 애가 태어난 뒤, 사자고 호랑이고 모든 가문의 프라이드 외 혼인이 완전히 막혔으니……."

이윽고 빈정거렸다.

"결국 루시의 탄생은 사랑의 종말인 셈이지."

해롤드의 신랄한 말에 로만이 그를 노려보았다.

"왜 루시를 그런 식으로 말해?"

그건 루시 잘못도 아닌데? 로만은 어이가 없었다.

"뭐? 왜 눈을 그렇게 떠? 이게 현실인 걸 나더러 어쩌라고?"

해롤드가 어이가 없다는 듯 어깨를 으쓱했다.

"해롤드, 로만. 우리끼리 싸워서 어쩌게. 로만, 해롤드도 너 생각해서 머리를 맞대고 있잖니."

알렉산더는 애매한 미소를 지었다.

"그래도 희망적인 점이 하나 있다면······ 그 애가 양으로 발현되어서 프라이드 내 경쟁자가 적다는 사실이겠지."

그 말에 로만의 귀가 쫑긋했다.

"희박하다 한들 자신의 가문에서 또 양이 태어나길 바라는 사람은 없을 테니까. 밑져야 본전이니까 혼담이라도 넣어 볼까?"

하지만 해롤드가 고개를 저었다.

"그런 딸이라 유독 더 애지중지한다고 들었어. 우린 바스커빌이잖아."

로만의 미래를 두고 둘은 열심히 머리를 굴렸다.

"남들한테 오히려 정경유착의 희생물처럼 보이진 않을까? 가문의 이익을 위해 딸을 팔아넘긴다고?"

"음······."

"루시는 레오파르디 의원이 발의한 평등 법안의 대표적 상징이기도 한데?"

다시 문제는 원점으로 돌아왔다. 알렉산더가 조그맣게 중얼거렸다.

"역시 그때 말려 보지, 해롤드."

"형, 말린다고 말려졌으면, 내가 왜 이러고 있겠어?"

"아니······ 레오파르디라면 그것 말고도 곤란한 점이 있을 것 같아서 그러지."

이번엔 해롤드의 귀가 쫑긋할 차례였다.

"왜?"

"레오파르디라면 아마 바스커빌에 대한 소문이 마냥 헛소리가 아니란 사실을 알고 있을 거야."

⋯⋯'바스커빌가의 저주'라고 불리는 특이성 말이다. 알렉산더와 해롤드는 심각한 표정을 한 채 입을 다물었다.

'저 둘은 뭘 그리 호들갑인지⋯⋯.'

로만은 미간을 찌푸렸다.

"주의를 돌려 보지 그랬어."

"진짜 그럴 새가 없었다니까. 할 수 있으면 형이 해 보지 그랬어?"

"나는 바빴지, 일하느라⋯⋯."

"어떡하냐. 답이 없다, 진짜⋯⋯."

열다섯 동생이 '나 사랑에 빠졌어!'라고 했을 때 나올 만한 행동은 아니었다.

'그냥 날 내버려 둬⋯⋯.'

로만은 둘을 어이없다는 듯 바라보았다. 하지만 형들은 진지했다.

"자, 긍정적으로 생각해 보자. 적어도 로만의 짝사랑 상대는 테러나 강도 등 기타 위험 요소에서 비교적 안전해."

한참 미간을 찌푸리고 있던 알렉산더가 손가락을 튕겨 딱 소리를 냈다.

"또 뭐가 있을까? 경쟁자가 적다는 점? 아직 어려서 어느 정도는 시간도 있고⋯⋯ 로만, 성격은 어땠니?"

갑자기 화제가 저에게 돌아오자, 로만은 움찔했다.

"뭐?"

"루시의 성격 말이야. 해롤드한테 들어 보니, 너 오늘 파티 내내 다른 사람과는 한 마디도 나누지 않고 루시와 함께 있었다며?"

알렉산더가 로만의 두 눈을 바라보았다.

"네가 보기에 루시는 어떤 사람처럼 보였니?"

그 순간, 로만의 머릿속에 커다란 달을 배경으로 웃고 있는 루시의 얼굴이 떠올랐다.

'루시가 어땠느냐고……?'

머리핀으로 틀어 올린 까맣고 길고 복슬복슬한 머리칼.

"……귀여웠어. 진짜…… 너무 귀엽더라."

"어떻게 벌써 도움이 안 되냐?"

"그게 다니? 뭐 약점 될 만한 정보나 특이점은 없고?"

해롤드가 마른세수를 하며 탄식했다.

결국 한밤중의 토론은 아무 소득도 없이 끝났다.

"이 문제는 오늘 결론이 안 날 테니, 우리 조금 더 생각해 보자. 그런데 로만."

알렉산더는 확인 차 로만의 두 눈을 바라보며 물었다.

"루시가 보자마자 좋았니?"

마치 로만이 착각했을 수도 있다는 듯한 어투였다.

"해롤드 말로는 네가 루시를 보자마자 그 애한테 달려갔다는데? 정말이니? 처음부터 많은 걸 결정할 필요는 없어."

'전에 자기 입으로 사랑은 알쏭달쏭하지 않을 거라며?'

로만은 어리둥절했지만, 알렉산더는 진지했다.

"이 세상엔 정말 많은 사람이 있고, 그중엔 루시보다 훨씬 더 매력적인 사람도 있을 거란다."

하지만 로만이 원하는 건 루시보다 더 매력적인 사람이 아니었다. 루시 그 자체였지.

"난 사실 형들이 왜 이러는지 모르겠어."

로만은 슬슬 형들의 호들갑에 인내심을 잃어 갔다.

"난 그냥 루시한테 말 한번 걸었을 뿐인데, 다들 왜 그래? 형들이 이렇게 유난을 떨면 루시가 얼마나 부담스러워하겠어?"

그건 아직 제 특성에 대해 아무것도 몰라서 할 수 있는 이야기였다.

"내가 다 알아서 할 테니까 형들은 아무것도 하지 마. 알겠어?"

가문에 피처럼 진하게 흐르는 특성이 왜 저주라고 불리는지.

"······."

"얼씨구. 네 맘대로 해라."

알렉산더가 해롤드를 바라보자, 그는 알았다는 듯이 두 손을 과장스럽게 들어 올렸다.

"어떡하면 좋을까."

알렉산더가 로만의 머리칼 위에 손을 얹어 문질렀다.

"우리 귀여운 로만이 죽게 생겼네."

어린애 취급하긴. 로만은 인상을 찌푸렸다. 자신도 이제 열다섯이다. 로만은 흐트러진 머리칼을 쓸어 넘겼다.

'아무것도 모르는 어린애 취급하긴, 난 형들이랑 달라.'

나이 차가 많이 나니 아들처럼 느껴지는 건 알겠지만, 자기들끼리 뭐든지 아는 척하는 건 그만뒀으면 좋겠다.

'아무튼 루시는······.'

로만은 한숨을 내쉬었다.

'정말······ 너무 귀여웠어.'

그리고 오늘 일어났던 그 폭발적인 경험에 대해서 오랫동안 되새겨 보았다.

'하얗고······ 꽃향기에 섞여······ 달콤한 냄새도 나고.'

로만한테 사랑은 부드러웠다.

'······맛있어 보였어.'

사랑이 바스커빌한테 가혹하다니, 믿기지가 않았다.

하나, 늑대가 양을 사랑한다는 것은······.

106

탕!

끝자락에 만년설이 비스킷에 찍은 우유처럼 묻어 있는 산이 총소리에 뒤흔들렸다. 하늘 위로 새들이 날아다녔다. 바스커빌 가문의 사냥철 야영지였다.

사냥 해금이 풀리자마자 삼형제는 그들의 사냥용 지프에 몸을 실었다.

'아, 끓어오른다.'

오랜만에 제 이름이 박힌 사냥용 산탄총에 기름칠을 하는데, 로만은 절로 목에서 으르렁거리는 소리가 울리고 심장이 뛰었다. 몸 안에 웅크리고 있던 짐승이 깨어나는 느낌이었다.

"이렇게라도 발산해야지, 진짜 도시에 오래 있다간 죽어 버리겠다니까."

해롤드가 차가운 공기를 들이마시며 중얼거렸다.

"적당히 해."

알렉산더가 웃으며 말했다.

"자기도 좋아 죽으면서, 말은."

"뭐…… 싫지는 않지. 아버지도 오셨으면 좋았을 텐데."

로만이 그 말에 움찔했다. 그러자 알렉산더가 다가와 로만의 머리칼을 쓰다듬었다.

"미안, 너 들으라고 한 말 아니야."

"넌 이제 그만 상처받을 때도 되지 않았냐?"

"해롤드."

"내 말은, 뭐 우리 눈치를 보냔 말이지. 형제끼리, 어?"

해롤드가 말을 하다 멈추고는 고개를 돌렸다. 로만과 알렉산더도 같은 곳으로 고개를 돌렸다.

사냥용 지프만큼 커다란 사슴이 숲속에서 어른거리다 사라졌다. 무리를 잃은 것이 분명했다. 셋의 시선이 홀린 듯이 고정되었다. 숲에서 눈을 떼지 않으며 알렉산더가 말했다.

"저거로 하자."

그들에겐 사냥용 포인터도 야시경도 필요 없었다. 그들 자체가 훌륭한 추적자이기 때문이었다. 사냥 방식은 단순했다. 표적이 휴식을 취하지 못하게 몰아붙여 체력이 소모될 때까지 추적하고, 죽인다.

탕!

알렉산더가 하늘을 향해 총을 쏘아 올렸다. 그게 시작이었다. 귓가에 점찍은 표적이 뛰는 소리가 들렸다. 곧 셋은 숲으로 달려갔다.

사냥이 끝난 것은 여덟 시간 후였다.

바스커빌 형제는 발굽이 다 갈라져 피가 맺힌 사슴을 바라보았다. 마치 고목이 쓰러진 것 같았다. 알렉산더는 사슴의 가슴팍에서 흘러나온 피를 손가락으로 찍어 자신의 입에 묻힌 후, 해롤드와 로만에게 차례대로 발라 주었다. 그 향이, 맛이 실로 황홀했다.

"정말…… 즐거웠다."

알렉산더가 한숨을 내쉬며 드물게 감정을 드러냈다.

"그렇지?"

"내내 뛰었더니 땀범벅이네, 샤워하고 싶지 않아?"

"근데, 돌아가려면 꽤 걸리겠다. 여기서 좀 먹고 갈까? 불은 피우지 말고."

"좋지."

해롤드가 사냥용 칼을 꺼냈다.

그때였다. 빽빽한 침엽수림을 뚫고 교교한 달빛이 사냥한 짐승에게 내리꽂

했다. 짐승은 아직 살아 쌔액쌔액 숨을 내뿜고 있었다.

"······."

사슴은 잦아들어 가는 숨에 헐떡이면서도 정확히 로만을 바라보았다. 적어도 로만은 그렇게 느꼈다.

검은 거울 같은 눈. 뿔이 달린 짐승의 검은 눈. 그 눈이 저를 향해 반짝였을 때, 로만은 어쩐지 이상한 감정에 사로잡혔다. 입 안에 맴도는 이 달콤한 향과 맛에 사로잡혀 있으면서도······.

로만은 사슴에게로 다가갔다. 그리고 두 눈을 제 손으로 쓸어 감겨 주었다.

"무슨 짓을 하는 거야?"

해롤드가 고개를 갸웃했다.

"별거 아냐."

로만은 어깨를 으쓱했지만, 사실 별일이었다.

'갑자기 왜 루시가 떠올랐을까?'

루시는 사람이고, 사냥은 일종의 스포츠일 뿐인데.

'아마 레오파르디가에도 이런 취미를 가진 사람이 있겠지?'

사냥은 낚시나 뜨개질, 승마나 오페라 관람과 다를 바 없는 취미였다. 그뿐이랴? 육식 특성을 가진 가문한텐 오히려 장려되는 고급 취미였다.

'육식 특성을 가진 가문들은 대부분 개인 사냥터를 가지고 있으니까······.'

DNA 속에 내재한 폭력성을 건전하게 터뜨려 해소할 기회를 준다는 것이었다.

'하지만 루시도 그렇게 생각할까?'

갑자기 든 생각에 로만은 조금 자신이 없어졌다.

'내가 왜 이러지?'

다음 모임 때도 루시가 있었다. 루시는 자신을 바라보더니 미소 지었다. 목엔 리본을 달고 반짝이는 황금빛 드레스를 입은 루시는 이곳에 있는 그 누구보다 아름다웠다.

"……루시."

이곳에 있는 다른 사람을 알지 못했지만, 비교할 필요도 없었다.

'너무 예뻐.'

꼬리가 마구 흔들리다 못해 등 뒤에서 소리가 났다.

로만은 루시에게 다가갔다. 샹들리에의 묵직한 불빛 속에 반짝거리는 파란 눈동자가 아름다웠다. 그런데 어째서 그 순간, 며칠 전에 한 사냥이 생각났을까?

'어?'

로만은 고개를 흔들어 머릿속 생각을 털어 냈다.

"……종이접기 할래? 내 말은, 너만 괜찮다면 말이야."

루시가 고개를 까닥이며 말했다.

"응."

거부할 이유가 없었다. 태어나서 단 한 번도 해 본 적 없는 종이접기를 하는데, 로만은 너무 즐겁고 행복했다. 그 무엇으로도 채워지지 않아 공백으로 남겨 두었던 곳에 천천히 살이 차오르는 듯한 느낌이 들었다.

그건 사냥과는 다른 감각이었다. 로만에게는 이제 루시와 하는 종이접기가 사냥보다 더, 아니 사냥과는 비교도 되지 않을 정도로 재미있어졌다.

그날 루시는 로만한테 이것저것 물었다. 그러다 문득 걱정되는 듯 말을 꺼냈다.

"그런데 로만? 나랑만 여기 있으면 부모님이 뭐라고 하지 않으실까?"

"부모님?"

로만은 있는 그대로 대답했다.

"어쩜 좋아. 미안해, 난……."

그 대답에 루시는 깜짝 놀라며 로만의 어깨를 쓰다듬었다.

"……!"

내색은 하지 않았지만 로만은 루시가 자신을 만져서 정말 놀랐다. 그 손길이 놀랄 정도로 기분이 좋아서 등에 소름이 다 돋았다. 루시의 손은 금방 떨어졌다.

'더 만져 줄 순 없을까?'

겉으론 아무렇지도 않은 체하면서도 로만은 심장이 다 떨렸다.

'방금 그게 끝인가?'

아니었다.

"내가 전에 책에서 읽었거든. 그러니까 너만 괜찮다면……."

"응?"

"머리를 쓰다듬어 줄게. 그럼 개는 스트레스가 많이 풀린대."

금시초문이었다.

'아니, 이게 무슨 소리야?'

개들이 그런다고? 진짜로?

'머리를 만지는 게 왜 스트레스가 풀리는데? 무슨 메커니즘인데?'

고개를 갸웃갸웃하는 로만의 태도에 루시가 머뭇거렸다.

"하긴 이게 다 다르지? 공들여 만진 머리도 망가질 테고, 그게 나는……."

루시가 무릎 위에 놓은 손을 꼭 쥔 채로 머뭇거렸다. 로만은 얇은 레이스 장갑에 싸인 루시의 하얀 손을 바라보았다.

"아니? 맞는데? 맞아! 만져 줘."

이 기회를 놓칠 순 없었다. 로만이 얼른 고개를 숙였다. 그러자 루시가 천천히 한쪽, 한쪽 장갑을 벗어 자신의 무릎 위에 놓았다.

루시의 손가락은 가늘고 길었고, 손톱은 둥글고 짧게 다듬어져 있었다. 손끝은 분홍빛이었다. 마치 태양이 떠오르기 직전의 새벽하늘처럼. 그 모습이 귀에 소름이 돋을 정도로 감미로웠다. 로만은 떨지 않기 위해 아랫입술을 꾹 깨물었다.

'나 변태 아냐? 조심해야지……. 떠는 거 들키지 않게…….'

그러나 아주 조심스러운 손길이 머리에 닿자, 그 생각조차 잊어버렸다.

"그르……."

루시의 손길이 귀에 닿는 순간, 너무 좋아서 온몸에 소름이 끼치며 목이 울렸다.

"응?"

루시가 눈을 동그랗게 뜨며 손을 뗐다. 그 동그란 눈동자가 묻고 있었다.

'내가 널 아프게 했어?'

로만은 황급히 머리를 흔들었다.

"아냐, 아냐. 좋아서 그런 거야."

"……그래?"

"더 해 줄래?"

"응."

루시는 다시 머리를 쓰다듬어 주었다.

'……와!'

온 감각이 두피와 귀의 신경으로 몰렸다. 귀가 움찔움찔 떨리고, 꼬리가 걸터앉은 난간을 빗질하듯 마구 움직였다. 로만은 입을 꽉 다물었지만, 그래도 신음을 어찌할 수가 없었다.

'아…….'

세상에, 정말 너무 행복해…….

로만은 그르렁거림을 멈출 수가 없었다. 처음으로 태어나길 잘했다는 생각이 들었다. 어머니가 자기 때문에 죽고, 그 때문에 아버지는 폐인이 되었다 해도 말이다. 정말…… 시간이 어떻게 가는지 몰랐다.

"우리, 다음 모임에서도 만날 수 있겠지?"

"몰라."

루시가 장갑을 끼면서 웃었다.

"왜?"

"애초에 다음이 언제인지도 모르잖아. 이런 모임이 날짜를 정해서 열리는 것도 아닌데."

그러더니 오히려 로만을 걱정하듯 묻는다.

"그런데 나 말고도 다른 애들이랑 놀아야 하지 않아?"

"난 괜찮아."

다른 애들이 무슨 소용이야?

"그럼 됐고."

로만의 말에 루시가 미소 지었다.

그날 로만은 행복에 겨운 나머지 차 안에서 추욱 늘어졌다.

"아주 하루가 다르게 맛이 가는구나?"

해롤드가 말했다.

"도대체 둘이 거기 들어가서 뭘 했기에 그래?"

"종이접기……."

"이거 미친놈 아니야?"

해롤드가 관자놀이에 대고 검지를 빙빙 돌리며 알렉산더를 바라보았다.

"왜 귀엽잖아."

"아니, 둘만 있으면 뭐 그거보다 더 대단한 걸 할 수 있을 거 아냐. 난 오늘 레오파르디 부부 시선을 끄느라 얼마나 애를 쓴 줄 알아?"

해롤드가 과장된 어조로 말했다. 자기는 그것도 못 하면서 말이다.

"로만, 이 둘째 형은 네 생각보다 널 사랑한단다? 그런데 종이접기? 어? 종이

113

접기?"

사실 그보다 더한 걸 했지만, 로만은 고문을 당한다고 해도 오늘 일어난 일에 대해 말할 생각이 없었다. 말을 하면 그 순간 이 경험이 형들한테 공유될 것 같았다.

'나만 알고, 나만 가지고 싶어.'

로만은 말을 하는 대신 조수석에 앉은 알렉산더에게 부탁 하나를 했다.

"다음 주에 파티 좀 열어 주면 안 돼?"

매일매일이 파티라면 얼마나 좋을까?

"그럼, 우리 로만이 사랑을 한다는데 뭘 못 해 주겠니? 그리고 뭘 해도 해롤 드보다는 싸게 먹힐걸?"

"형?"

"하하하하하."

알렉산더가 웃었다.

그렇다. 바스커빌에겐 로만의 소원을 간단하게 실현할 만한 돈이 있었다.

"이상하게 이번 달에 모임이 많네."

의아함을 가득 담은 루시의 말에 로만은 움찔했다. 양심이 찔렸던 것이다.

"그래서…… 싫어?"

"아니, 좋아."

그 말에 로만은 가슴을 쓸어내리고 싶었다. 루시가 비밀 이야기라도 하듯 로만에게 속삭였다.

"그거 알아? 소문에 따르면 이 모임들의 뒷배에는 바스커빌 가문이 있다는데 말이야."

로만은 깜짝 놀랐다.

"아무래도 그 가문이 요즘 뭔가를 모의하고 있나 봐. 아니면 정치계로 진출할 건가?"

방향을 잘못 잡고 있긴 했지만, 뭔가를 모의하는 건 맞았다. 로만은 마른침을 삼켰다.

"그게 아니라, 말 그대로 그, 응, 자선을…… 가진 것을 그게 필요한 사람과 나누려는 게 아닐까?"

"로만, 넌 참 순진하구나."

로만은 생각했다.

'무슨…… 그런 말도 안 되는 소리를 해.'

"그래도 널 만나니까 참 좋다."

로만은 하고 싶은 말을 꾹꾹 눌러 참았다. 이를테면 '순진한 건 너야, 루시. 이 모든 행사는 바로 너 때문에 열리는 거라고.' 하는 말 말이다.

연회가 열리고 또 열렸다.

"야!"

어느 날 밤, 보다 못한 해롤드가 외쳤다.

"언제까지 소꿉장난만 하고 있을 건데!"

루시와 로만이 무인도 이야기를 했던 날 밤이었다.

"루시, 난 풀도 과일도 먹을 수 있어. 그러니까 설령 너랑 내가 무인도에 떨어진다고 해도 우린 잘 살 수 있을 거야. 바로 지금처럼……."

로만이 루시에게 평생 풀과 과일을 먹고도 살 수 있다고 맹세한 날 밤이자, 레오파르디가 식구들한테 밀회 아닌 밀회를 들킨 날 밤이었다.

"우리 회사 등골 휘어지겠다! 아무리 이게 동생 연애 사업이라지만, 지금 자선 파티를 몇 번이나 하는 거야?"

해롤드는 동생의 어깨를 붙잡고 흔들었다.

"이젠 뭘 할 레퍼토리가 없어. 그러니까 그냥 휴대전화 번호 받아서 밖에서 만나. 어?"

로만이 웅얼거렸다.

"나 채식할래."

해롤드의 입이 떡, 하고 벌어졌다.

"이게 무슨 개소리야? 돌았냐?"

"해롤드."

"아니…… 나 억울해. 쟤가 개소리를 하잖아. 진짜 왜 나한테만 그래? 내가 둘째라서 그래?"

"무슨 일이 있었겠지."

알렉산더가 다정하게 로만한테 물었다.

"아직 성장기도 안 끝났는데 괜찮겠어? 왜 갑자기? 우린 초식 특성도 아니잖니. 혹시 루시가 뭐라고 했니?"

"아니."

그런 건 아니다. 하지만 로만의 머리엔, 방금 전 자신을 바라보던 레오파르디 부부의 당황한 얼굴이 아직도 어른거렸다. 경계와 공포심이 가득하던 그 눈. 그건 루시의 친구를 보는 눈이 아니었다.

'그건 아무래도 루시가 양인 동시에 내가 늑대이기 때문이겠지. 내가 바스커빌이라서…….'

둘 사이를 바라보던 해롤드의 귀가 축 늘어졌다.

"이럴 거면 나 막내 시켜 줘."

'왜 둘이서 나 왕따 시켜?' 하고, 해롤드가 투덜거렸다.

로만은 처음으로 자신의 특성을 자각했다.

빈민가에서는 한 달에 몇 건이고 초식 특성을 가진 사람들이 육식 특성을 가진 사람들에게 살해당하곤 했다. 신문은 그런 사건들을 개인의 일탈로 포장하곤 했다. 그렇지만…….

초식 특성을 가진 사람은 육식 특성을 가진 사람에게 본능적으로 기가 죽는 게 사실이다. 물론, 루시는 아니었지만…….

'아니, 아닐까?'

사랑을 한다는 건 걱정이 많아짐을 의미했다.

'루시가 날 무서워하면 어쩌지? 달아나면 어쩌지?'

로만은 루시를 만날 때마다 달콤한 잔향을 느꼈다. 단순히 향수 냄새를 말하는 게 아니었다. 핏줄이 비칠 정도로 하얀 피부, 그 아래서 팔딱팔딱 뛰는 맥…….

'네가…… 가끔은 설탕과자처럼 느껴질 때가 있어. 너는 이런 내 마음을 알까?'

루시의 가슴에서 들리는 규칙적이고 다정한 심장 소리. 그 소리를 귀로 들을 때마다, 로만은 어쩐지 목이 마른 기분에 마른침을 삼키느라 애를 써야 했다.

'내 심장 소리가 루시한테도 들릴까?'

루시가 그를 바라보며 웃을 때마다 로만의 심장도 함께 두근거렸는데, 그건 사냥감을 뒤쫓을 때의 흥분감과 너무도 닮아 있었다. 때때로 로만은 혼란스러웠다. 호수처럼 새파란 루시의 눈을 볼 때면, 어째서 그때 자신이 사냥했던 사슴의 눈이 떠오르는 것일까?

'내가 사냥했던 짐승처럼…… 내 본능이 루시를 해치는 건 아닐까?'

아, 그렇다고 루시를 잡아먹고 싶은 건 아니다. 정말 아니다.

'아닐까?'

로만은 머리칼을 움켜쥐었다.

'이상해, 난 도대체 루시랑 뭘 하고 싶은 거지?'

처음에 한 거짓말을 해명할 기회를 아주 많이 놓친 채로 여기까지 왔다. 자신이 개라는 거짓말, 바스커빌이 아니라는 거짓말.

'하지만 이건 하얀 거짓말이잖아. 나는 로만이고 개는 루시야. 내가 바스커빌이고 늑대라고 해서 우리 사이가 달라질 건 없잖아.'

그 거짓말은 로만에게도, 루시에게도 하등 해가 되지 않았다.

'내가 어떻게 그 애를 아프게 하겠어?'

로만은 루시를 해칠 생각이 전혀 없었다. 어떻게 루시를 해치겠는가? 로만은 루시가 좋았다. 루시가 레오파르드든, 사실은 사자였어야 할 양이든 아무것도 상관없었다.

루시는 정말 다감했다. 동시에 조심스럽고 섬세했다. 마치 그녀가 낀 거미줄처럼 가늘고 아름다운 레이스 장갑 같았다.

"로만, 넌 정말 다정해."

그걸 로만 말고는 아무도 몰랐다. 영원히 아무도 몰랐으면 좋겠다고 로만은 생각했다.

'언제까지나 나만이 네 친구였으면 좋겠어.'

사실 그것보다 더 많은 것을 바란다.

'아니야. 그게 아니야. 나는 더…… 더 바라.'

좀 더 질척하고 폭력적인 것을 바란다.

'나는…… 더 원해.'

로만은 자기 자신도 이해하지 못할 감정에 끙끙 앓았다.

'지금도 황홀할 만큼 좋지만, 나는 허기져.'

그렇다. 문제는…….

'그 애의 모든 것을 원해!'

로만이 자기도 모르는 무엇인가를 더 원하고 있다는 사실이었다. 그런 생각에 잠 못 이루다 얼핏 잠이 든 밤이었다.

'그 애를 가지고 싶어!'

로만은 너무도 커다란 소리에 깜짝 놀라 잠에서 깨어났다. 누가 귀에다 대고 고함을 지른 것만 같았다.

"……뭐지?"

그러나 눈을 떴는데 아무도 없었다. 방 안에 있는 건 로만, 자기 자신뿐이었다. 그런데 또 어디선가 천둥 같은 소리가 들렸다.

'그 애를 사랑해! 잡아먹고 싶을 정도로!'

그제야 로만은 그 소리가 어디에서 나는지 알았다. 자신의 심장에서였다. 온몸을 휘도는 혈관 속 피가 끓었다.

'……어?'

순간 로만은 그게 무슨 뜻인지 깨달았다.

배 저 아래가 뭉치듯이 뜨거워지면서, 그곳을 중심으로 온몸의 피가 끓어 갑자기 미칠 지경이 되었다. 발광할 것만 같은 기분이었다. 로만은 하울링을 참지 못하고 고개를 꺾었다. 동시에 아주 오랜 옛날, 왜 해롤드가 방 안에서 울며 뒹굴었는지를 깨달았다.

'나는 더 원해. 너만 만나면 내 심장 박동이 마치 사냥을 하는 것처럼 거세지고 불규칙해져.'

그건…… 그럴 수밖에 없었기 때문이었다.

'널 생각하면 온몸이 뜨거워지고, 그 밖의 다른 건 아무 생각도 나질 않아. 그런데 네 심장 소리는…… 네 심장 소리는 너무 평온하잖아!'

상사병이었다. 거친 욕망이 로만을 할퀴고 지나갔다.

'널 사랑해! 사랑해! 사랑한다고! 널 원해! 너를 가지고 싶어! 네 몸과 마음, 살과 피와 심장, 너를 구성하는 것은 뭐든지!'

저 고대부터 내려오다 로만의 몸에 응축된 바스커빌의 피가 외쳤다.

119

'너를 갖고 싶어, 무슨 수를 써서든!'

로만은 루시를 바라보며 지금 이때까지 궁금함을 참아 왔다.

'너는 날 친구라고 부르지만, 나는 그보다 더 나아가고 싶어. 난 네가 생각하는 것만큼 착하지도 상냥하지도 않아.'

이런 마음을 다 알아도 루시가 자신을 좋아할 수 있을까? 로만은 그 답을 몰랐다.

'만약 루시가 나한테 겁을 먹는다면, 나는……?'

무리를 부르는 로만의 비명에 알렉산더와 해롤드가 달려왔다.

"로만……."

로만은 두 손으로 갈기갈기 침대 시트를 찢고 있었다.

"시작됐구나."

알렉산더가 말했다.

"세상에…… 땀 좀 봐. 제정신이 아니네."

해롤드가 다가가 로만을 끌어안았다. 그건 정말 저주 같았다.

"로만, 정신 좀 차려 봐, 응?"

온몸의 피가 불꽃을 품고 살가죽 안쪽을 태우려 발악하는 듯한 느낌이었다.

"이게…… 뭐야? 이게 뭐냐고?"

로만은 해롤드의 품에 안겨 엉엉 울며불며 물었다. 미치도록 슬프고, 괴롭고, 무섭고 화가 났다. 제 피와 영혼을 심지로 삼아 지옥의 불길이 이는 것 같았다.

루시를 원했다. 아주 많이, 아니 모두. 로만은 지금 당장 루시의 전부를 원했다. 그것은 온몸을 태우는 갈망이었다.

"형…… 이게 뭔데?"

로만은 자신을 집어삼키는 감정에 어찌할 줄을 몰랐다.

"너무 아파, 죽을 것 같아……."

용암에 빠져 뼈와 살이 녹아드는 듯한 이 기분……. 저를 구성하고 있던 모든 것이 갈가리 찢기는 듯했다.

루시가 자신을 사랑해 줄까?

답은 이미 알고 있다. 알고 있기 때문에, 루시와 함께 있어도 실은 아무것도 해소되지 않았다. 종이접기와 대화 따위론…….

심지어 루시는 자신을 사랑하지조차 않았다. 그 동요 없는 다정한 눈.

'네가 날 사랑하지 않으면, 그 다정함은 하나도 소용없어.'

종이로 만든 궁전은 헛된 것이었다. 아무리 정교하고 아름다워도 그곳에선 살 수 없다. 종이 개는 짖을 수 없다.

로만의 허기는 루시가 주는 우정과 다감함으로는 해소될 수 없었다. 늑대도 나무 열매를 먹고 연명할 수 있겠지. 하지만 피에 젖은 고기가 없는 삶은 비참한 것이었다.

"형, 허엉…….."

그는 해롤드의 품에 파고들며 어린아이처럼 울음을 터뜨렸다.

"마음이 너무 아파!"

로만은 그녀의 모든 게 갖고 싶었다.

"어떡하면 좋아."

손안에 품어 평생 소중하게 여겨 주고 싶으면서도, 한입에 꿀꺽 집어삼키고만 싶었다.

"그 애를 가지고 싶어!"

로만은 순식간에 아주 많은 것을 감각석으로 이해했다. 대부분 바스커빌에 대한 것들이었다.

"루시를 어딘가에 가두고 싶어, 나만 아는 곳에…….."

로만은 헐떡이며 해롤드에게 말했다. 진심이었다.

"가둬서 아무도 못 보게 하고 싶어."

루시도 자신만을 바라보길 원했다. 영원히 함께하길 원했다.

아, 이 세상엔 너무도 위험이 가득했다. 로만은 이제야 깨달았다. 이 세상은 너무도 가혹하고 차가운 곳이란 것을. 루시가 다른 사람을 사랑하게 될 위험, 다른 사람이 저처럼 루시를 사랑하게 될 위험.

'나는 루시를 지켜 주고 싶어.'

혹은 그 밖의 재난이나 테러, 질병과 고통, 사고……. 로만은 그 모든 것에서 루시를 안전하게 지켜 주고 싶었다.

'지키고…… 지배하고 싶어.'

동시에 로만은 그녀의 주인이고 싶었다. 루시의 생살여탈권을 쥐고 그녀를 애원하게 하고 싶었다. 온 신경을 자신에게 쏟을 수밖에 없게 하고 싶었다.

그도 아니면, 루시의 약점을 쥔 노예가 되고 싶었다. 루시가 원하는 것은 무엇이든 해 주고 싶고, 자신이 원하는 것을 하게 만들고 싶었다.

'내가 왜 이러지?'

왜 소중하게 여기고 싶은 동시에 엉망진창으로 만들고 싶은지, 로만은 이해할 수 없었다.

'난 이런 사람이 아니었는데…….'

여러 가지 이미지가 로만의 머릿속에 스쳐 지나갔다. 때로는 말로 표현할 수 없을 정도로 저속하기도 했고, 때로는 루시의 눈처럼 다정하기도 했다.

'아, 정말 루시는…….'

루시는 로만이 갈망하는 모든 것이었다.

'난 그 애 없이 살 수가 없어…….'

해롤드의 안타까운 중얼거림이 깊은 물속에서 듣는 것처럼 멀었다.

"앨 어떻게 하면 좋아."

바스커빌의 피 속에서 로만은 붕괴했다.

로만은 앓았다. 그날 밤부터였다. 한번 깨어난 열망은 로만의 피 속에서 가라앉을 줄 몰랐다. 한 번도 걸려 본 적 없는 지독한 독감 같았다. 열에 잠겨 누워 있다가도 몇 번이나 벌떡 일어나 로만은 울부짖었다.

'루시. 루시. 루시.'

자신을 똑바로 바라보는 다정한 눈과 손길, 웃음과 미소. 자신을 경계하던 사자들의 눈이 떠올랐다가 사라졌다.

로만의 온몸에 열꽃이 피어났다. 뜨거운 열망의 용암 속에서 헤엄칠 때마다 로만은 루시의 이름을 불렀다. 그때마다 누군가가 로만의 손을 잡아 주었는데, 가끔은 해롤드이기도 했고 또 가끔은 알렉산더이기도 했다.

"괜찮아질 거야."

형들은 로만을 걱정하고 있었다.

"어른이 되기 전에 겪는 성장통 같은 거야. 우리도 이미 겪었어. 네 마음을 누구보다도 잘 알아, 이해해."

로만은 처음으로 그들과 깊은 유대감을 느꼈다.

"널 우리만큼 이해할 수 있는 사람은 없을 거야."

그들은 같은 피로 연결되어 있었다.

"로만, 내 말 들리니?"

하지만 유대감을 느끼는 동시에, 무엇인가 제 안에서 텅 비는 느낌이 들었다. 그건 정말로…….

"루시…….”

차가운 물수건이 로만의 이마 위에서 몇 번이나 미시근해졌다.

로만이 사랑의 열병에 앓아누운 지도 며칠이 지났다.

"옛날 생각난다."

머리가 무겁고 뜨거운 와중에, 머리맡에서 알렉산더의 목소리가 들렸다.

"정말 끔찍했었지."

"형이 끔찍했던 적도 있어?"

해롤드의 목소리도 들렸다. 둘이 함께 있는 걸 보니 때는 밤인 듯싶었다.

"그럼 있지. 넌 어릴 때여서 모를 거야. 혼자서 많이 외로웠어. 이게 다 장남의 숙명이겠지만."

해롤드의 목소리는 의아함을 담고 있었다.

"하지만 마르셸은 형을 사랑하잖아."

로만은 다시 눈을 간신히 떴다. 물 안에서 보는 풍경처럼 모든 것이 멀고 희미하게 느껴졌다.

"마르셸이?"

머리맡에 둘이 앉아 있었다. 알렉산더는 웃고 있었다.

"해롤드, 나는 있잖니. 가끔 아예 사랑을 몰랐으면 해."

"형이? 왜?"

해롤드는 미간을 찌푸렸다. 알렉산더의 말을 이해할 수 없다는 듯이.

"형은 다 가졌어. 마르셸은 형을 사랑하고 형도 마르셸을 사랑하지. 그런데 왜? 뭐가 문제야?"

"물론 그렇지. 매일 사소한 문제가 일어나긴 하지만, 사실 이 세상에서 내가 원하는 건 이제 아무것도 없어."

알렉산더는 자신의 마음을 설명하기 어려운 듯했다.

"하지만 이걸 뭐라고 해야 할까……."

알렉산더가 잠시 눈을 감았다.

"해롤드, 너도 일을 해 보았으니 빼앗는 것보다 지키는 게 얼마나 어려운 일인지 알겠지."

그는 신음을 흘리듯이 중얼거렸다.

"다른 사람들의 사랑은 너무도 빨리 시들어. 예를 들어 내가 사랑하는…… 마르셀, 마르셀의 사랑조차도, 변질될 위험이 있지."

어째서 다 가졌다는 알렉산더의 목소리가 이다지도 쓸쓸하게 들리는 것일까.

"사람들은 너무 빨리 변해. 아무 이유 없이 방향을 바꾸는 바람처럼. 혹은 갑자기 비를 뿌리는 여름 날씨처럼."

로만은 처음으로 알렉산더의 마음을 엿들었다.

"어느 날 마르셀이 다른 사람을 사랑한다고, 나를 떠나겠다고 말하면 어쩌지?"

로만은 형의 말을 몇 년 전과 달리 뼈저리게 이해했다.

"그런 생각을 하면 나는 잠이 오질 않아. 왜냐하면 얼마든지 일어날 수 있는 일이기 때문에. 난 물론 마르셀의 자유 의지를 사랑하지만."

앎은 무서운 것이었다.

"마르셀이 걷다가 하늘에서 떨어진 벽돌에 맞아 다치면 어떡하지? 내 아이를 낳다 죽으면? 누군가 마르셀을 납치하면?"

마르셀이란 이름을 루시로 치환하기만 하면, 모든 것이 이해되었다.

"마르셀의 사랑이 나를 행복하게 하지만, 내가 세상에 체면을 차리지 않을 수 있다면 마르셀을…… 나의 새장 속에 가두고 싶어."

그게 바로 로만이 원하던 것이었다.

"마르셀을 만나기 전엔 저주 같은 건 다 헛소리인 줄 알았어. 이 강렬한 감정을 언제까지 숨길 수 있을까? 나는 마르셀을 이해시키고 싶지조차 않아. 끔찍하니까."

알렉산더의 목소리는 점점 작아졌다.

"이 마음을 안다면 내게서 도망치겠지? 나는 내 반려가 날 무서워하길 바라지 않아. 우리 같지 않은, 일생에 여러 명을 사랑할 수 있는 사람들의 삶이란 무엇일까?"

알렉산더의 목소리는 마지막엔 거의 그르렁거림으로 변했다.

"나는 부러워, 해롤드. 우리는 병적으로 집착하지. 너무도 연약한 것에. 가끔은 후, 하고 불면 사라지는 민들레 홀씨 같은 것에."

맞아. 정말로 그렇다. 로만은 눈을 감았다.

'……그렇구나.'

알렉산더는 언제나 평온해 보였다. 그 어떤 일에도, 그것이 공적이든 사적이든 단 한 번도 흔들린 적이 없었다.

'난 둘이 참 잘 어울리는 한 쌍이라고 생각했는데…….'

마르셀은 마치 그런 알렉산더의 여성형 같은 사람이었다. 부드럽고 온화하고 상냥하고…….

그녀는 로만을 좋아했다. 어릴 때 저택으로 놀러 와 자주 놀아 주었던 기억이 있었다. 마르셀이 돌아가고 나면, 알렉산더는 웃음기 어린 얼굴로 꼭꼭 말하곤 했다.

"아무리 예뻐도 내 연인한테 반할 생각하지 마. 로만."

이제 그게 빈말이 아니었단 걸 알겠다. 알렉산더가 그녀를 얼마나 특별하게 생각하는지 지금은 완벽히 이해할 수 있었다. 그건 경고였다. 아마도 알렉산더의 눈엔 마르셀이 마치 루시처럼 보였을 것이다.

애정은, 아무리 넘쳐도 다른 이와 반 갈라 나눌 수 있는 게 아니었다.

'그럼 나는 어떻게 되는 걸까?'

자장가처럼 계속해서 알렉산더의 목소리가 들려왔다.

"만약 사랑을 잃으면 나도 아버지 같은 말로를 맞을까? 살아 있어도 살아 있는 것 같지 않게, 평생 추억이나 더듬으며 살게 되면 어쩌지?"

"나는."

한참 침묵을 고수하던 해롤드의 목소리가 끼어들었다.

"로하네스가 날 사랑하기라도 했으면 좋겠어."

"······해롤드."

"로하네스는 나를 남자로 본 적이 한 번도 없었지. 그래서 난 인정하고 싶지 않았어. 내가 어때서? 나만 한 신랑감이 어디 있는데?"

해롤드의 목소리는 분에 찬 듯싶었다.

"그 애가 날 사랑해 주기만 한다면 전 세계를 발아래 가져다 놓을 수도 있어. 정말 이건 진심으로 하는 말이야. 사랑을 위해서라면 난 형과도 싸울 수 있어."

해롤드의 목소리가 떨렸다.

"그런데 갠 그걸 원하지 않잖아. 미칠 것 같아. 형 같은 고민이라도 해 봤으면 좋겠어."

슬픈 것 같기도 하고, 원망스러운 것 같기도 했다.

"그 앤 왜 날 사랑하지 않을까······ 이러다가 누구처럼 미쳐 버리기라도 하면······ 로하네스가 날 바라봐 주지 않는다면, 결국 나는······."

해롤드의 목소리가 볼륨을 줄이듯 작아져 갔다.

"나를 원하지 않는다면 나는······ 그럴 수밖에······ 어떡하지."

로만은 자신의 머리맡에서 들려오는 이 고백들이, 마치 자신의 미래 같았다.

'알렉산더, 해롤드······.'

로만은 루시의 결정에 따라 알렉산더가 될 수도 있었고, 해롤드가 될 수도 있었다. 로만은 눈을 감고 루시를 떠올렸다.

지금 이 모양 이 꼴로는 다음 파티에 참석할 수 없을 것 같았다.

'선물······ 줘야 하는데.'

때마침 곧 크리스마스였다. 크리스마스에는 각 가문의 행사가 있어 만나지 못할 테니, 로만은 그 핑계로 건넬 크리스마스 선물을 준비했다.

사실 그 전부터 루시에게 무엇이든 해 주고 싶었지만, 구실이 없었다. 무턱대고 선물을 떠안겼다간 놀라 도망칠지도 몰랐다.

'날 무서워하는 건 싫어.'

로만이 루시에 대한 생각에 골몰하고 있는 사이, 형들의 목소리가 드문드문 그의 귀에 박혔다.

"해롤드, 내가 조언 하나를 해 주자면⋯⋯."

'귀걸이나 목걸이나 반지, 그 무엇도 안 될 것 같아. 그건⋯⋯ 너무 특별해.'

게다가 루시는 놀랄 정도로 아무 액세서리도 하질 않았다.

'특별한 사이한테만 허락된 선물 같아.'

로만은 백화점들을 돌아다니며 온 선물 코너를 뒤졌다. 그러다가 마음에 꼭 드는 선물을 발견했다. 인형이었다.

"해롤드, 내가 정말로 무언가를 원한다면 그걸 들키면 안 돼. 뭐든지 쉽게 얻을 수 있는 건 매력이 없으니까."

큰형이 작은형을 타이르는 동안, 로만은 정말로 루시를 꼭 닮았던 인형을 생각했다. 유치하게 생기지도 않았고, 두 눈엔 그녀의 눈 색깔을 닮은 보석이 박혀 있었다.

로만은 그걸 얼른 샀다. 해롤드가 '이게 벌써 바스커빌 같은 짓 하고 있네.' 하고 빈정거리든 말든, 루시한테 인형을 선물할 날을 손꼽아 기다리고 있었다.

"네가 로하네스를 사랑하는 티를 내면 낼수록, 로하네스는 도망치고 말걸."

128

"하지만 그 앨 사랑하는 걸 어떡해?"

"어떡하긴, 생각을 해 봐. 해롤드, 이건 사랑이 아니라 전쟁 같은 거야. 네가 원하는 게 있다면……."

하지만 다시 만나기 전에 해가 지날 것이다. 그럼 뭐라고 변명을 하며 이 선물을 전달하지?

'소포로…… 부칠 수는 없나?'

선물을 생각하자, 로만은 선물 생각밖에 할 수 없게 되었다. 로만은 루시에게 꼭 선물을 주고 싶었다. 이 와중에, 거의 죽어 가는 와중에 말이다. 형들이라면 루시의 집 주소를 알지도 몰랐다.

"형……."

로만은 열기에 바싹 마른 입술을 열었다.

"로만?"

"왜, 물 좀 줄까?"

알렉산더와 해롤드가 동시에 로만에게 말을 걸었다.

"선물 좀…… 보내 줘."

로만은 기어들어 가는 목소리로 말했다.

"루시한테…… 응?"

크리스마스 선물인데, 크리스마스를 넘기면 의미가 없잖아.

그러고도 열병은 며칠을 더 갔다.

"너는 애가 숨이 넘어가면서도 루시, 루시 하더라. 루시한테 신물을 그렇게 주고 싶었어?"

직장에서 돌아온 해롤드가 일부러 방으로 찾아와 정신을 차린 로만을 놀렸다.

"걔가 그렇게 좋아? 곧 파티인데 신데렐라처럼 너만 거기 못 가서 어떡해? 내가 선물 전달해 줄까?"

"꺼져."

로만이 말했다.

'혼자 멀쩡한 척하기는.'

사막에서 불어오는 듯한 뜨거운 열기가 지나가고 난 뒤, 어쩐지 로만은 약간 거칠어졌다.

"됐어."

"하긴, 선물은 직접 줘야 제 맛이겠지? 루시 여기로 불러 줘?"

로만은 인상을 찌푸렸다.

"헛소리하지 마."

물론 루시가 보고 싶었다. 정말로 아주 많이 보고 싶었다. 하지만 선물을 보낼 생각은 접은 지 오래였다. 소포라니, 열에 들떠 머리가 잠깐 미쳤나 보다.

'안 그래도 걔네 부모님이 날 좋게 안 보시는데…….'

아직 통성명도 제대로 하지 않았는데, 바스커빌이란 성을 달고 선물을 보낼 수는 없었다. 발신인 없이는 더더욱 보낼 수 없었다. 레오파르디가 그런 선물을 절대로 열어 볼 리가 없다.

"내가 알아서 할게."

테러라고 생각할 테니 말이다.

'들키는 건 시간문제겠지. 이미 들켰는지도 모르고…….'

해롤드를 쫓아내고 나서 로만은 한참 동안 뜨거워졌던 머리를 식히는 시간을 가졌다.

'이제 알겠어.'

왜 바스커빌이 자신의 특성을 숨기는지. 다른 가문들이 사업 파트너로서는 그들을 받아들여 주면서도, 몇몇 부분에 대해서는 눈을 가늘게 뜨고 주시하는지도.

'우리는 통제 불가능하단 걸.'

바스커빌은 공식적으론 오래전부터 정치적, 경제적 혼담 제의가 끊긴 상태였다. 그건 바스커빌이 정략혼을 거절해서만은 아니었다.

'진짜 짐승처럼 이성적이지 못하다는 걸.'

바스커빌에게 있어 사랑은 언제 터질지 알 수 없는 시한폭탄이었다. 로만은 이제 다 이해가 갔다.

'끔찍해. 나만은 아닐 줄 알았는데.'

사람들은 이해할 수 없는 것을 두려워한다. 미지를 탐구하면서도, 예측 불가능한 것을 견디질 못하는 것이 인간이었다.

'이게 뭐야, 정신병이나 다름없잖아⋯⋯. 난 절대로 루시한테 들키지 않을 거야.'

사냥철에 뒤쫓던 사슴 생각이 났다. 할 수만 있다면 그렇게라도 루시를 사로잡고 싶었다. 마치 양을 쫓는 늑대처럼, 다프네를 뒤쫓는 아폴론처럼 말이다.

"내가 세상에 체면을 차리지 않을 수 있다면 마르셀을⋯⋯ 나의 새장 속에 가두고 싶어."

생각해 보면 바스커빌엔 미치광이들이 많았다.

'루시도 날 무서워하겠지.'

로만은 그날 밤 들었던 알렉산더와 해롤드의 대화를 되새겨 보았다.

"정말로 무언가를 원한다면 그걸 들키면 안 돼. 뭐든지 쉽게 얻을 수 있는 건 매력이 없으니까."

잘 이해가 가지 않아 흘려 넘겼던 말이었다.

"해롤드, 이건 사랑이 아니라 전쟁 같은 거야. 네가 원하는 게 있다면……."

'그게 무슨 뜻이지?'

로만은 이제야 뒷이야기가 궁금했지만, 이미 그들의 솔직함은 시간의 흐름에 밀려 사라진 후였다. 뭐, 지금 이런 걸 생각하고 있을 시간이 없었다.

"하긴, 선물은 직접 줘야 제 맛이겠지? 루시 여기로 불러 줘?"

해롤드 그 미친놈이 이 말을 직접 실현할 예정이었으니까 말이다.

'개새끼.'

일이 잘 풀렸기에 망정이지. 아직도 그날 일을 생각하면 로만은 식은땀이 났다.

'진짜 X 또라이 새끼가 따로 없지, 제 연애 X 됐다고 나까지 X 되게 하려는 거야 뭐야?'

해롤드 이 개새끼는 도대체 자신을 동생으로 생각하는 건지 아닌지 알 수가 없었다.

'저 XXX는 내 인생에 도움이 안 돼, 도움이.'

그날, 해롤드가 아침부터 주접떨 때 알아차렸어야 했다.

"집 잘 지키고 있으렴. 얌전히 있으면 오빠가 선물 사 올게."

"형, 저 새끼 좀 빨리 데려가. 나 진짜 화병 날 거 같아."

"해롤드, 그러다가 로만한테 총 맞는 수가 있어."

하지만 한 치 앞의 일을 로만이 어떻게 알았겠는가?

"아, 맞다. 나 오늘 따로 갈 거야. 지극히 개인적인 일이 있어서."

그 개인적인 일이 루시를 집으로 데려온다는 계획인 걸 알았으면, 로만은 정말 해롤드를 총으로 쏠 수도 있었다.

'어떻게 X발, 예고도 안 하고 루시를 데려올 수가 있어? 나도 로하네스한테 똑같이 해 줘?'

심지어 자신은 상사병으로 엉망이 되었는데 말이다.

'내가 루시를 어떻게 생각하는지 알면서! 진짜 죽여 버릴 거야.'

로만의 얼굴을 비롯한 온몸은 열꽃과 수포투성이에, 땀으로 찐득찐득하기까지 했다. 온몸의 신경은 예민하게 날이 서 있었고 말이다. 해롤드가 방문을 두드렸을 때, 로만은 또 무슨 말로 신경을 긁으러 왔나 싶었다.

"로만? 내가 뭘 좀 가져왔는데, 몸은 좀 괜찮아? 나 문 열고 들어간다?"

'뭘 좀 가져왔다니, 가증스럽기도 하지.

로만은 방문이 열리자마자 베개를 힘껏 집어 던졌다.

픽!

바로 그래서 루시의 코뼈를 부러뜨릴 뻔했던 것이다.

"들어오지 말란 말, 헉!"

로만은 정말 아무리 생각해도 해롤드를 용서할 수가 없었다. 자신이라면 열 살은 어린 동생한테 이런 짓은 안 할 것 같았다.

"……아."

베개를 던지고 보니, 거기엔 해롤드 대신 얼굴이 새빨개진 루시가 코를 만지작거리고 있었다.

"아야야……."

루시가 신음을 흘렸을 때, 로만은 심장이 떨어지는 줄 알았다.

"루시? 루…… 악! 어떡해! 어떡해! 어떡해! 어떡해! 미안해! 미안해! 미안해!"

로만은 루시한테 달려갔다. 루시한테 베개를 던졌다니, 믿을 수가 없었다.

"아파? 다쳤어? 손 좀 내려 봐. 코피 나는 거 아냐? 도대체? 여길 어떻게 온 거야? 루시? 어?"

루시는 말없이 베개를 집어 들었다.

"루시? 악! 으악! 악! 어? 악! 루시! 악!"

이후 신명 나는 매타작이 시작되었다. 얻어맞으면서 로만은 생각했다.

'어쩜 우리 루시는 이렇게 힘도 셀까?'

하기야 겉으로 발현된 특성만 양일 뿐, 루시의 몸 안에 휘도는 피의 대부분은 사자의 피다.

"악! 미안! 많이! 악! 아팠어? 악!"

로만은 이걸 몸으로 깨달았다.

"야, 이 새끼야! 개라며? 너 개라며? 어? 바스커빌이 개야? 언제부터 개였어? 바스커빌이 개면! 레오파르디는 고양이다! 어!"

일단 맞으니 변명할 정신이 없어졌다.

"루시! 다과라도 좀 먹고……?"

해롤드가 다과를 핑계로 염탐하러 다시 올 때까지, 로만은 신나게 맞았다. 맞으면서 로만은 루시가 도대체 무엇 때문에 화를 내는 건지 알 수가 없었다. 하지만 생각을 해 보면, 맞아서 오히려 안심했을 수도 있었다.

"나 아직 더…… 맞아야 돼?"

루시가 제게 겁을 내는 것보다는 말이다. 그리고 루시는 실제로 아무것도 겁내지 않았다.

"바스커빌, 날 왜 속였어?"

"그런 식으로 부르지 마, 루시."

속마음이야 어쨌든, 분이 풀릴 때까지 때린 다음에 제대로 화를 내 주었다.

"내가 왜 화가 났을 거라고 생각하는데? 응?"

로만은 열병에 걸린 이후, 이대로 자신이 쌓아 올린 모든 것이 깨질까 겁이 났다. 그러나 루시는 여전히 '우리는 괜찮다'고 말해 주었다.

"로만, 네가 뭐든지 나는 괜찮아."

로만은 루시의 오해가 사랑스러워서 심장이 터질 것 같았다.

"아니…… 그게, 지금 꿈속에 있는 것 같아."

그날 밤 나누었던 대화를 생각하면 아직도 꿈을 꾸는 것 같다.

"믿기지가 않아. 꿈인가? 어떻게 네가 지금 내 방에 있어?"

까르르 웃는 루시의 웃음소리를 생각하면. 그 사소하고 행복한 대화들. 루시는 빙그레 웃고 다음 만남을 약속해 주었다. 끝없는 연회 없이도 말이다.

"병은 언제 나아?"

"나았어."

"무슨 소리야, 안 나았잖아."

"아니…… 이건 병이 아니라…… 그냥 아무튼 괜찮아, 난."

하지만 로만은 여전히 거짓말을 했다.

"우린 여전히 친구지?"

"그럼. 당연하지."

그렇게 말하는데 갑자기 목이 멨다.

"로하네스는 날 사랑하지 않아."

해롤드의 말이 갑자기 왜 떠올랐을까?

"로하네스가 날 바라봐 주지 않는다면, 결국 나는……."

로만은 꿀꺽 마른침을 삼켰다.

그날 선물 건넬 타이밍을 고민하며 루시를 배웅하는데, 루시가 유독 알렉산더의 얼굴을 빤히 들여다보았다. 알렉산더는 성숙하고 잘생긴, 그야말로 모든 걸 다 갖춘 남자였다. 로만은 자신도 모르게 말했다.

"우리 형 여자친구 있어."

"알아."

루시의 얼굴이 약간 이상해졌다.

"응? 어떻게?"

"아니, 그, 응…… 예전에 부모님께 들었어."

"아, 정말? 알고 있었어?"

로만은 자신도 모르게 활짝 웃었다. 그 말을 도대체 왜 했을까?

'그냥 선물만 주면 되지 그런 말을 왜 했냐고! 어떻게 생각하겠어!'

로만은 방으로 들어가 루시가 네 시간 후 메시지를 보내 줄 때까지, 자기가 한 말이 소름 끼쳐 몸부림쳤다.

'제정신이야, 지금?'

아주 잠깐 머물렀을 뿐인데, 루시의 향기가 온 방 안에 퍼져 로만은 안절부절못했다. 창문을 열어 환기할 수도 있었지만, 로만은 루시의 흔적을 몰아내고 싶지 않았다.

열에 들떠 루시를 그리던 것이 엊그제였다. 자신의 방에 아주 잠시 루시가 머물렀고, 이곳에서 함께 이야기를 나누었단 생각을 하니 정신이 없었다. 로만은 루시의 향기가 가장 많이 나는 곳에 코를 묻었다. 그녀가 손으로 어루만지고 입을 댔던 홍차 잔이었다.

달칵.

"야, 내가 루시 데려온 거 고맙다고……."

갑자기 들이닥친 해롤드는 로만이 홍차 잔을 마치 고양이의 캣닙처럼 어루만지며 끌어안고 있는 모습을 바라보았다.

"……뭐야, 기분 나빠."

그리고 징그러워하며 말했다.

"네가 생각해도 지금 좀 크리피한 거 알지? 루시가 이거 알면······."

"안 나가?"

로만은 조심히 홍차 잔을 내려놓은 뒤, 굴러다니는 베개를 집어 해롤드를 향해 던졌다.

루시의 병문안 이후로 로만의 몸에 휘돌던 열기는 확실히 사그라들었다.

물론 열이 내린 후 확실히 자신 안의 무언가가 달라진 것 같았지만, 결국은 아무것도 변하지 않았다. 루시는 여전히 다정했고, 로만은 이 상황을 견딜 수 있을 것 같았다. 통제할 수 있을 것 같았다.

루시가 다녀간 날 밤, 로만은 아주 오랜만에 깊은 잠 속으로 파고들었다. 머릿속에 루시, 루시, 하며 그만의 검은 양을 그리지 않고도 말이다.

왜 진작 휴대전화 번호를 교환하지 않았을까? 휴대전화 번호를 교환하고 나니 별 말도 되지 않는 시답잖은 이야기를 언제든지 나눌 수 있었다.

로만은 행복했다. 이제 어떤 핑계도 없이, 그냥 만나고 싶다는 이유만으로 루시를 만날 수 있다.

"나 아이스링크 가고 싶어."

"어? 아이스링크?"

어느 날, 루시가 물었다.

"로만, 아이스 스케이트 탈 줄 아니?"

몰랐다.

그날 밤이었다.

"해롤드? 왜 머리를 감싸 쥐고 있어?"

"저 새끼가 수영장을 얼려 달래. 뭐 연습한다고 아이스링크로 만들어 달라네."

"얼려 주면 되잖아?"

"형의 그런 점이 로만의 인성을 망치고 있다는 거 알아?"

우여곡절이 좀 있긴 했지만, 루시를 처음 밖에서 만나기로 했을 때 로만은 심장이 아예 남아나지 않는 기분이었다. 얼마나 떨렸는지. 전날 밤 몰래 한 특훈도 특훈이거니와, 머리 손질을 하느라 샤워를 세 번 했다.

"로만 바스커빌, 과해. 네 마음이 진짜 너무 과해. 그러다 루시 도망치겠다."

"왜?"

"누가 아이스링크에 보타이를 하고 가? 돌았어?"

첫 데이트에 걸맞은 옷을 찾기 위해 드레스 룸을 다 뒤집어 놓았다는 걸, 로만은 루시에게 절대 알릴 생각이 없었다. 물론 이 기회를 놓칠 리 없는 해롤드는 로만이 집을 나서는 그 순간까지 빈정거렸다.

"사귀면 아예 집 안을 다 뒤집어 놓겠다?"

"해롤드, 네가 더 심했단다."

"아닌데? 난 안 그랬는데?"

"동영상 찍어 놓은 거 있는데, 보여 줄까?"

해롤드가 알렉산더를 바라보았다.

"이럴 거면 나 그냥 막내 시켜 주라."

"왜? 난 우리 동생이 귀여워서 그러지. 네가 로하네스 만나러 갈 때 옷 고르는 동영상, 내 폴더에 한 200개 정도 있어."

"진짜 크리피한 거 알지? 마르셀은 형이 이러는 거 알아? 모르면 이거 결혼 사기야."

"당연히 모르지. 이런 건 원래 몰라야 하는 거야."

알렉산더가 기둥에 등을 댄 채로 웃었다.

"그래도 전에 내 조언은 도움이 좀 되지 않았어?"

"……뭐…… 그걸 막 도움이 됐다고 할 수는…….'

"됐어, 안 됐어?"

"됐어, 되긴 됐는데, 아직 다 끝난 거 아니잖아."

로만은 그 말을 귓등으로 흘려 넘겼다.

루시를 곧 만나러 간다. 둘의 대화가 머릿속에 제대로 들어올 리가 없었다.

하늘색 스웨터를 입은 루시는 정말로 너무 깜찍했다.

그걸 데이트 이외에 어떤 단어로 표현할 수 있을까? 가까워지면 가까워질수록 로만은 루시에게 푹 빠져들었다. 점점, 아니 처음부터 손을 쓸 수가 없었다.

"이거 예쁘다, 사 줄까?"

"뭘 또 사 준대. 밥이나 먹어."

무엇이든 해 주고 싶었다. 이제 로만은 감정을 숨기지조차 못했다. 멀리 있어도 그러니, 가까이 있으면 더더욱 사랑이 넘쳐흘렀다. 하지만 루시는 아니었다.

"난 네가 정말 좋아. 알지?"

루시는 너무도 다정하고 상냥하게 로만한테 선을 그었다.

"우리의 우정이 언제까지나 끝나지 않았으면 좋겠어. 어른이 되어도, 이대로 영원하자. 약속해 줄 거지?"

그런 말을 할 때마다 로만은 너무 슬퍼서ㅡ.

"그럴게."

하늘을 향해 울고 싶었다.

"네가 원한다면…… 루시."

'언젠가 곁에 있는 나를 바라봐 줄 날이 있을까?'

밤이 되면 로만 안에 잠들어 있던 불안감이 눈을 떴다. 불안감은 마치 열에 들떴을 때처럼 로만을 장악하려 들었다. 발목을 움켜쥐고 저 검은 어둠으로 끌어당기며 속삭였다. 로만은 귀를 베개로 틀어막았다.

'이렇게 친구로만 지내다 루시가 정말로 좋아하는 사람이 나타나면 어떻게 하지?'

좁혀질 듯 좁혀지지 않는 평행선. 자신과 루시가 평행선을 긋는 도중 그녀를 가로지르는 다른 선이 나타날까 봐, 로만은 숨도 쉴 수 없었다.

'죽일까? 상대를 죽이는 수밖에 없겠지?'

이 세상이 루시와 자신만이 존재하는 무인도라면 얼마나 좋을까. 사랑을 하고 나니 자신을 제외한 모두가 적이었다. 누군가가 루시한테 고백한다면, 사랑을 속삭인다면⋯⋯?

'어떡해, 나 진짜 그 새끼 죽이고 감옥 갈 것 같아⋯⋯.'

상상만으로도 로만은 경쟁자를 물어 죽이고 싶은 충동에 시달렸다. 이 열망이 제 몸속에 내재된 욕망인지 원래 사랑하면 다 이렇게 되는 건지, 로만은 알 수가 없었다. 모든 게 처음이었다.

'도대체 평범한 사람들은 어떻게 연애하는 거냐고⋯⋯.'

그가 다니는 학교만 해도 부모의 암묵적인 동의 아래 연애를 시작하는 학생들이 있었다. 가끔 로만에게 뜨거운 눈길을 보내는 여자애들이 없던 것도 아니다. 하지만 뭘 어떻게 시작해야 하는지 로만은 막막했다. 첫사랑이었던 것이다.

'루시가 날 남자로는 생각해 줄까?'

계속 이런 평행선이 지속된다면, 이러다 진짜 아무 이유 없이 사람 죽이고 감옥 갈지도 몰랐다.

사교 모임에서 돌아오는 길에 해롤드가 말했다.

"내가 그러니까 경고했잖아."

자기 앞가림도 못 하면서 로만이 연애에 죽 쑤는 상황이 신나는 모양이었다.

"레오파르디는 안 된다고. 힘으로 누를 수도, 납치할 수도 없는 상대니 어떡해. 넌 정말 큰 일 난 거야."

"……."

로만은 이를 빠드득 갈았다.

'자기는 할 배짱 있나? 로하네스가 한 마디만 해도 구석에 찌그러져서 질질 짤 게.'

그게 범죄인 건 둘째 치고, 자기도 못 하면서 지랄이라고 로만은 생각했다.

"마음을 접지도 못한 채로 아무 여자랑 결혼해서, 루시가 다른 남자와 행복해하는 꼴을 보며 살아야 할지도 모른다고."

"지금 자기소개 하는 거 맞지, 해롤드?"

알렉산더의 말에 해롤드는 버튼 눌린 듯 움찔하더니 외쳤다.

"그만 좀 해! 걘 아직 결혼 안 했어! 나한테 기회가 있다고! 그건 알렉산더 너도 마찬가지고! 식장 들어가기 전까지 아무도 모르는 거야!"

그 말에 기다렸다는 듯, 갑자기 알렉산더의 손이 불쑥 뒷좌석으로 넘어왔다. 그리고 두 사람에게 잘 보이게 들어 올려졌다.

번쩍!

알렉산더의 왼손 넷째 손가락에 휘황찬란한 광채가 번쩍였다.

"……뭐야?"

"뭐긴, 프러포즈 링이지."

알렉산더가 온화한 얼굴로 뒤를 바라보았다.

"나 마르셀과 약혼했어."

"……."

"정확히 말하면 마르셀이 내게 청혼했지."

해롤드는 턱이 부서져라 입을 꾹 다물었다.

'결혼하는구나.'

로만은 별생각이 없었다. 그도 그럴 게 사귄 지가 거의 10년이 넘었고, 알렉산더는 마르셀의 학위 준비를 지고지순하게 뒷바라지해 왔다. 이제 와서 마르셀이 누굴 선택하겠는가?

"알다시피 마르셀이 박사 논문 통과만 하면 우리 결혼할 거야. 아마 내년 가을쯤이겠지. 해롤드, 베스트 맨을 맡아 주지 않을래?"

로만은 분명히 해롤드의 악물린 입 안에서 이가 빠드득 하고 갈리는 소리를 들었다.

차가 저택 앞에 멈춰 섰다. 알렉산더가 실로 우아한 동작으로 내려 저택 안으로 총총 들어갔다. 로만이 별생각 없이 따라 들어가려는데, 누군가 그의 뒷덜미를 잡아당겼다. 해롤드였다.

"알렉산더 재수 없지 않냐?"

그리고 말했다.

"쟤 계속 저러면, 나 쟤 독살할 거야. 저 새끼 죽으면 범인 난 줄 알아라, 로만."

살인 예고였다.

"살해 동기는 절대로 이 가문과 기업을 물려받기 위해서가 아니야. 알겠어? 너만은 내 마음 이해할 수 있지?"

해롤드가 로만에게 동의를 구했다.

"어? 세상은 몰라도 말이야. 난 형이 저런 말 할 때마다 가끔은 진짜 죽일 수도 있을 거 같아. 어쩌지? 형 감옥 가면 사식 넣어 줄 거지?"

로만은 고개를 저었다.

"싫어, 그럼 기업은 내가 맡아야 하잖아."

그리고 별로 궁금하지 않았지만 예의상 물었다.

"왜? 로하네스랑 연애 사업이 잘 안 돼 가?"

별생각 없이 물은 말이었다.

"어? 아……?"

그런데 해롤드는 머뭇거리더니 뜬금없이 얼굴을 붉혔다.

"뭐, 그런 건 아닌데……."

대답에 오히려 놀랐다. 뭐가 어떻게 되어 가고 있는 거지? 로하네스는 해롤드를 싫어하지 않았던가? 로만은 내심 해롤드보다는 자신의 사랑이 가능성 있을 줄 알았다.

"난 널 참 좋아해. 친구로서."

애초에 친구부터 시작했던 게 문제였던 걸까? 끈끈한 우정이─루시가 우정이라고 믿고 있는 감정이─ 우리의 사랑을 방해하는 건 아닐까?

로만은 그날 밤 어쩐지 끙끙 앓았다. 밤마다 고개를 쳐드는 불안감을 억누르기 위해 로만은 애꿎은 베개를 쥐어뜯었다.

'괜찮아.'

시간은 많았다. 아니, 많다고 생각했다.

'결국엔 날 사랑하게 만들 테니까.'

다 루시가 이별을 고하기 전까지의 이야기였다.

그 누구의 잘못도 아닌데, 왜 나는 살면서 여기가 내가 있을 곳이 아니라는

걸 거듭 깨닫게 되는 걸까?

'어딘가에 누군가가, 혹은 무엇인가가 나를 기다리고 있는 게 아닐까?'

이 생각은 왜 점점 커져만 가는 걸까?

집, 또래의 사촌들이 가득한 가족 행사, 연회장 혹은 학교……. 나는 늘 간신히 끼어 있는 기분이었다. 소속감을 느낄 수가 없었다.

'나는 여기에서 그 무엇도 아니야.'

어쩌면 배부른 고민일지도 모른다. 하지만 나는 점점 내가 투명해지다, 끝내는 그들의 눈 속에서 사라져 버리리란 생각을 지울 수가 없었다.

'여기 있다간 나를 잃어버릴 거 같아. 그냥 '불쌍한 돌연변이'로 남을 것 같아.'

나는 불쌍하지 않았다. 가문과 성, 그걸 벗어던지면 단순히 양의 특성을 가진 여자애일 뿐이었다. 아무도 내 머리에 난 뿔을 이상하게 여기지 않는 곳에서 살 순 없을까?

"몇 년 뒤 입학할 고등학교는 공립으로 가고 싶어요. 그리고 거기선…… 대학 입학 전까지라도, 레오파르디가 아니라 하트만으로 살고 싶어요."

내가 처음 나의 속마음을 내비쳤을 때, 저녁 식사 자리는 그야말로 싸해졌다.

하트만은 내게 이 뿔을 물려준 할머니의 성이었다. 소피 하트만. 그녀는 내가 발현하기 전까지, 성도 이름도 완전히 잊힌 사람이었다.

"성인이 되면 가문의 뜻에 따라 살아야 하잖아요. 적어도 몇 년 정도는, 할머니의 성으로 살아 보고 싶어요."

양은 세간의 평가와 달리 고집이 세다고 일컬어지는 동물이었다. 내 심성 또한 그런 것 같았다.

"할머니께서 제게 많은 걸 물려주셨으니까요."

생각해 보면 난 참 오랫동안 머뭇거린다. 하지만 한번 결정을 내리면 그걸 절대 무르는 법이 없었다. 나는 현재 사자도 아니고, 양도 아니었다. 나는 나의 정체가 궁금했다. 나는 나인데도 나를 몰랐다.

"루시, 우리가 네 마음을 알아주지 못했구나."

부모님은 우선 내 마음을 돌려 보려 애썼다.

"여기서 찾지 못한 것을 거기서는 찾을 수 있겠니? 그건 도망치는 것과 다름이 없어."

엄마의 말이었다.

"모든 문제는 현재 네가 처한 상황 안에서 해결해야 한다. 바로 네 삶 안에서 말이야."

지극히 정론이었다.

"네가 네 겉모습 때문에 의기소침해 왔다는 걸 우리도 안다. 하지만 그렇다고 해서 너 자신이나 우리를 바꿀 수 있는 게 아니지 않니."

이건 아빠의 말이었고.

"성을 버리고 공립학교에 진학한들 결국 너는 네 자신의 일부를 감추어야 하는네, 행복하겠니? 정말로?"

"누가 학교에서 누나를 괴롭혀? 누가 감히?"

이건 내 동생의 말이었다.

그냥 '안 된다!' 하고 소리를 버럭 지르고 끝낼 수 있는 문제가, 어찌 보면 합리적인 토론으로 이어지고 있었다. 하지만 달리 생각해 보면 그건 내 주장을 피력하기 위해서는, 정치가인 아빠와 법관인 엄마를 말과 논리로 이겨야 한다는 걸 뜻하기도 했다.

정말 수많은 이야기가 오갔다. 부모님은 이런저런 이유를 들어 날 어르고 달랬다.

'하지만 날 알기 위해선 누군가의 증명이 필요해.'

나는 그렇게 생각했다. 가족이란 울타리 안은 깨끗하고 맛있는 풀이 가득하지. 하지만 나는 내가 원하는 것이 저 울타리 바깥쪽에 있으리란 희망을 지울 수가 없었다.

'나는 알고 싶어.'

나는 타인이 필요했다.

'이 바깥에는 대체 무엇이 있는지.'

친구가 필요했다. 여기서는 찾을 수 없을 것 같았는데…….

'외로워, 친구가 필요해. 다른 사람들은 도대체 친구를 어떻게 사귀는 거지?'

그 시절 난 아무리 해도, 내게 다가오는 모든 사람이 내가 아니라 내 뒤의 가문을 보고 있다는 의심에서 벗어날 수 없었다.

'이런 날 누가 이해해 줄까?'

그런데, 로만이 나타났다. 그건 정말로 기적 같은 일이었다. 우여곡절은 있었지만, 나는 로만이 바스커빌이라서 훨씬 더 안심했다. 레오파르디와 바스커빌은 그리 사이가 좋은 편이 아니잖아. 어쩐지…… 정말로 우리의 우정엔 가문이 개입 안 된 것 같기도 하고, 그랬다.

Chapter 4.

늑대지만
해치지 않아요

풀이 돋는 봄, 우리는 참 많이 돌아다녔다. 이제 연회 같은 핑곗거리를 댈 필요 없이, 나는 친구가 생긴다면 함께하고 싶었던 걸 로만과 원 없이 했다.

"이게 그렇게 하고 싶었어?"

"그럼."

예를 들어 놀이동산에 간다거나.

난 사실 늘 겉돌았다. 학교에서 뭔가를 할 때면 언제나. 놀이동산에 갈 때도 그랬다. 다른 학생들이 짝지어서 타는 걸 늘 혼자서, 일행의 짝이 맞지 않는 손님과 함께 탔다.

"혼자선 여기 오기 어렵잖아."

그러다가 어지럽다며 슬그머니 빠져 벤치에서 음료수나 마시는 게 내 일상이었다. 그런데 로만을 만나고 나서는 아주 많은 게 달라졌다.

"혼자?"

짝이 있다는 건 얼마나 좋은 일인가? 사람들이 많아져 내가 밀리자, 로만이 인상을 찌푸리며 나를 끌어당겨 안았다.

"응, 어……?"

"길 잃겠다."

로만이 그러곤 나를 빤히 내려다봤다.

"그럼 내가 처음이야?"

"응."

그러자 로만의 꼬리가 다시 살랑 흔들렸다.

"루시……."

"응?"

나는 로만도 나와 함께 노는 일이 즐거웠으리라고 확신한다.

"……정말 너무 좋다."

"뭐가?"

"네가 하는 처음이 나랑 함께 하는 거라서. 정말 좋아."

왜냐하면 그 꼬리가…… 언제나 살랑살랑 봄바람처럼 흔들리고 있었으니까.

'얘는 왜 이렇게 다정할까?'

그 웃음을 보면 나는 가슴이 다 두근거렸다. 누군가가 정말로 이렇게 단숨에 좋아질 거라곤 생각하지 못했는데, 지금 생각해도 잘 모르겠다.

나와 로만은 어떻게 친구가 된 걸까? 내게 다가와 준 로만의 용기가 없었더라면, 불가능하지 않았을까?

'난 네 꼬리가 너무 좋아.'

로만은 착하고, 상냥하고, 내게 한없이 솔직했다. 참 아름다운 우정이었다. 로만은 내게 용기를 북돋아 주었다.

'겁이 나지만, 난 잘할 수 있을 거야.'

고등학교 생활은 아무도 나와 내 가문을 모르는 곳에서 시작하고 싶다고 말했으면서도, 사실은 두려웠다.

'여기서 너를 사귄 것처럼 다른 사람과도 잘 지낼 수 있을 거야.'

내 어딘가가 잘못되어서 그 누구와도 제대로 된 관계 맺기가 불가능하리라는 의심이, 로만의 미소를 보면 씻겨 나갔다.

이제 로만네 차가 우리 집에 나를 데려다주는 것이 익숙해진 어느 날.

"루시, 이제 슬슬 네가 갈 공립학교를 알아봐야 할 때가 아니니?"

저녁 식사 자리에서 부모님이 백기를 흔들어 왔다. 그러나 나는 막상 일이 이렇게 되자 깜짝 놀랐다.

"네 말대로 너를 모를 만한, 가능한 한 먼 학교를 알아봤는데……."

엄마가 냅킨으로 입술을 톡톡 닦으며 말했다.

그날 밤, 나는 부모님이 건넨 갈색 서류 봉투를 안고 방으로 들어왔다. 그 안엔 팸플릿과 관련 서류가 가득했다.

'아…….'

이날을 그토록 고대해 왔는데, 나는 왜 당황했을까? 학교는 독립을 해야 할 만큼 멀리 떨어져 있었다. 이곳으로 입학을 하면 자연히 사교 모임과도, 이때까지 함께 학교에 다니던 학생들과도 안녕이었다.

'어라…….'

재작년의 나라면 좋아서 어쩔 줄 몰랐을 텐데. 부모님의 허락이 떨어졌을 때 가장 먼저 떠오른 건, 로만의 얼굴이었다.

'그럼 로만은 어떻게 하지?'

난데없이 멀리 떠난다고 하면 로만은 분명 슬퍼할 텐데…….

'내가 로만과 헤어진다고?'

나는 그제야 비로소 집을 떠난다는 일이 실감이 났다. 어차피 나에겐 전학으로 잃을 학교 친구도 없었다. 그래도 로만은 분명 슬퍼하겠지. 우리는 연락도 좀 주고받을 거고…….

하지만 몸이 멀어지면 마음도 멀어진다는 말이 있지 않은가. 곧 나는 거기서, 로만은 바로 여기서 또 다른 친구들을 사귈 것이다.

'아…….'

나는 팸플릿을 껴안은 채 천장을 바라보았다. 다른 여자애한테 웃어 주고 꼬리를 흔드는 로만의 모습이 떠올랐다.

'싫다.'

상상만으로도 속이 상했다. 로만은 그냥 서서 가만히 있을 땐 차가운 듯한 느낌이 있었다. 그 애가 그렇게 잘 웃고 사랑스러운 줄은 지금까지 나만 알았다.

그런데 내가 사라지면? ……아무리 생각해도 로만은 인기가 많을 것 같은데.

'나보다 더 빨리 친구가 생기겠지?'

지금 당장 헤어진 것도 아닌데, 나는 섭섭해졌다.

'내가 지금 질투하는 건가? 나 다음 로만의 친구가 될 사람한테…… 친구 사이에 이런 생각하면 안 되는 거겠지.'

떠나는 건 심지어 로만이 아니라 나였다. 이미 배는 띄워졌다. 이제 와서, 방향을 돌릴 수는 없었다. 무엇보다 로만은 내가 마음대로 하거나 가지고 갈 수 있는 물건이 아니다.

더군다나 우리는 겨우 1년 남짓한 시간을 함께했을 뿐이다. 그런 로만에게 나와 함께 가 달라고 할 수는 없었다. 말로 꺼내기도 불가능한 일이었다.

"무슨 생각해?"

"……어?"

봄은 이런 나의 마음을 모르고 푸르러졌다.

"아, 응……?"

나는 현실로 돌아왔다. 때는 봄이 한창인 싱그러운 날이었고, 우린 옷 쇼핑을 끝내고 커피숍에 앉아 있었다. 평범한 친구들이 휴일을 보내듯이.

나는 당황해서 빨대를 물었다, 쪼르륵 소리에 또 당황했다. 로만이 다정한 눈으로 물었다.

"내 거 줄까? 한 잔 더 시킬래?"

"아니, 아니! 괜찮아!"

시간이 왜 이렇게 빨리 가는지 모르겠다.

"그런데 왜 벌써 겨울옷을 사려는 거야? 옷장 정리라도 했어?"

나는 마음속으로 생각했다.

'……같이 갈래?'

말도 안 되는 생각이었다.

"미리 사 두면 좋잖아."

혼자서 하는 모험 같은 일에 널 데리고 가고 싶다니.

'네가 나랑 같이 가면 참 좋을 텐데.'

네가 그저 나와 친하다는 이유로 말이다.

'너와 헤어지기 싫어.'

나는 이 말을 삼키기 위해 애를 썼다. 이성과 감정이 왜 이렇게 따로 노는지 모를 일이었다. 여기 있으면 온갖 사교계 행사를 누릴 수 있고, 사립학교에서 인맥도 탄탄히 쌓을 수 있다. 사실 그런 게 아니더라도, 전학 가는 와중에 같이 가 달라니……. 이건 그냥 생떼를 쓰는 거지.

'오늘은 말할 생각이었는데…….'

곧 멀리 떠난다고 말하려던 게 한 달이 넘어가고 있었다. 나는 그 일을 미루고 또 미뤘다. 도저히 말할 용기가 나지 않았다.

어느새 깊은 밤, 로만과 헤어져야 하는 때였다.

"다음에 언제 또 볼까?"

로만이 웃으며 물었다.

'입이 떨어지질 않네…….'

결국 그날도 고백하지 못하고 집으로 돌아왔다. 나는 방으로 돌아와 쇼핑백 더미와 함께 푹, 침대에 쓰러졌다.

'말을 안 한다고 거기 갈 날짜가 늦춰지는 것도 아닌데.'

그날 밤 나는 한참 동안 얼굴을 베개에 묻고 있었다.

'실은 떠나고 싶지 않기도 해.'

눈을 감아도 떠오르는 로만의 아름다운 얼굴. 짙은 눈썹과 단단한 콧대와 모양 좋은 입술, 귀여운 귀와 꼬리…….

'슬퍼할까?'

나는 로만이 슬퍼해도 싫을 것 같고, 슬퍼하지 않아도 싫을 것 같았다…….

'이 무슨 이중적인 생각이지?'

나는 늦되게 이상한 감정을 접하고 있었다.

'좋아해야 하는데. 좋을 줄 알았는데…….'

다가올 미래에 대한 기대감보다는 로만에 대한 생각으로 나는 점점 머리가 터져 나가고 있었다.

'이런 게 친구 사이인가?'

나는 분명 로만의 친구인데, 그런 로만을 자랑스럽게 생각하기보단 커다란 천을 씌워 그 애를 숨기고 싶었다. 나는 로만을 질투하는 것일까?

'누군가를 너무 좋아하게 되면 다 이런가?'

로만이 첫 친구이니 알 도리가 없었다. 게다가 로만한테 '너도 이러니?'라고는 절대 묻고 싶지 않았다. 로만이 뜨악한 표정을 짓는다면 정말 싫을 것 같았다.

'아, 모르겠다, 진짜…….. 오늘은 말했어야 했는데.'

똑똑.

그때였다. 누군가 방문을 두드렸다.

"누구세요?"

"들어가도 돼?"

동생 루이였다. 나는 침대에서 일어나 앉았다.

"응."

문이 열렸다. 동생은 내 침대에 앉아 나를 빤히 쳐다보더니 물었다.

"오늘도 바스커빌과 놀러 갔다 왔다며? 곧 떠난다고 얘긴 한 거야?"

나는 뜨끔했다.

"……아니."

"숨긴다고 없는 일이 되는 건 아니잖아. 그럼 아예 말 안 하고 떠나게?"

얄미울 만큼 옳은 말이다. 나는 한숨을 내쉬었다.

"누나 일은 누나가 알아서 할게."

"있잖아, 둘이 정말 친구 맞아?"

루이가 발치에 굴러다니는 쇼핑백 안의 물건을 뒤적대며 지나가듯 물었다.

"스웨터도 샀네, 여름인데. 짐 괜히 늘리지 마, 거기서도 살 수 있는 걸 왜 굳이?"

"뭐가?"

"로만 바스커빌과 친구냐고."

나는 미간을 찌푸렸다.

'그럼 친구지, 뭐겠어?'

무슨 소리를 하려고 이런 말을 하는지 모르겠다. 나는 그냥 루이를 빤히 바라보았다. 루이가 어깨를 으쓱했다.

"……바스커빌이잖아?"

사교계에 늘 얼굴마담 격으로 얼굴을 비치는 건 나인데, 친구가 없다 보니 각 가문의 사정에 더 밝은 건 루이였다.

"부모님이 누나 공립학교 가는 걸 허락해 준 건, 어쩌면 누나가 바스커빌과 너무 가까워져서인지도 몰라."

"그게 무슨 소리야?"

"사교 모임에서 갑자기 말을 걸었다며? 로만 바스커빌이 먼저. 맞지?"

그 말에 나는 루이를 노려보았다.

"누나가 레오파르디라 접근했을 거란 얘기는 아니야. 난 그냥 부모님께서 우려하는 문제에 대해 누나가 어떻게 생각하는지 듣고 싶은 거지."

"여기 우리 둘뿐인데 외교관처럼 이야기하지 마. 루이."

"바스커빌은 좀 그래. 위험하잖아."

루이가 즉답했다. 나는 로만을 떠올리고 웃어 버렸다. '위험'과 '로만'은 세상에서 가장 어울리지 않는 단어의 조합처럼 보였다.

"걔처럼 순하고 착한 애도 없을걸?"

"바스커빌에 얽힌 소문은 알고 하는 말이야?"

"뭐?"

"정말로 친구 맞지? 둘이 사귀는 거 아니지? 바스커빌이 누나한테 이상한 식으로 접근한 적은 없었어?"

루이가 물었다.

"마치 남자가 좋아하는 여자한테 하듯 말이야."

나는 어이가 없었다.

"너 지금 무슨 말을 하려는 건데?"

루이는 황금빛 머리칼을 헝클어뜨렸다.

"바스커빌은 자기가 원하는 걸 얻기 위해선 수단과 방법을 안 가리는 것으로 유명해."

"루이, 그런 집안은 많아."

"알았어. 제대로 말할게. 바스커빌은 연애 문제에 있어서 완전히 맛이 가 있단 말이야."

루이가 검지를 관자놀이에 대고 빙빙 돌렸다.

"이거라고, 몰라?"

나는 눈살을 찌푸렸다. 루이가 하는 말을 도저히 이해할 수가 없었다. 루이 애는 어디서 무슨 말을 듣고 온 건지 모르겠다. 나는 어이가 없어서 한숨을 쉬며 팔짱을 꼈다.

"일단 루이, 우리가 친구란 사실은 알고 있지?"

"그러니까 그건 누나 혼자 그렇게 생각하는 거 아니냐고."

루이의 말이 날카로워졌다.

"부모님 말씀으론 둘이 한 방에 있기까지 했다며?"

나는 밑도 끝도 없는 그 오해가 답답했다. 한숨을 쉬려는데, 루이는 오히려 제가 더 답답하다는 듯이 말했다.

"바스커빌가의 소문 몰라? 소문이 괜히 나겠냐고, 누나. 누나는 너무 겁이 없어."

"나는 소문 같은 거 신경 안 써."

"왜 신경 안 써? 그것도 누나 친구에 대한 소문인데?"

나는 입을 꾹 다물었다.

"목적을 위해 수단과 방법 안 가리는 가문, 누나 말대로 많지. 그래도 바스커 빌은 달라."

루이가 말했다.

"왜 바스커빌이 다른 가문들과 제대로 된 관계를 못 맺겠어? 단순한 질투심 때문이겠어? 이득을 위해선 뭐든지 하는 게 이 바닥인데?"

이야기는 험담으로 흐르고 있었다.

"정략혼을 하지 않는 걸 바스커빌은 낭만적인 일로 치장하고 있지만 말이야. 불과 몇 세대 전만 해도 그 집안은 난장판이었어. 여자 하나를 갖기 위해 한 지방에 불을 지르거나, 주군을 배신하거나, 형제끼리 칼부림을 하거나. 그다지 옛날 일도 아니야."

"루이."

157

"내 말 들어 봐. 그 집안은 마피아나 다름없어. 경쟁자의 기업을 무너뜨리거나, 사람을 시켜 경쟁자를 죽였다는 의심도 사는 가문이라고."

어디까지 하나 두고 보자니 장난이 아니었다.

"그것도 겨우 사랑 때문에 말이야. 특성은 유전되는 거 알지? 솔직히 한두 명도 아니고 세대마다 그런 일이 일어나면 그건 병이지. 정신병."

이젠 정신병까지 나왔다.

"의처증과 병적인 독점욕 말이야. 게다가 바스커빌이면 다 늑대들이잖아. 생각해 봐, 태생적으로 흐르는 피라는 게……."

내 표정이 차가워지거나 말거나, 루이는 계속해서 말했다.

"누나의 친구라는 사람을 이런 식으로 의심하고 싶지는 않지만, 그 가문은 좋아하는 여자가 있으면 고깃덩이를 문 개처럼 놓질 않아."

"……."

"친구한테 하는 행동이라기엔 누나한테 하는 행동이 너무 다정하진 않았어? 지금도 그래, 둘이 마치……."

루이는 다음 말을 망설였으나 결국 내게 말했다.

"연애라도 하는 것 같잖아. 거리 좀 둬. 사람들 수군거리는 거 몰라서 그래? 그러다 바스커빌이 누나를 사랑하게 되기라도 하면 어떡해?"

이제까지 난 동생이랑 한 번도 싸워 본 적이 없었다. 사실 기회가 없었다는 게 맞겠다.

"루이, 미쳤어?"

머리가 어질어질했다.

"그러니까 넌, 로만이 미치광이고, 나는 그런 것도 모르고 질질 끌려다니는 바보 멍청이라고 하고 싶은 거지?"

"누나."

"나 방금 동성애를 하는 사람과 친구 했다고, 그 사람이 널 사랑하기라도 하면 어쩌려고 하냐는 이야기 들은 거 같았어……."

"그런 뜻이 아니잖아."

"이게 어떻게 그런 뜻이 아니야?"

이런 말을 다른 사람도 아니고 동생한테 들은 게 더 충격이었다.

"사람들이 수군거리는 소문을 다 믿어야 하면…… 난 불륜의 결과물이야, 알지?"

루이는 내 말에 뭐라 변명하려던 입을 다물었다.

"소문대로라면 나는 더더욱 여기 있어야 할 이유가 없어. 넌 날 가족으로 생각해? 정말 날 걱정해서 하는 말이야?"

"누나……. 그런 뜻이……."

"로만은 내가 처음으로 사귄 친구야. 그런데 네가 하고 싶은 말은, 로만이 내게 계획적으로 접근했다는 거야?"

루이의 얼굴이 창백해졌다.

"나는 누나가 걱정되어서 한 말이야."

"네가 나만큼 로만을 알아? 나는? 나에 대해서는 아니?"

동생은 그 말에 입을 꾹 다물었다.

"너도 소문에 비춰서 나를 생각할 거니?"

"……."

나는 한쪽 손으로 내 얼굴을 감싸 쥐었다. 역시, 내가 여길 떠나야지. 그 누구의 소문도 없는 곳으로 가야지. 방금 전 말로 확신이 생겼다. 여기 내가 있을 자리는 없다고…….

"그런 뜻 아니야."

루이가 창백한 얼굴로 뒤늦게 변명했다.

"난 누나가 그놈이랑 같이 있는 게 정말 너무 걱정 돼. 솔직하게 말하면, 누나는 연약하잖아."

159

그래, 양과 늑대가 친구하긴 어려운 거겠지.

"그래서 더더욱 우리가 지켜 줘야 한다고. 또 아무리 생각해 봐도, 솔직히 남자가 여자한테 잘해 주는 건……."

"그만. 자고 싶은데 나가 줄래?"

"……응응."

말이 통할 것 같지 않았는지 루이는 조심스럽게 자리에서 일어났다.

"난 이해 못 하겠어. 성을 바꾸거나 자리를 옮겨도 누나는 누나야."

하지만 할 말을 끝까지 덧붙이는 걸 잊지 않았다. 문이 닫힌 뒤 나는 약간 울고 싶어졌다.

"마치…… 연애라도 하는 것 같잖아."

그랬나, 그래 보였나. 부모님은 우리 사이를 우려하고 있었나? 바스커빌가에 얽힌 소문 때문에?

우리는 친구였다. 하지만 내가 여자고 로만이 남자이기 때문에 모두 우리 사이를 의심하고 있었다. 또한 로만이 바스커빌이기 때문에.

'이제 알겠다, 로만. 네가 왜 내게 성을 숨기고 다가왔는지.'

로만도 지금까지 친구를 사귈 때마다 이런 오해를 받았을까?

'그래서 자기 자신을 숨기려 들었구나. 마치 지금의 내가 나의 성을 숨기고 먼 곳으로 떠나려는 것처럼.'

그런데 어찌 보면 루이의 추측은 옳았다. 하지만 나는 '로만이 설마 날 좋아하나?' 하고 생각하는 대신, 그저 로만을 마음 깊이 동정했다. 그때 내게 사랑은 아직 먼 이야기였다. 그리고 나는 아마도…… 아마도 겁이 났던 것 같다.

'아무리 그래도 그렇지, 걔가 날 이성으로 보겠어?'

왜냐하면 지금까지 날 그런 눈으로 봐 준 사람은 단 한 명도 없었으니까……. 그땐 내 마음을 다 몰랐었다. 나는 기대했다가 실망을 아주 많이 맛본 사람이었다.

시간은 나의 마음도 모르고 착실하게 흘렀다. 봄이 갔다. 중학교 마지막 학년도 허무하게 끝났다. 유명한 정치가가 이곳에 방문해 졸업 연설을 했다. 사자 프라이드에 속한 정치가였다. 나도 아는 바가 있었다. 먼 친척이었으니까.

연설 내용은 '모든 것을 잃을 용기가 없다면 아무것도 얻을 수 없다. 그러니 마음속에 사자의 심장을 품고 전진하라.'였다.

'이게 단가?'

조금 허무한 마음으로 나는 졸업장을 받았다.

'그간의 노력이 이것 한 장으로 증명되는 건가?'

어쨌든 그동안 나는 학교에 잘 적응하기 위해 노력했다.

'아니, 정말로 노력했을까?'

내가 상처받을 용기를 품고 다가간 사람이 있었나? 부모님 말대로, 나의 가문은 나의 부적응을 변호하는 그럴듯한 핑계가 아니었을까?

'지금이라도 공립학교 진학을 물려야 하는 게 아닐까?'

나는 내가 잘못된 선택을 내렸을까 봐 불안했다. 내 선택이, 내 첫 친구이자 유일무이한 우정을 나누었던 상대를 잃는 결과로 이어지는 건 아닌지 걱정스러웠다. 하지만 졸업 연설처럼 '모든 것을 잃을 용기가 없다면 아무것도 얻을 수 없을' 것이다. 아무것도.

그런데 이 일을 통해 난 뭘 얻고, 뭘 잃을까?

"로만?"

"어?"

분수대에 앉아 아이스크림을 먹고 있던 로만은 나를 바라보았다.

"왜?"

"그냥, 이름 불러 봤어."

오늘은 로만과 전시회를 가기로 한 날이었다. 우리는 일찍 만나서 표 두 장을 샀고, 전시 공간이 열리기까지 아이스크림을 먹었다. 주말이라서 사람들이 많이 몰린다는 리뷰를 읽고 갔는데, 이른 시각이어서 그랬는지 오랫동안 그림을 들여다보았는데도 사람이 한 명도 없었다.

"신기하다, 우리가 때를 잘 맞춰 왔나 봐."

"그러게."

로만이 상냥하게 웃었다.

"마치…… 연애라도 하는 것 같잖아."

나는 마주 웃다가 루이의 목소리가 들리는 것 같아 움찔했다.

다른 사람들도 분명히 이렇게 놀 텐데. 재미있는 걸 함께 경험하고, 함께 시간을 보낼 텐데. 루이가 던진 말이 생각보다 오래 갔다. 그건 우리가 레오파르디이고 바스커빌이고, 또 양이고 늑대이기 이전에 남과 여라서 그럴까?

"……."

나는 그림을 들여다보았다. 하지만 사실은 나 자신을 들여다보는 것과 같았다.

'우린 남들 눈에 뭘까?'

남자와 여자 사이에 친구는 불가능한가? 나는 그날 본 그림이 하나도 생각나지 않았다.

"로만?"

그날 놀랄 정도로 아무도 없는 전시회를 끝마치고 식사를 하다 내가 말했다.

"로만."

"응."

"혹시 좋아하는 사람 있어?"

툭.

챙강.

내 물음에 로만은 나이프를 떨어뜨렸다. 접시에 부딪힌 나이프에서 요란한 소리가 났다. 로만은 나이프를 제자리에 돌려놓고 물 잔을 집은 뒤, 물을 마시려고 했다.

"켁! 케엑! 켁!"

"괜찮아? 어?"

끄덕끄덕.

곧장 사레가 들렸지만 말이다. 서버가 달려왔지만, 로만은 새빨간 얼굴을 냅킨으로 가리며 서버더러 괜찮다는 손짓을 했다.

"미안…… 어, 근데 뭐라고?"

그리고 새빨개진 눈으로 나를 바라보았다. 어쩐지 겁을 심하게 먹은 듯한 눈이었다.

"아니, 응, 혹시 좋아하는 사람 있냐고."

"왜 그런 걸 묻는데?"

"있구나?"

"아니이! 무슨 말이야!"

로만은 고개를 절레절레 저었다.

"없어! 없는데!"

그러더니 고개를 갸웃했다.

"혹시 누구한테 무슨 소리 들었어?"

"아니, 아닌데."

로만의 질문을 부정한 나는 다짐받듯 되물었다.

"그 말 정말이지?"

"정말이야."

나는 고개를 끄덕였다.

'……없구나.'

그런데 이상한 일이었다. 갑자기 가슴이 술렁거렸다.

'로만은 좋아하는 사람이 아무도 없구나. 그러니까 연애 상대로는…… 아직 아무도.'

나는 마른 입술을 혀로 축였다.

'……날 포함해서 말이야.'

그 순간 무슨 감정이 날 건드렸는데, 나는 그 감정에 무슨 이름표를 붙여야 할지 알 수 없었다.

"갑자기 그런 걸 왜 물어?"

여기서 루이 얘기를 꺼낼 순 없잖아. 게다가 어제 한 이야기는 더더욱. 나는 어색하게 웃기만 했다.

"있으면 왜?"

그러나 로만은 내가 웃는 거로는 성에 차지 않는 듯, 한 번 더 물었다. 아주 조심스러운 목소리였다.

"내가 좋아하는 사람이 있으면……? 뭘 알고 싶은데?"

그러게. 나는 로만한테 뭘 묻고 싶었던 걸까? 대체 뭘…… 확인받고 싶었던 걸까? 나는 할 말이 없어 멍하니 있다가 말했다.

"있으면…… 축하해 주겠지. 아냐. 그냥 궁금해서 물어본 거야."

만일 로만이 '있다'고 대답했으면? 나는 거기에 대한 답을 내릴 수 없었다.

"……."

로만은 내 눈치를 봤다. 조금 불안한 표정이었다.

"무슨 이상한 말 들은 건 아니지?"

나는 로만의 말에서 느껴지는 불안감을 읽었다.

"그럼."

나는 시치미를 뚝 뗐다. 그 불안감을 알면서도 말이다.

'왜냐하면 난 너 괴물이라고 생각 안 하니까.'

루이가 한 말 같은 거 전혀 믿지 않았으니까.

'그게 말이 되는 소리야?'

그런 말을 하느라 '나 곧 떠나'라는 말은 또 미뤄졌다.

'이러다가 하루 전날 말하는 거 아냐?'

그런데 그날의 대화는 로만뿐만 아니라 나한테도 이상한 불안감을 남겼다. 내가 떠난 새, 로만이 누군가를 좋아할 수도, 혹은 사랑할 수도 있겠구나 하는 불안감이었다.

내가 로만과 나누는 것은 우정이었다. 하지만 로만이 누군가를 사랑하세 되면?

'로만한테 나보다 더 중요한 사람이 생기면?'

로만은 그저 나한테 다정하기만 했다.

'그 사람을 사랑하느라 난 안중에도 없게 되면?'

로만과 다니면서 난 한 번도 그 애의 독점욕, 혹은 광기 어린 집착을 엿본 적이 없었다.

솔직히 말하면, '이거 줄래?', '저것도 줘.' 하면서 난 로만을 머리끝부터 발끝까지 벗길 수도 있을 것 같았다. '참 나, 그렇게 다정해서 세상 어떻게 살려고 그래?' 싶었다. 로만이 누군가를 사랑하면 얼마나 더 다정다감해질까?

'걘 사랑하는 애가 나타나면 아마 다 해 줄걸. 상대가 원하는 거라면 뭐든지……'

로만은 분명 간도 쓸개도 다 빼 주려 할 테니까. 나한테 해 줬던 것처럼. 아니, 나한테 해 줬던 것보다 더. 왜냐면 좋아하는 것과 사랑하는 건 분명 다를 테니까.

그 순간 나는 나도 모르게 침대에서 벌떡 일어났다.

'어?'

가슴께가 찡— 하고 떨리나 싶더니, 갑자기 조여들 듯 아팠다. 난 손으로 가슴을 문질렀다. 아픔은 천천히 끓어올랐다가 또 서서히 잦아들었다.

"……."

그러다 이내 자취를 감추었다.

그 애가 떠나면. 그 애에게 나보다 더 소중한 사람이 생기면. 이제까지 이런 생각을 해 본 적이 없었다. 왜냐하면 로만과 나는 마치 무인도 속에서 노는 것 같았으니까. 다른 사람들 없이.

"……어쩌지."

나는 갑자기…… 정말로, 공립학교에 가기 싫어졌다.

'이제 와서 가지 않을 수도 없는데.'

하지만 이미 엎질러진 물이다. 나는 그렇게 가고 싶어 해 놓고 갑자기 마음을 바꾼 내가 부끄러워졌다. 이제 와 공립학교에 진학하기 싫어하는 내가, 혹은 로만을 마치 내 인형처럼 데리고 떠나고 싶어진 내가 말이다.

'그래, 로만은 잘 살 거야. 오히려 내가…… 내가 문제지.'

그렇기 때문에 나는 지금 이 문제가 일어나지 않은 듯이 모든 걸 유예한 채, 외면하고 있는지도 몰랐다.

"휴……."

나도 모르게 나오는 한숨을 멈출 수가 없었다.

'오히려 이 관계에서 상대한테 집착하는 건, 로만이 아니라 나일지도 몰라.'

어둠 속에서 한숨을 쉬는데 전화벨 소리가 울렸다. 나는 깜박한 알람인 줄 알고 휴대전화를 집어 들었다.

"……어? 무슨 일이야?"

뜻밖에도 로만의 전화였다.

[지금 잠시 나올 수 있어?]

로만이 떨리는 목소리로 내게 물었다.

"……어?"

나는 방에 있는 시계를 바라보았다.

"지금? 너 잘못 건 거 아냐? 지금 새벽 1시인데? 밖에 좀 봐."

지금까지 로만이 이런 적은 한 번도 없었다.

[역시 안 되겠지……?]

로만의 목소리가 서서히 줄어들었다.

[그런데 만나고 싶어.]

"지금 어딘데? 나 밤이라 차는 못 써."

그리고 나는 이미 외출용 겉옷을 입고 있었다.

지금까지 한 번도 이렇게 야심한 시각에 밖에 나가 본 적이 없었다. 나는 살금살금 계단을 내려가 신발을 신고, 소리가 나지 않게 수건으로 잠금장치를 덮고 문을 열었다. 모두가 잠들어 있었다.

'왜일까? 무슨 일일까?'

약속 장소는 우리 집과 15분 정도 떨어진 공원이었다. 로만이 걱정되는 한편, 산책 코스로 자주 가는 익숙한 길인데 낮밤이 바뀐 것만으로도 마치 가출을 하는 것처럼 느껴져 가슴이 두근거렸다.

로만은 얇은 더플코트 차림이었다. 약속 장소의 가로등 불빛 아래 불안한 얼굴로 서 있었다. 샛노란 가로등 불빛이 쏟아져 로만의 얼굴 윤곽이 유달리 선명하게 드러났다. 쓰다듬어 주고 싶은 표정이었다.

"로만?"

다가가며 이름을 부르자 로만은 제가 언제 불안했냐는 듯이 꼬리를 흔들며 활짝 웃었다. 왜 이 야심한 시각에 날 불러낸 걸까? 우리는 벤치에 앉았다.

"왜? 무슨 일 있어?"

"그게……"

"가출한 거야?"

"어?"

"형님들이랑 싸웠어?"

"무슨."

로만이 고개를 절레절레 젓더니 내게 물었다.

"춥지?"

"지금 5월인데?"

완연한 봄이다. 이 공원만 해도 꽃을 피운 마로니에 향기가 진동했다.

"아, 그래?"

살랑살랑.

로만의 꼬리가 살랑일 뿐 한참 말이 없었다. 나는 걱정스러웠다.

"로만?"

"응?"

"그럼…… 혹시 무슨 사고 친 거 아니지?"

"어? 무슨 사고?"

"아니면 됐어."

무슨 말을 하느냐는 듯한 말간 얼굴을 보고 나는 가슴을 쓸어내렸다. 사실 새벽에 부르기에 혹시 가출했나 해서 지갑도 가지고 왔다.

"그럼 무슨 일이야?"

"오늘 있었던 일 있잖아."

로만이 마른침을 삼켰다.

"무슨 일?"

"나 사실 너한테 고백할 게 있어."

로만은 긴장한 얼굴로 이야기를 시작했는데, 순간 나는 이상한 느낌을 받았다.

"우리 집에는 이상한 소문이 있어. 이건…… 네가 나중에 오해할까 봐 말해 주는 거야."

나는 금방 알아차렸다. 로만이 바스커빌에 대한 소문을 변명하러 여기 나왔다는 걸 말이다.

"이상한 소문을 듣고서 혹시나 내게 묻지도 못하고 끙끙 앓을까 봐 말이야."

그런데 나는 로만의 말에 아차, 했던 것 같다. 하지만 왜 그랬는지 처음에는 몰랐다.

"만약 내가 좋아하는 사람이 있다고 말하면?"

"바스커빌 가문의 사람들은 사랑할 때 천지 분간을 하지 못하고, 사랑을 이루지 못하거나 잃으면 미치거나 자살한다는 소문이 있어."

나는 몸을 뻣뻣하게 굳혔다.

"정말 말도 안 되는 헛소문이야."

로만은 내게 호소했다.

"그 때문에 어머니를 잃은 아버지가 지금 반실성 상태라는 거, 바스커빌을 흔들고 싶은 호사가들의 이야기일 뿐이라고."

나는 애초에 그 소문 같은 거 믿지도 않았다.

"아버지는 요양 중이서. 우린 이런 소문이 어디서 나왔는지도 모르겠어. 바스커빌을 질투한 가문에서 나왔으리라 추측할 뿐이야."

"……응."

"첫째 형도 몇 년째 연애 중인데, 그렇게 미친 사람들이 어떻게 오랜 시간 동안 제 정신병을 숨기고 사랑할 수가 있겠어."

"알아, 나는 그런 소문 못 들었어."

나는 그쯤에서 로만을 위로해 이야기를 마무리 짓고 싶었지만, 로만은 계속해서 말했다.

"정략혼을 안 하는 게 뭐 얼마나 이상한 일이기에? 괜히 자기 가문에 열등감 있는 개새, 아니, 사람들이 우릴 못 잡아먹어서 안달인 거지."

"……."

"쇼윈도 결혼에, 각자 애인 두는 게 뭐 자랑인가? 나는 사랑을 수단으로 뭔가를 거래하는 건 정말로 끔찍한 일이라고 생각해."

"응."

"루시도 그렇게 생각하지?"

갑자기 로만이 내게 되물었다.

"응?"

"어떻게 사랑하지 않는 사람과 백년해로할 수가 있겠어? 결혼은 정말 신성한 거야. 사랑은 변해선 안 되는 거고."

로만이 정말 이해할 수 없다는 얼굴로 말했다.

"……으응. 그런 거 같아."

나는 고개를 끄덕여 주긴 했으나 현실을 생각하니 그리 되지가 않았다. 로만은 프라이드와 라운드의 근간을 흔드는 이야기를 하고 있었다.

'우리는 그렇게 결혼하는데?'

하지만 이 와중에, '그래서 난 태어나자마자 얼굴도 모르는 먼 친척한테 파혼 당했어…….'라고 말할 수 없다.

'너 결혼에 환상이 있는 타입이구나?'

나도 눈치가 있는 사람이었다.

"루시."

로만은 내 미적지근한 반응에 나를 한 번 빤히 바라보더니 우물쭈물했다.

"재미…… 없지?"

"아니, 무슨 소리야? 재미가 지금 무슨 상관인데. 너도 내가 힘든 이야기할 때 들어 줬잖아."

나는 긴장 풀라고 손을 뻗어 로만의 머리칼을 쓰다듬어 주었다.

"네 마음 이해해. 겉모습이나 집안 때문에 오해받는 건 정말 힘든 일이지. 정말이야."

맞아, 오해받는 건 힘든 일이야. 하지만 나는 점점 속이 울렁거렸다.

'로만은 이 야심한 시각에 나를 불러내서 왜 이런 이야기를 하는 걸까? 무엇 때문에?'

처음으로 로만의 다음 이야기가 궁금하지 않고, 오히려 난 덫에 사로잡혔다는 느낌을 받았다.

덫, 무슨 덫? ……이라고 생각했을 때 로만과 했던 대화가 떠올랐다.

"만약 내가 좋아하는 사람이 있다고 말하면?"

"축하해 줘야겠지."

축하? 내가 축하를 해 줘야 한다고? 내가 로만을? 로만을 떠나는 이 마당에?

"……."

로만이 내 손길을 받으며 가만히 눈을 감았다. 로만이 눈을 감아서 다행이었다. 나는 내 표정을 들키고 싶지 않았다. 온 얼굴의 근육이 팽팽하게 뒤로 당겨지는 느낌이었다.

'전화 받지 말걸.'

도대체 나는 이 새벽에 왜 전화를 받아서 여기에 나와 있을까? 로만의 단정한 속눈썹이 바르르 떨렸다.

"맞아…… 루시, 나는…… 내가 좋아하는 사람이 날 오해할까 봐 겁이 나."

속눈썹처럼 떨리는 로만의 목소리. 진심이었다.

"사실 좋아하는 사람이 있어. 고백하고 싶어."

철렁, 순간 심장이 저 아래로 수직 낙하하는 듯했다.

"루시."

"나 여길 떠나."

그 순간, 몇 달을 미뤄 왔던 고백이 내 입에서 튀어나왔다.

"……뭐?"

왜 내 입에서 그 말이 튀어나온 것일까? 바로 이 순간에?

로만이 눈을 번쩍 뜨고 고개를 들었다. 이해할 수 없는 말을 들었다는 듯이 로만의 눈동자가 세차게 흔들렸다.

"……어?"

"……."

"어디로? 언제?"

"……."

"……진짜? 왜?"

나는 아직도 나를 이해할 수 없다. 왜 그 순간 그렇게 비겁했는지. 겁쟁이 양의 피가 그 순간, 드러났는지도 모른다. 내가 가진 이 겉모습이, 실은 부정하고 싶었던 내 속 모습 그 자체였던 걸지도 모른다.

웃기지도 않아. 루시 레오파르디.

'사자의 심장은 무슨.'

그런데 나는 무엇이 두려웠던 것일까?

"그게 저기…… 공립학교에 입학하게 됐어. 멀어. 앞으론 우리 못 볼 거야. 방학 때는 돌아오겠지만. 좀 더 일찍 말했어야 했는데, 미안해."

내 말이 내 귓가에 차갑게 울렸다. 나는 이런 때 이런 식으로 로만에게 이별을 고하게 될 줄은 꿈에도 몰랐다. 로만은 얼어붙어 버렸다.

"……."

위험을 감수하고 나서야 얻을 수 있는 불확실한 사랑과 미지근하지만 확실한 우정. 당시 나는 로만과의 우정 때문에 질투하고 있다고 생각했다.

'떠나는 마당에 네 사랑 이야기 별로 듣고 싶지 않아.'

그리고 내가 정말 못돼 먹었다고 생각했다.

'네가 누군가를 좋아해서 내가 고통스럽단 사실을 알고 싶지 않아.'

양은 더울 땐 서로 더우라고 붙어 있고, 추울 땐 서로 추우라고 떨어져 있는 동물이라는데. 이게 바로 그 짓이지 뭐야.

'듣기 싫어.'

루이는 로만이 나를 좋아하는 게 확실하다고 말했지만, 그게 아니라면? 게다가 나는 객관적으로 나를 평가할 줄 알았다. 나는……. 프라이드 안에서 그 누구도 나랑은……. 나랑은─.

'난 널 떠나야 해. 그런데 넌?'

나는 그 순간 분노도 했던 것 같다.

'넌 누군가를 사랑한다고?'

날 잊어버리고? 어쩌면 루이 말대로 로만이 날 좋아할 수도 있지. 아닐 수도 있고.

그건 마치 슈뢰딩거의 고양이 같았다. 정확히 50퍼센트의 확률로 상자 속의 고양이는 죽어 있거나 살아 있다. 상자를 흔들어도 야옹 소리를 내지 않는 고양이. 확률이 반반이라면, 나는 상자를 열고 싶지 않았다. 고양이가 죽어 있는 것을 보기 싫었다. 이상한 소리는 그만하자.

어쨌든 나는 로만의 고백을 뭉개 버렸다. 솔직히 로만이 자기네 학교의 누구와 사랑에 빠졌는지 정말정말 알고 싶지 않았다. 인정한다. 하지만 결과적으론, 로만이 날 찾아 자신의 불안감에 대해 털어놓으려 했을 때 나는 귀를 막았다. 비겁하고 끔찍한 일이었다.

"왜…… 왜 가는데?"

로만이 물었고 나는 이유에 대해 말했다.

"로만, 내가 이곳을 떠나기로 결심한 건……."

그 이유는 몇 년 동안 부모님과 이야기하며 부족한 논리를 보강하고 쌓아 올려 왔던 것이었다.

"……."

하지만 로만한텐 내 말이 외국어라도 되는 것 같았다. 로만은 전혀 이해를 못 하겠다는 듯 눈을 몇 번이나 깜박였다. 그리고 입술을 꾹꾹 다물고 나를 바라보았다가 시선을 피했다.

"그게……."

로만은 혼란스러운 듯이 한숨을 내쉬었다. 상처받은 듯한 얼굴이었다.

"그런 거면…… 좀 더 일찍……."

로만은 할 말을 완전히 잊어버린 듯했다. 로만의 눈동자가 원망으로 물들었다.

"그걸 왜 지금 말하는 거야?"

"……."

실은 떠나기 싫어서, 너랑 조금이라도 더 함께 있고 싶어서, 네가 슬퍼하는 걸 보고 싶지 않아서. 하지만 지금 난 아무 말도 할 수 없었다.

"아주 예전에 결정된 일이면, 조금이라도 일찍 말할 수 있는 거 아니었어? 우린……."

로만이 거친 숨을 토해 내며 혼잣말을 했다.

"잘 모르겠다."

"로만, 잠깐 떨어져 있다고 우리 사이가 달라지는 건 아니잖아."

내가 말하면서도 최악 같았다.

"전화할게, 편지도 많이 하고. 거리가 멀어지는 것뿐이야. 날 봐, 난 여전히 네 친구야."

그건 나의 희망 사항이었다. 그저 거리가 좀 벌어지는 것뿐, 우리 사이에 달라지는 것은 아무것도 없을 것이다. 로만도 나와 같은 희망을 공유하길 바랐다.

"친구?"

하지만 내 말에 로만은 점점 더 화가 나는 것 같았다.

"그러니까…… 뭐야, 네가 떠나는 이유는 네 잘난 가문을 버리고 자유롭게 살고 싶어서고, 나는 네가 그 학교 들어갈 때까지…… 뭐 심심풀이라도…… 되는 거였어?"

나는 로만의 손을 잡으려 했다.

"로만. 무슨 말을 그렇게 해?"

하지만 로만은 내 손을 피했다.

"네가 떠나려 할 때, 날 조금이라도 생각한 적 있어?"

로만이 울먹였다. 나는 입을 열었다.

"……."

대체 왜 목소리가 나오지 않았을까? 난 도대체 무엇을 로만한테 숨기고 싶었을까? 도대체 무슨 자존심을 지키고 싶어서였을까?

로만이 중얼거렸다.

"……널 잘 모르겠어. 지금 기분이 엉망이야."

혼란스러워 보이는 로만의 눈동자가 달빛에 반짝거렸다. 마치 깨진 유리 조각을 보는 것 같았다.

"날? 로만, 내 말은……."

로만은 벤치에서 일어나서 뒷걸음질 쳤다. 상처받은 눈동자였다. 타이밍이 최악이었다. 나는 모든 걸 망친 기분이 들었다. 다 내 잘못이었다.

방금 전에는 꾹 참고, 로만이 무슨 말을 하든 들어 주었어야 했다. 떠난다는 말은 그다음에 했어야 했다.

175

"나한테 넌……."

내가 말을 이을 틈도 없이, 로만은 나한테서 등을 돌리고 달아났다.

"로만!"

나는 로만을 쫓아갔다. 당연하게도 로만을 따라잡을 수 없었다. 나는 헐떡이며 외쳤다.

"어딜 가는 거야?"

로만을 붙잡는 일은 불가능한지도 몰랐다. 로만은 금방 어둠 속으로 사라져버렸다. 입에서 피 맛이 나고, 심장이 터질 것만 같았다. 나는 두 무릎을 짚고 바닥으로 고개를 숙였다.

'쟤가…… 혹시 날 좋아했나?'

가문의 돌연변이이자, 수치이자, 사회 부적응자 양이라고 뒤에서 놀림당하는 나를?

'나를?'

로만이 좋아했던 건 어쩌면 나였는지도 모른다.

'그럴 리가 없는데.'

어쩌면 실낱같은 가능성을 뚫고 로만이 정말 날 좋아했는지도 모르지.

'이게 무슨 자의식 과잉이지?'

그런데 이제 알 길이 없었다. 어쩌면 영영. 나는 결국 상자를 열지 않았으니까.

이제 와 나는 궁금하다.

"나 여길 떠나."

그 말을 할 때, 정말 나에게 로만을 상처 입힐 의도가 없었을까.

아무리 전화를 해도 로만은 받지 않았다. 나는 우두커니 그 자리에 서서 로만을 기다렸다. 하지만 로만은 오지 않았다. 밤은 점점 깊어졌다. 가로등이 꺼졌다. 완전히.

'그러지 말걸.'

빛 한 점 없는 캄캄한 길을 걸어오는데, 나는 마음이 후회로 가득 차 길가에 쓰러져 죽을 것만 같았다.

'그러지 말아야 했는데.'

집에 도착해 현관문을 열자 누군가가 날 기다리고 있었다.

"어딜 갔다 온 거야? 걱정했잖아."

루이였다.

"난 누나가 가출이라도 한 줄 알았어. 조금만 더 시간 지났으면 누나 찾으러 나갔을 거야."

루이가 아주 작은 목소리로 속삭였다.

"부모님께 들키면 어쩌려고 그래? 이 시간에 밖에 나가서 누굴 만난 거야?"

"……루이."

나는 입술을 삐죽거렸다. 검은 천장을 바라보았다가 다시 바닥을 바라보았다.

"누나는 최악이야, 성격 파탄자라고."

나는 두 손으로 눈을 가렸다.

"끔찍해, 난 쓰레기야."

그리고 울기 시작했다. 뭘 잘했다고.

"뭐?"

"나도 알아. 내가 지금까지 혼자였던 건 내 가문 때문이 아니야. 이 겁 많고 비겁하고 이기적인 성격 때문이라고……."

정말 뭘 잘했다고.

그날 밤, 나는 여러 가지를 잃어버렸다. 구체적으로는 로만이었다. 우리 집안의 가훈은 '사자의 심장'이었다. 라이언 하트, 그 어떤 역경에도 굳세게 나아가는 사자의 심장. 하지만 난 그걸 물려받지 못한 모양이었다.

"누나…… 무슨 일이야? 어?"

그런 용기는 겁쟁이 양한테는 없는 모양이지.

"갑자기 왜 그러는 건데?"

루이가 나를 끌어안으며 채근했다. 하지만 나는 이 일을 도저히 부끄럽고 창피해서 아무한테도 말할 수가 없었다. 동시에 겁이 났다.

'네 화가 풀릴까?'

나는 처음에 그게 하나뿐인 친구를 내 이기심 때문에 잃을까 봐 겁이 나서라고…… 생각했다. 당시에는. 그래, 당시에는 말이다. 어차피 일어나야 할 일이었는데도, 나는 전전긍긍했다. 최악의 타이밍이었다.

한 달 후면 이곳을 떠난다. 로만은 배신감을 느꼈을 것이다. 친구에게 연애 고민을 털어놓으려는데, 뜬금없이 앞으로는 못 만날 거라니.

'좀 더 일찍, 제대로 설명했더라면…….'

나는 뜬눈으로 밤을 지새웠다.

'성인이 되면 사람들이 내게 결혼이든 일이든, 어떤 형태로든 가문의 일원으로서 한 몫을 요구하겠지.'

좀 더 일찍 말할걸.

'그때부턴 난 정말로 나 자신으로 살 기회가 없을 거야.'

이런 내 고민을 좀 더 일찍 제대로 설명했더라면, 로만은 이해해 줬을 텐데.

'살면서 점점 내가 누구인지 모르겠다는 생각이 들어. 너처럼 나를 그저 나로 바라봐 주는 사람들 사이에서 살고 싶어.'

적어도 그 순간은 고백 타이밍이 아니었다.

'그게 단 3년뿐이더라도. 지금이 아니면 안 될 것 같아.'

그런데 네가 좋아하는 사람은 누구일까? 내가 떠났다 다시 돌아왔을 때, 내 자리는 이미 다른 사람으로 채워져 있을까?

나는 이따금 휴대전화를 확인했다. 로만한테서 온 연락은 없었다. 나는 몇 번이고 메시지를 보냈다.

「네 화가 풀리면 연락 줘, 제발. 내가 잘못했어. 그런 식으로 말하는 게 아니었어. 로만, 우리 이렇게 헤어지면 안 되는 거잖아.」

하지만 답장은 없었다. 매분 매초가 고통스러웠다. 그리고 점점…… 이상하게도…… 화가 났다.

'네가 정말 소중하지만, 네가 평생 나와 함께 있어 줄 것도 아니면서! 내가 떠나는 걸 좀 더 일찍 알았으면 뭐, 따라와 주기라도 할 거야?'

지금 생각해 보면 얼마나 적반하장이었는지.

「이제 내 얼굴 아예 안 보겠다는 거야?」

「내가 뭘 그렇게 잘못했다고?」

「뭐가 그렇게 화났는지 말이라도 해 봐.」

로만은 내 이야기를 진심으로 들어 주었는데. 그게 마지막인 줄 알았다면, 그렇게 보내진 않았을 텐데.

나는 누군가와 싸워 본 것이 처음이었다. 그동안 내 인간관계는 협소하고 동시에 끈끈했다. 설령 부모님 혹은 동생과 의견 마찰이 있어도, 그건 헤어질 정도는 아니었다. 그런데 로만은? 로만은 전화를 받지 않았다. 연락이 되지 않자 나는 정말 미칠 것 같았다.

점점 그런 생각이 들었다.

'이대로 끝나는 건가?'

상대방이 내게 침묵할 때, 문을 걸어 잠그고 있을 때, 어떻게 해야 그 안으로 들어갈 수 있는지…… 나는 그 방법을 알지 못했다.

'이렇게 쉽게?'

연락은 점점 애원으로 변했다.

'화해하고 싶어.'

「말해 봐……. 네가 화난 이유를, 난 정말 모르겠어. 그러니까 알려 줘. 알아야 내가 잘못했다고 할 수 있잖아.」

「미안해.」

떠나지 말아야 했을까, 그때라도?

나는 그날 이후 매일 집 안에 틀어박혀 있었다.

그러던 어느 날, 누군가 내 방문을 두드렸다. 루이였다. 나는 노크 소리가 들려도 이불을 뒤집어쓰고 있었다.

"누나…… 자?"

내 침대에 앉은 루이가 이불을 살짝 들춰 내 머리칼을 쓰다듬었다. 나는 그때 베개에 내 눈물을 찍어 대고 있었다.

"왜?"

루이가 물었다.

"누구랑 무슨 문제가 생긴 거야?"

내가 문제 있을 사람이 가족 아니면 로만밖에 더 있을까? 나한테 가족 말고 소중한 사람은 걔밖에 없는데.

"털어놔 봐, 부모님한텐 말 안 할게."

말은 그렇게 했지만, 속뜻은 로만한테 무슨 짓을 당했냐는 투였다. 하지만 잘못한 건 나였다.

"……그게, 그게 있잖아."

나는 훌쩍이며 동생한테 그날 있던 일의 일부를 털어놓았다. 로만한테 숨겨 둔 사랑이 있다는 사실은 쏙 빼고.

"내가……."

사실은 그게 가장 중요한 거였는데. 그때는 내 감정을 나도 알 수 없었다.

"아니, 그래서 뭐? 친구가 고등학교 좀 멀리 간다는 사실 때문에 화가 났다고?"

내 말을 다 들은 루이는 나를 흔들어 저를 바라보게 한 다음, 제 머리에 대고 검지를 빙빙 돌렸다.

"그 새끼 미친 거 아냐? 난 무슨 일 있었나 했는데, 별……."

"아니, 그게 아니라……."

"잘 헤어졌어. 누나는 뭘 그런 새끼 때문에 질질 짜고 있어? 울지 마."

"내가 늦게 말해서……."

"일찍 말하면 뭐? 자기가 어쩔 건데?"

루이가 으르렁거렸다.

"아, 어이가 없네. 자기가 얼마나 잘났다고, 누나가 뭘 얼마나 일찍 보고해야 했던 거야?"

동생은 오히려 화가 난 듯했다.

"그 늑대 새끼는 누나를 뭐로 보는 건데? 월초에 인생 계획표 갖고 와서 검사 라도 맡으라는 거야?"

그건 나도 했던 생각이었는데, 루이가 막상 로만을 욕하니까 반박하고 싶었다.

"너도 좀 더 일찍 말하라고 했잖아. 넌 아무것도 몰라. 그 전에 로만이 좀 마음 상할 일이 있었는데 내가……."

"아니, 가만있어 봐. 누나 걔 변호사야? 진짜 이상하잖아. 정말 많이 봐줘서 좀 섭섭할 수는 있어도, 이게 연락을 끊을 문제냐고."

루이는 말하면서 더더욱 흥분했다.

"그때 누나 울었을 때, 바스커빌 그 새끼가 울린 거지? 불러내 가지고?"

"아니야. 그냥 다른……."

"누나한테 다른 친구가 어디 있어?"

"그렇긴 한데……."

"누나, 그 새끼한테 뭐 책잡힌 건 아니지?"

"갑자기 무슨 소리를 그렇게 해. 우린 친구니까……."

"아냐. 친구끼리 안 그래. 안 이런다니까?"

나는 침대에서 일어나 손등으로 얼굴을 슥슥 닦았다. 말로 하려니 그날 밤 우리가 겪었던 미묘한 분위기를 도대체 표현할 수가 없었다.

"그런 거 아니야……."

나는 다시 고개를 숙이고 중얼거렸다.

"내가 잘못하기는 했어. 내가 말을 할 때 예민하고 싸가지가 좀 없잖아."

"누나, 매 맞는 아내 뭐 그런 거야?"

루이가 기가 차서 말했다.

"무슨 말을 그렇게 해?"

"왜 이렇게 바스커빌 이야기할 때마다 저자세냐는 거잖아."

나는 그 말을 듣는데 불편해졌다. 루이는 나를 위로하려 이러는 거겠지만, 지금 로만 욕을 들으려고 이 이야기를 털어놓은 게 아니었다.

"루이, 너는 친구와 어떻게 화해해?"

이 상황이 고통스러웠다. 나는 싸우는 방법을 몰랐고, 화해하는 방법은 더더욱 몰랐다.

"싸움이 이기고 지는 문제라면 져 주고 끝내고 싶은데…… 걔가 내 연락을 안 받아."

나는 두 손으로 얼굴을 가렸다.

"내 편 들어 주지 마. 이기는 방법이 아니라 화해하는 방법을 알고 싶어……."

쿨쩍쿨쩍 콧소리가 나더니 다시 두 눈이 뜨거워지고 두 눈에서 눈물이 흘러내렸다. 나는 눈이 부어서 제대로 뜰 수조차 없었다.

"왜 울고 그래. 누나, 응?"

이기고 지는 문제면 져 줄 수 있는데, 얼굴 보고 그땐 미안했다고 하고 싶은데. 지금이라면 그 얘기 들어 줄 수 있을 것 같은데. 내가 두 눈을 가리고 울자, 루이가 어색하게 나를 끌어당겨 안았다.

"어…… 싸움, 뭐, 치고받고 하다 보면 풀리는 건데…… 누나가 그놈이랑 그럴 수도 없고……."

그리고 내 등을 툭툭 쓸어 주었다.

"근데 나 그놈 정말 마음에 안 들어. 친구라면 아무리 싸워도 떠날 땐 제대로 작별 인사는 해 줘야 하는 거잖아. 마음 아프지 않게."

얼마 안 남았잖아, 하고 루이가 말했다. 정말로 얼마 남지 않았다.

"너도 내가 누나라서 만나는 거지?"

"뭔 소리를 그렇게 해? 일단 누나랑 내가 남매가 아니었으면, 내가 접근하는 걸 누나가 허락이나 해 줬을 거 같아?"

"그건 그렇다. 나 진짜 쓰레기 같지."

"내성적인 거지. 자기 비하하지 마."

나는 코를 훌쩍이며 대답했다.

"고등학교 가면 절대로 안 그러려고."

"그러려고 가는 건데, 그래야지."

루이가 위로해 줬다.

"아무튼…… 잘될 거야."

다정한 위로였다.

"어차피 평생 얼굴 안 볼 사이도 아니잖아. 나중에 어느 모임에서라도 얼굴

볼 텐데, 그때 붙잡고 대화 좀 해 봐."

내 등을 손으로 토닥토닥 두드려 주며 말이다.

"아직 시간 많이 남았으니까 걱정하지 말고. 원래 싸우고 나서 화를 식힐 시간이 필요한 사람들이 있어."

품 안에서 내가 푸스스 웃자, 루이가 중얼거렸다.

"화해 다 하면 그 새끼 밤길 조심하라고 말해 주고."

이제 열세 살 되는 애가 할 말이 아니었다. 도대체 앤 로만이랑 싸워서 이길 수 있다고 생각하는 건지.

루이의 위로와 달리, 로만은 사교계에 발길을 뚝 끊었다. 어딜 나가도 로만의 회색 귀와 은발 머리를 찾을 수가 없었다.

나는 연회장에 그대로 남아 있었다. 발코니나 방으로도 숨지 않았다. 혹시나 로만이 올까 봐. 사람들의 물결 속에서 나는 혼자였다.

"……."

그러고 보니 종이접기를 핑계로 난 늘 사람들을 피하고, 또 숨었구나. 나는 벽에 기대어 사람들을 바라보았다. 샴페인 잔을 들고 서로 다정하게 얽히어 있는 사람들.

'아…….'

나는 어쩌면 이 광경을 보기 싫었던 건지도 모르겠다. 낄 수가 없으니까. 가질 수 없는 걸 바라보는 건 고통이니까. 하지만 나는 지금 여기 있었다. 어디선가 로만이 나를 보고 걸어와 주기를 바랐다.

"루시 맞지?"

그런데, 로만이 아니라 다른 누군가가 말을 걸었다. 나는 고개를 돌렸다.

"루시 레오파르디."

검은 머리를 한데 모아 높게 올려 묶고, 상반신이 대담하게 드러나는 갈색 가죽 드레스를 입은 소녀가 나를 향해 미소 짓고 있었다.

"나 기억해?"

보아뱀인 '수'였다.

"그럼. 수 카인이잖아."

내 말에 수는 가느다란 눈을 둥그렇게 떴다.

"나를 아는구나."

"왜 안다고만 생각해? 우리 같은 반인 적도 있었는걸. 농구부 주장이지? 난 네가 농구하는 거 좋아했어."

"어⋯⋯?"

"보는 것뿐이었지만."

"⋯⋯."

수는 말을 잊고 놀라워했다.

"나는⋯⋯ 음, 네가 우리 반 애들 전부한테 관심 없는 줄 알았는데."

"그건⋯⋯. 그런 말 많이 들었어. 하지만 사실이 아니야."

"그래, 날 기억하는 걸 보니 네 말이 맞나 봐. 그동안 어떻게 지냈어?"

나는 수와 천천히 이야기를 나누었다. 연회장에는 잔잔한 음악이 흐르고 있었다. 나는 가끔 나를 바라보는 사람들의 시선을 의식하지 않고, 오로지 수에게 집중했다. 수는 중간중간 나한테 되묻듯 혼잣말을 했다.

"우리 왜 이제야 대화한 거지?"

아쉬움이 묻어나는 목소리였다.

나는 웃었다. 그 순간 나도 같은 기분이 들었던 것이다.

"사실 너한테 말 건 거, 좀 용기 낸 거야."

수는 가슴을 쓸어내리며 말했다.

"네가 좀…… 까칠하다고 들었거든. 어쩐지 접근하기 어려운 분위기도 있었고. 학교에서 넌 늘 종이나 책만 붙잡고 있었잖아."

그러더니 빙그레 웃었다.

"하지만 이렇게 말 걸기를 잘했다. 쭉 궁금했어. 네가 어떤 애인지."

"그러게. 그래서 알 것 같은 기분이 들어?"

"그럼, 들지. 고등학교는 어디로 진학했어, 보딩스쿨?"

"아니, 여기서 좀 멀어."

"응? 왜?"

"공립학교에 진학하기로 했거든."

수는 그 말에 고개를 갸웃했다. 이해가 되지 않겠지, 학교 또한 사교의 장이니까. 하지만 수는 이내 저 나름대로 납득한 듯 고개를 끄덕였다.

"그렇구나, 아쉽다. 난 거기로 진학했는데. 지금 누구 기다리니?"

"응."

"음, 너 시간 괜찮으면 저기 있는 친구들 소개해 주고 싶은데, 어때? 얼마 안 걸릴 거야."

"괜찮아. 고마워."

내 말에 수는 또 아쉽다는 듯이 미소 지었다.

"저기, 수."

"응?"

"오늘 즐거웠어."

"실없긴. 나도."

수가 손을 내밀었다. 내가 가볍게 쥐자 수가 힘차게 손을 흔들었다.

"내가 그동안 널 오해했나 봐. 미안, 말을 걸어 보니 이렇게 다정한데. 그럼 또 보자."

수는 고개를 까닥 흔들더니 다시 인파로 걸어가 사람들 사이로 섞였다.

"……."

미안해할 건 나였는지도 모르겠다고 생각했다. 혼자 지레 겁먹어 사람들과 제대로 관계 맺지 못했는지도 모르겠다고.

'사람들이 날 오해한 것처럼, 나도 사람들을 오해했구나.'

수가 내게 다가왔을 때 조금 놀라긴 했어도 대화를 나누는 게 아무렇지도 않았던 건, 로만 덕분이겠지.

'보고 싶다.'

나는 또다시 로만이 보고 싶어서 코끝이 새빨개졌다. 로만이 내게 감정을 감추려 그 아름다운 눈을 여러 번 깜박이던 생각이 났다.

'사과하고 싶어.'

로만은 아마 울었을 것이다.

'그 애 마음을 풀어 주고 싶어.'

지금쯤 로만은 무슨 생각을 하고 있을까? 나는 정말로 궁금했다.

'사과하고 싶고, 너를 만나고 싶고, 멀리 떨어져 있더라도 계속…… 계속 친구 하고 싶어.'

손 놓고 기다리기엔 너무 빠르게 시간이 흐르고 있었다.

Chapter 5.

늑대지만
해치지 않아요

이대로 전처럼 로만이 나타나 주기를, 말을 걸어 주기를 수동적으로 기다리고만 있어서는 안 된다는 생각이 든 건 떠나기 2주 전이었다.

'이렇게 헤어질 순 없잖아. 아무리 생각해도 이런 식으로 헤어지면 안 되는 거잖아.'

편지를 쓴 건 그 때문이었다.

「미안해. 내 생각이 짧아서 네 마음을 헤아리지 못했어.」

갑작스러운 이별 통보로 당황스럽게 한 점부터, 어떤 점이 어떻게 미안했는지 구구절절 적었다. 또한 로만이 얼마나 나한테 소중한 존재인지, 네가 내 삶에 아무 영향력을 미치지 못한다고 느꼈다면 다 오해라는 말도 적었다.

「네가 보고 싶어. 떠나기 전에 제발 이야기하자.」

글을 몇 번이나 되짚으며 고쳤다. 편지는 마치 반성문처럼 적었다. 나는 이 글을 읽고 로만의 화가 풀리길 바랐다. 지금까지 그 누구에게도 이렇게 납죽 엎드린 적이 없었다. 나는 편지를 쓰면서 완전히 자존심을 버렸다. 하지만 그날 느꼈던 모든 감정을 사실대로 적은 건 아니었다.

'그렇구나.'

사람은 가끔 일기장에도 거짓말을 적는다. 자신을 속이고 싶거나 이미 속였기 때문에.

'나한텐 그 누구에게도 보이고 싶지 않은 모습이 있어.'

나도 나 자신을 속일 수 있었다면 좋았을 텐데.

「기다릴게. 그때 그 공원에서.」

그날이 내가 참석한 마지막 모임이었다. 나라면 아무리 화가 났더라도 한 번쯤은 모습을 보였을 것이다. 내가 무슨 말을 하는지 들어는 보고 싶었을 것이다. 로만은 이제 내가 더 이상 궁금하지 않은 것일까?

나는 무서웠다. 이 관계가 온전히 로만의 호의에 의해 유지되고 있었다는 걸 깨달아서였다. 나한테 로만은 유일무이했지만…….

'로만은 아니었나?'

나는 이제 로만을 점점 모르겠다는 생각이 들었다.

'이렇게 간단하게 잘라 낼 수 있을 정도로 우리 사이가 아무것도 아니었나?'

"……널 잘 모르겠어."

'그럼 그날 나한테 왜 화를 냈던 거야?'

나는 불안감에 떨면서 인파 속으로 섞였다. 마치 바닷물에 몸을 담그듯이. 사람들이 나를 곁눈질했다. 나는 상관하지 않았다. 그것보다 더 중요한 문제가 있었다. 용기를 내야 했다.

"알렉산더 바스커빌 씨."

나는 기어들어 가는 목소리로 그에게 말을 걸었다. 목소리가 마치 염소 울음소리 같았다. 목이 마르다 못해 타들어 가는 듯했다. 아름다운 아가씨와 이야기를 나누고 있던 알렉산더 씨가 고개를 돌렸다.

"저…… 절 기억하시나요?"

해롤드 씨가 있었다면 좋았을 텐데, 알렉산더 씨밖에 보이지 않았다. 날 내러다보며 고개를 갸웃하던 알렉산더 씨는 이내 미소 지었다.

"그럼, 로만 친구 아니니."

그 말에 놀랄 정도로 안심하는 내가 있었다.

나는 조심스럽게 포장한 봉투를 내밀었다. 편지와 함께 선물을 담았다. 이 계절과는 어울리지 않는 선물이었다. 바스락, 손끝에서 소리가 났다.

"제가 조금 뒤에 어딜 가게 되었거든요. 로만을 만나지 못해서…… 이걸 혹시 로만한테 전해 주실 수 있으신가요?"

실제로 하고 싶은 건 그 말이 아니었다.

'혹시 로만이 그때처럼 아픈가요? 아파서 여기 나오지 못한 거죠?'

묻고 싶은 말이 정말 많았다. 하지만 그게 끝이었다.

"전해 줄게."

선물은 알렉산더 씨한테 넘어갔다. 알렉산더 씨는 빙긋 웃곤 다시 고개를 돌렸다.

그것으로 끝이었다. 로만한테 연락이 오는 일은 없었다. 언제 그 편지를 읽을까, 매일 밤 혹시나 싶어 공원에 나가 보았지만 로만은 그림자조차 비치지 않았다.

'네가 보고 싶어.'

매일 밤 기다렸다. 부모님이 매일 어딜 그렇게 나가느냐고 걱정할 때까지. 마침내 최후의 날이 올 때까지.

'우린 끝이구나.'

이제 인정하지 않을 수 없었다. 그날 일 때문에 로만은 나를 버렸던 것이다. 겨우 한 번의 싸움 때문에?

'이럴 거라면 나랑 왜 친구 했어? 딱 한 번 싸우고 헤어질 거라면 그런 달콤한 말들은 왜 한 건데? 내가 너와 싸울 가치도 없는 사람이었어?'

네 다정한 마음과 말들은 어디로 사라진 거야? 내가 알던 로만은? 나는 묻고 싶었으나 대답해 줄 이가 없었다.

끝이 왔다. 비행기 탑승 수속을 밟는데, 부모님과 루이가 게이트에서 사라지자마자 가슴에서 열불이 나고, 얼굴은 눈물범벅이 되었다. 혹시나 공항에라도 날 만나러 와 주지 않을까 생각했다. 하지만 아니었다.

'그래, 로만.'

진부한 드라마의 한 장면 같은 일은 없었다.

'네 맘대로 해.'

이젠 될 대로 되란 생각이 들었다.

'날 떠나보내서 새 친구를 찾고, 새 사랑을 하고, 날 영영 잊고 싶은 거라면 네 마음대로 해.'

나는 그렇게 로만을 잃어버렸다.

'나도 내 마음대로 할 테니까.'

하기야 이 세상에 영원한 건 없고, 하나를 얻기 위해선 하나를 버려야 하는 거겠지.

'혹은 그 이상을 버리기도 하고 말야.'

비행기가 구름 위를 밟았다. 나는 손수건으로 얼굴을 닦으며, 비행기 창 너머 작아지는 나의 세계를 바라보았다.

'그래, 넌 이제 내가 필요 없겠지. 나도 보란 듯이 잘 살 거야. 친구도 많이 사귀고, 너 같은 건 빨리 잊어버릴 거야.'

비행기에서 내리자 안개 낀 도시가 나타났다.

나는 여기선 절대 두고 온 것들을 생각하지 말기로 마음먹었다.

'그러기 위해서 여기 온 거잖아.'

준비해 온 것 외의 필요한 절차를 밟고, 부모님이 마련해 준 학교 근처 이층집에 자리를 잡았다.

자전거로 통학 가능한 거리였다. 자전거를 사고, 이런저런 가전제품을 사고, 본가로부터 계속 배달되는 물건들을 정리하는 데 온 시간을 쏟았다. 잠깐은 외로울 틈이 없었다.

그런데 내가 로만 말고 새로운 사람을 사귈 수 있을까?

"우리 왜 이제 대화한 거지?"

아주 잠깐 나를 스쳐 지나갔던 수 카인이 생각보다 위안이 되었다.

'여기서 새로 시작할 수 있어. 지난날들은 모두 잊고.'

여기선 아무도 날 모른다. 나는 루시 하트만이다. 평범한 양이다.

'평범한 양이다. 평범한 양이다. 평범한……'

가을의 시작, 새 학기 첫날. 나는 긴장하고 할 일도 없던 나머지, 교실에 너무 일찍 도착했다. 아무도 없었다.

'심장 터질 것 같아.'

빈자리에 앉은 난 무의식중에 자연스레 노트를 찢어 종이접기를 하려다 그만두었다. 나는 여기 사람을 만나러 왔다. 친구를 사귀러 왔다.

'근데, 어떻게 하는 거지?'

걱정이 내 머리만큼이나 뭉게뭉게 피어올랐다. 나는 두 손으로 얼굴을 쓸었다.

'괜히 왔나 봐. 도망치고 싶다⋯⋯!'

누군가 날 '야'라고 부르기 전까지 말이다.

"야."

"⋯⋯어?"

누군가 등을 콕콕 찔렀다.

뒤를 돌아보니 아까는 없던 애가 앉아 있었다. 그 애가 고개를 갸웃했다.

"뭘 그렇게 기도하고 있니? 너 당근 먹을래?"

그러더니 간식 박스를 내밀었다. 나는 거기 들어 있는 당근 스틱들을 바라보다가, 다시 고개를 들어 올렸다. 새빨간 눈동자로 내려다보고 있는 여자애의 머리 위로 시선이 옮겨 갔다.

'⋯⋯귀.'

길고 하얀 머리칼을 늘어뜨린 여자애 머리 위로 하얀 귀가 쫑긋, 하고 솟아 있었다.

'우와⋯⋯.'

난 한참 홀린 듯이 그 귀를 쳐다보다 흠칫하고는, 얼른 당근 스틱을 하나 집어 들었다.

"고마워, 잘 먹을게."

"난 엠마."

"루시 하트만이야."

"나 네 뿔 만져 봐도 돼?"

"어?"

그 누구도 내게 그런 걸 물어본 적이 없었다.

"응응, 그럼."

"아, 좋다. 나 이렇게 말린 건 처음 봐서."

엠마가 손을 뻗어 내 뿔을 만지작거렸다.

"나 아는 애는 이렇지 않거든. 생각보다 부드럽다. 개처럼 엄청 딱딱하진 않네."

"응, 손톱 같은 거야."

"관리하니? 큐티클 크림 같은 거 바르면서?"

'그게 뭔데?'

엠마가 하는 말마다 놀라움의 연속이었다.

"그런…… 것도 있어?"

"응, 내 친구는 쓰던데? 뿔에 바르면 결이 갈라지지 않고 매끈매끈해진대."

"아, 진짜?"

"어, 뭘…… 그렇게 놀라운 이야기를 들었다는 표정을 짓니?"

그거야 한 번도 이런 스몰토크를 해 본 적이 없어서 그렇지.

'모두가 내 머리 위의 뿔을 아예 없다는 듯이 굴었는걸.'

나는 홀린 듯이 물었다.

"나도 귀 만져 봐도 돼?"

"나도."

그때였다. 내 말과 동시에, 누군가 엠마의 옆자리 책상에 커다란 가방을 턱, 하고 내려놓았다. 우리는 동시에 고개를 들었다.

"당근 이야기야. 그거 나도 주면 안 돼?"

목소리의 주인공은 엠마의 옆에 털썩 앉았다. 마치 사자 갈기처럼 와일드한 금발을 한 남자애였다. 머리는 어깨까지 내려올 정도로 길었다. 그러고 보니 점점 빈자리가 사람들로 채워지고 있다.

"……자."

얼떨떨한 얼굴로 엠마가 간식 박스를 내밀자, 남자애가 씩 웃었다. 초록색 눈동자가 반짝였다. 아삭, 하고 남자애가 스틱을 베어 물었다.

"칼리드야. 칼리라고 불러도 돼."

"뭔데? 리트리버?"

나는 또 훅 치고 들어가는 엠마의 대담함에 놀랐다.

'아, 이런 거 물어도 돼?'

남자애가 웃었다.

"맞혀 봐."

"아니, 뭐…… 이런. 공작?"

"내가 좀 화려하긴 하지."

그래, 손가락마다 반지를 끼고 있는 데다 옷차림도 그렇고. 아무튼 화려해 보였다. 칼리드가 웃으며 또 당근 스틱을 깨물어 먹었는데, 난 말려야겠다는 생각이 들었다.

"이제 그거 뱉어야 하지 않아?"

그 말에 둘이 동시에 날 바라보았다.

"너 먹으면 탈나잖아. 이거…… 소화 효소가 없어서."

의외로 전적인 육식 특성을 가진 사람은 몇 되지 않는다. 대부분 속도 겉모습처럼 특성을 따라가기 마련이었다. 전적인 육식 특성을 가진 사람이 채식하는 건, 소화 효소가 없으니 모래를 먹는 것과 다름이 없었다. 특히 뱀은 말이다.

"……."

칼리드가 나를 빤히 바라보더니 베어 물었던 당근을 손바닥 위에 뱉었다.

"뱀이지?"

칼리드는 내 물음에 고개를 끄덕인 뒤 조심스레 물었다.

"우리 만난 적 있나?"

"아니, 난 아주 멀리서 왔어."

"뭐야, 뱀이야?"

엠마가 어이없어했다.

"이건 음흉하게 먹지도 못하는 거 입에 넣고 지랄이야?"

"야, 그거 뱀한테 차별 단어야."

칼리드가 웅얼거렸다.

"아니, 지금 너 하는 행동이 음흉하잖아. 행동이."

"내가 너한테 조루라고 하면 좋겠어?"

"쌍놈이?"

엠마가 전광석화처럼 재빠른 동작으로 칼리드의 멱살을 잡았다.

"이 새끼야, 첫 시간부터 성희롱 센터 가고 싶어?"

"미안, 죄송합니다. 제가 정신이 나갔나 봐요, 죄송합니다."

칼리드가 빠르게 사과했다.

"말을 하고 싶으면 뇌를 거치고 말하라고. 어?"

선생님이 들어왔다. 엠마는 칼리드의 멱살을 놓아주고 씨근덕거렸다.

"잘해라, 알겠어?"

나는 그 바람에 엠마의 귀를 만질 기회를 잃었다.

수업을 시작하기 전부터 이미 조금 지친 듯한 인상의 남자 선생님은, 지금까지 내가 보지 못한 반달 귀를 가지고 있었다.

'진짜 신기해.'

줄무늬의 납작한 꼬리를 보면…… 아마 너구리인 듯했다.

선생님이 판서를 시작했다. 그제야 이 공간의 풍경이 달리 보였다.

여기선 내가 혼자가 아니었다. 저 멀리서 하품을 하는 사슴이 보였다. 머리 위에는 무겁진 않나 싶을 정도로 근사한 뿔이 두 그루의 나무처럼 돋아 있었다.

'그렇구나.'

여기선 내가 특이하지 않은, 풍경 속 한 조각이었다.

나는 점심시간에 풍부한 채식 식단을 보고 또 말없이 놀랐다. 고작 몇백 킬로 떨어져 있을 뿐인데, 세계가 바뀐 것만 같았다.

"루시!"

엠마가 뒤에서 달려와 팔짱을 꼈다.

"같이 먹자. 괜찮지?"

"좋아."

이곳에 도착하기 전까지 나는 로만 없이는 살 수도 없고, 아무와도 친해질 수 없으리라 생각했다. 그런데 의외로 모든 일이 쉽게 풀려 나갔다. 로만 없이도.

"저기 사과 맛있겠다, 집어 줄까?"

"나도."

뒤에서 들려온 목소리에 우리는 고개를 돌렸다.

"왜?"

칼리드가 웃고 있었다.

"그러니까……."

엠마는 붉은 사과를 집어 든 채로 칼리드를 바라보았다.

"네가 이걸 먹겠다고?"

"그거 말고, 나도 너희랑 같이 먹어도 되냐고."

"왜 다른 애들이랑 안 먹고?"

"너 차별주의자야?"

그 말에 엠마는 흠칫했다.

"너는…… 일단 채식을 안……. 아니, 진짜 나한테 아까부터 왜 그래? 같이 먹자, 먹어. 누가 뭐래?"

엠마가 시선을 피하며 말을 더듬거리다 손을 까닥까닥했다. 그래서 식탁에는 뱀과 토끼와 양이 함께 앉게 되었다.

'공립학교 들어오면 뱀은 안 만날 줄 알았는데…….'

인생은 어떻게 될지 한 치 앞을 모른다. 하긴 칼리드는 눈에 띄게 드러나는 특성이 없어서, 이 모습이 그리 이상하게 보이진 않았다. 엠마가 물었다.

"뱀이라며? 왜 굳이 여기로 진학했어? 학교가 따로 있잖아."

칼리드는 어깨를 으쓱했다.

"부모님 뜻이지. 괜히 사립학교 가서 돈 버릴 일 있어? 네가 생각하는 건 다 편견이야."

"너 계속 차별, 편견 이런 말 할래?"

둘이 투닥투닥하는 동안, 나는 무심코 칼리드가 선택한 음식들을 들여다보았다. 레몬을 함께 넣어 찐 생선과 가금류 뒷다리 등이었다.

'이거로…… 요기가 되나?'

중학교 시절, 수 카인은 일주일에 한 번 특별 주문한 돼지 통구이를 점심으로 먹었다. 그걸 단번에 집어삼키고 만족스럽게 웃던 모습을 보고 살았던 나는 의아했다.

'보아뱀도 그렇게 먹는데. 내 생각에 이거로는 도저히…….'

고개를 든 나는 칼리드와 눈이 마주쳤다. 칼리드는 나를 보더니 얼른 검지로 입술을 눌렀다 뗐다.

'……아.'

나도 기본적인 눈치는 있었다.

'무슨 사정이 있겠지.'

나는 엠마 몰래 살짝 고개를 끄덕였다.

"넌 어디서 왔어?"

엠마가 물었다.

"어?"

화제는 나로 돌아왔다. 내가 살던 지명을 말하자 엠마의 귀가 접혔다가 쫑긋 펴졌다.

"왜 이렇게 먼 곳에서 온 거야? 넌? 가족이 다 이사 온 거야?"

"아니. 나 혼자 시험 쳐서 여기 온 거야. 이 학교 꼭 오고 싶었거든."

나만 해도 거짓말 아닌 거짓말이 술술 나왔다.

"그래, 뭐."

엠마는 납득한 듯 고개를 끄덕끄덕했다.

"여긴 학군이 좋은 편이니까. 너는?"

"나도 그래. 너희 다음 수업 뭐야? 나 옆자리에 앉아도 돼?"

"꼭…… 그래야 할까? 뭐 같이 다니는 친구 없어?"

"없어. 나 싫어?"

"아니, 싫다기보다는…….'"

엠마와 칼리드가 이야기를 하는 동안, 나는…… 큐티클 크림에 대해 생각하고 있었다.

'그걸 관리해야 한다고? 어디서 파는데?'

누군가 이런 말을 한 번도 해 준 적이 없었다. 뿔이 있는 친구를 둔 적이 있어야지 말이다.

집에 돌아오는 길, 나는 드러그스토어에 들렀다. 정말로 뿔이나 손톱, 발톱 같은 단단한 각질 등을 세련되게 관리하는 제품을 잔뜩 팔고 있었다.

'이걸 왜 지금까지 못 봤지?'

나는 그중 가장 인기 있다는 제품을 집어 들었다. 샌들우드 향이었다. 집에 와 샤워를 하고 젖은 머리를 말린 뒤, 뚜껑을 열자 맛있는 냄새가 화— 하고 피어올랐다.

'군침 도는데……? 진짜 이런 걸 바른다고?'

한입 먹고 싶을 정도로 달콤한 향이었다. 하지만 인기 있는 제품이기도 했고, 엠마가 그렇다면 그런 거겠지.

'나보다는 엠마가 더 잘 알지 않겠어?'

그날 밤, 나는 크림 용기에 적힌 사용 설명서대로 뿔에 크림을 펴 바르고 함께 들어 있던 비닐 쓰개로 덮기까지 했다.

'어? 느낌 이상한데? 이러면 이게…… 진짜 매끈해지나?'

뿔이 매끈해지고 싶었다기보다는 사실 궁금했다.

나와 같은 사람들이 하는 일이 말이다.

'뿔이 달린 친구가 했던 말이라니까…… 맞겠지? 그래, 나보단 더 잘 알겠지…….'

더불어 새로 생긴 의문을 애써 억누르며 나는 잠자리에 누웠다.

'음…… 뿔이 부드러우면 나한테 뭐가 좋은 거지? 도대체 뭐가?'

지금까지 베일에 싸여 있던 신비한 세계가 나를 향해 손짓하는 듯했다.

다음 날, 아침에 일어나 쓰개를 벗었더니 과연 전보다 뿔이 말랑말랑 매끈해진 기분이 들었다.

'음…….'

윤기도 좀 도는 것 같았다.

'역시 잘 모르겠다.'

여전히 뿔에 왜 그런 윤기가 나야 하는지는 몰랐지만, 어쨌든 시험해 볼 만했다.

'뿔은 원래 위험할 때 들이받으라고 있는 거 아닌가?'

문명화된 이 시기에 그러면 안 되지만 말이다.

'오히려 부드러워지면 안 되는 거 아니야?'

그러나 내가 선택한 제품엔 심각한 부작용이 하나 있었다.

'이거 도대체 언제까지 나는 거야?'

그날 내내 뿔에서 강렬한 샌들우드 향이 났다. 그러니까 달콤한 냄새가 수업 시간 동안 점점 퍼져 나가 온 공간에…… 가득 차기 시작했던 것이다. 학생들이 수군거렸다.

"뭐야, 이 냄새?"

"어디서 나는 거야? 급식실?"

그 근원지가 내 머리였으니, 나는 침이 고이는 걸 멈출 수가 없었다.

'으아아악……!'

아침도 먹지 못해서 더 고문이었다.

'진짜 이거 맞아?'

나는 손수건을 꺼내서 코를 틀어막았다. 옆자리에 앉았던 엠마도 코를 킁킁거리거나 이따금 미간을 찌푸렸다.

"저기…… 루시. 오해하지 말고 들어야 해?"

엠마는 결국 심각한 표정으로 내게 몸을 기울여 속삭였다.

"너한테 지금…… 엄청 맛있는 냄새가 나. 막 당장이라도 한입 베어 물고 싶은 냄새가……."

그 말에 나는 오싹했다.

"아니…… 그러니까 육식 특성 전용 드러그스토어에서 이걸 샀다고?"

엠마가 큐티클 크림을 흔들었다.

"……."

이제 보니 거기엔 떡하니 「육식 특성 전용」이라는 스티커가 붙어 있었다.

"아니, 왜?"

사건의 진상을 알게 된 엠마는 웃어야 할지 말아야 할지 모르겠단 얼굴로 말했다.

"간판을 착각했나 봐."

나는 엠마와 얘기를 하기 전까지 드러그스토어가 특성별로 나뉘어 있는 줄도 몰랐다. 사실 드러그스토어에서 물건을 사 본 적도 없다.

"그게 가능한지는 둘째 치고, 도대체 왜 그 향을 선택한 거야?"

나는 그게 스토어 추천 상품이었단 말 외엔 할 말이 없었다.

"그게…… 좋아하는 향이라서."

"아니, 나도 좋아해. 그래도 그렇지. 아무리 좋아하는 향이라도 어떻게 머리에 바르니?"

"그게…… 처음 사 봐서 생각을 못 했어. 게다가 그 향이란 게 이렇게 강할 줄은…… 우욱."

이젠 머리가 다 어질어질했다. 나는 손수건으로 입을 막고 다시 헛구역질을 반복했다.

"야, 걸어가는데 애들이 다 너만 쳐다보더라. 진짜 핫했어."

이쯤이면 테러다.

"그런데 샌들우드 향이 왜?"

이해하기 힘들다는 듯 칼리드가 킁킁거리다 미간을 찌푸렸다.

"향 나쁘지 않은데?"

"칼리, 네가 머리에 바비큐 소스를 바른 바람에 네 머리에서 온종일 바비큐 냄새가 나고 있다고 생각해 봐."

"헉."

정확한 비유에 칼리드가 움찔했다.

"잘 보고 사지."

"응…… 무향으로 바꿔야겠다."

그러나 향이 어찌나 강력한지, 아무리 손수건으로 문질러도 뿔에서 향이 빠지지가 않았다.

205

이 학교의 재학생은 대부분 초식 특성을 가지고 있었으므로, 그 애들 모두가 나를 스쳐 지나갈 때면 이상하게 바라보았다.

"내가 너무 바보 같아."

점심시간, 급식실 식탁에 앉자마자 나는 푹 엎드렸다.

"배 안 고파?"

"안 고파……."

머리 위에서 나는 맛있는 냄새를 계속 맡다 보니 식욕을 잃었다.

"괜찮아. 며칠 지나면 다들 잊어버릴걸? 야, 넌 왜 웃어?"

칼리드가 자기도 피식 모르게 웃다가 엠마의 짜증에 입을 가렸다.

"놀리려는 게 아니라…… 계속 바비큐 소스가 생각나서. 집에 있는 향수 확인해 보고 버려야겠다."

칼리드가 엠마를 빤히 바라보며 말했다.

"너희한테는 그게 소스 바르고 다니는 것처럼 느껴진다는 거잖아."

"버릴 건 또 뭐야? 너한테만 그 향이 그렇게 안 느껴지면 됐지."

"나만 좋자고 뿌리는 건 아니니까. 너한테 꽃향기는 어떻게 느껴지는데?"

"먹을 수 있는 꽃? 아니면 먹을 수 없는 꽃?"

"뭐……? 그게 그런 구분도 있어?"

"그런 구분이 있다는 걸 모른단 말이야? 아무튼 육식 특성이란."

칼리드는 시선을 돌렸다.

"그런데 정말 신기하다. 나야 모르는 게 당연하지만 넌 그걸 이제 알았다는 거잖아. 그치, 루시?"

칼리드의 말에 움찔한 나는 고개를 흔들었다.

"모르겠어, 아무튼…… 다신 이런 끔찍한 짓 안 하려고. 나 관종 같지?"

"다 잊는다니까? 잊게 되어 있어. 아니, 안 잊으면 자기들이 뭘 어쩔 거야?"

엠마가 내 등을 토닥였지만 위로가 되진 않았다.

"이런 관심, 받고 싶지 않았어……."

이제 모르겠다. 사자 가문에서 태어난 양 타이틀이 부끄러운지, 육식 특성으로 치자면 머리에 바비큐 소스 바르고 다니는 여자애가 더 부끄러운지…….

'지금까지 특성에 따라 향도 달리 느끼는지 몰랐어. 나는…… 늘 내 반대편한테 맞추기만 했으니까.'

엠마의 말이 맞았다. 아무리 창피하고 아픈 일도 시간이 흘러가면 다 잊기 마련이었다. 나는 친구도 사귀었고, 다른 사람들과도 전보다 잘 지냈다.

'그래, 나는 다른 사람들과 잘 섞이고 싶어서 여기에 온 거야.'

나는 바로 이런 환경을 원했다. 나를 특별하게 여기지 않고, 그저 루시로만 아는 사람들…….

'근데 왜 이렇게 가슴이 뻥 뚫린 듯한 기분이 들까? 이 기분은 무엇에서 비롯된 걸까?'

과제와 시험이 번갈아 다가왔고, 한 학기가 스르륵 흘러갔다. 물을 손에 움켜쥔 것처럼 그야말로 스르륵…….

'로만 바스커빌.'

새빨갛게 물들었던 나뭇잎이 떨어져 바닥에 쌓이고 나무는 사슴의 뿔처럼 헐벗었다. 이젠 겨울 코트를 입어야 했다.

'넌…… 잘 지내고 있을까? 좋아하는 사람한테 고백은 했고?'

도서관에서 올해의 마지막 에세이를 쓰고 있던 나는, 높다란 곳에 난 창문을 통해 그림 같은 하늘을 보았다.

"무슨 생각을 해?"

옆에서 함께 과제를 하고 있던 엠마가 물었다.

"어? 뭘?"

"너는 가끔 정신이 빠져 있더라. 겨울 방학 때는 어떻게 할 거냐고."

그렇지 않아도 얼마 전 부모님이 비행기 편도 티켓을 보내 주었다. 방학은 당연히 집에서 보낼 거라고 생각하는 것 같았다.

"잘 모르겠어."

나는 엠마를 바라보며 웃었다.

"길이 너무 멀어서 그냥 여기 있을 것 같기도 하고."

가고 싶은 마음이 들지 않았다. 고향에는 생각하기 싫은 문제가 잔뜩 도사리고 있었으니까. 거길 가면…… 로만을 만나지 않아도 그 애 생각이 많이 날 것 같았다.

"잘됐다."

엠마의 하얗고 부드러운 귀가 쭉 퍼졌다.

"여기 있을 거면 겨울에 우리 집 놀러 와. 우리 부모님이 널 보고 싶어 하거든."

"나도."

옆에서 함께 공부하고 있던 칼리드가 말했다.

"……."

"나도 데려갈 거지, 엠마?"

엠마는 입을 벌리고 칼리드를 한참 바라보았다.

"넌 진짜 왜 이러니? 얘는 멀리 와서 혼자 살잖아. 넌 진짜 집도 여기 있는 애가…… 도대체 뭐가 문제야?"

"나도 독립해 살거든? 그리고 외롭단 말이야. 넌 맨날 나만 쏙 빼놓더라? 너무 섭섭해."

칼리드가 초록빛 눈을 찌푸렸다.

"외롭…… 다고……? 뱀은 무리 동물 아니잖아."

"너 계속 차별 발언 할래?"

"칼리, 생물학 시간 때 배웠잖아. 무리 동물 아닌 게 사실인데…… 내가 뭘 어떻게 해? 네 피에 흐르고 있을 거잖아?"

엠마가 억울한 표정으로 말했다.

'정말 지치지도 않고 싸우는구나……. 사이좋다.'

나는 다시 고개를 들어 창문을 바라보기 시작했다.

"너는 가끔 정신이 빠져 있더라."

엠마 말이 맞다. 인정하자. 로만을 생각하기 싫으면서도 나는 가끔 로만 생각이 났다.

'로만은 이렇게 자주, 오래 내 생각을 할까? ……했을까?'

나는 또 멍했다.

"칼리, 넌 나랑 노는 게 재미있냐? 같이 노는 그룹도 있으면서 왜 이래?"

"어, 난 너 재미있어."

"진짜…… 고맙다, 야."

"넌 내가 싫어?"

"싫은 게 아니라. 야, 여기서 싫은 게 왜 나와?"

"그래서, 말 돌리지 말고. 나 싫어?"

엠마와 칼리드의 싸움이 배경음처럼 멀어졌다.

"아, 이거 진짜 이상한 놈이네. 솔직히 말할까? 나 너 좀 부담스러워!"

난 여기 와서 친한 친구들을 사귀었다. 엠마는 다정하고 칼리드는 재미있다. 거짓말처럼 다른 학생들과도 친해졌다. 기타를 잘 치는 존과 공부를 잘하는 마고, 단것을 좋아해서 자주 나눠 주는 브리아나……. 이곳엔 내가 원하던 모든 게 있었다.

"거기 조용히 좀 하세요!"

"죄송합니다."

"네."

그런데 내 마음은 왜 이렇게 허할까?

'네가 없어서?'

그래, 사실 답을 안다. 그것으로는 로만의 빈자리를 채울 수는 없었다. 어떤 것은 그 무엇으로도 대체되지 않는다. 로만에게선 아직 어떠한 연락도 없었다. 앞으로도 영영 없을지 모른다.

'로만은 아직도 나한테 화가 나 있을까?'

나는 그 누구에게라도 주어 버리고 싶은 로만의 빈자리에 그 누구도 앉힐 수가 없었다.

'역시 이번 겨울은 가지 말까 봐.'

사각사각사각.

내가 상념에 잠겨 있는 사이, 둘은 공책을 꺼내더니 이제 이를 악물고 필담을 시작했다. 곧 방학이었다. 눈에 습기가 차나 싶더니 촉촉하게 젖어 들었다. 나는 얼른 자리에서 일어났다.

'넌…… 개새끼야 진짜. 날 이렇게 길들여 놓고.'

온갖 아름다운 말로 나를 홀려 놓고.

도서관 밖으로 걸어 나가니 하얀 것이 송이송이 떨어지고 있었다. 나는 손바닥을 폈다. 하얀 것은 내 손바닥에 닿자마자 사라졌다. 눈이었다.

나는 도서관 밖 숲길을 걷기 시작했다.

'언젠간 너에 대한 내 마음도 이렇게 녹아내리겠지?'

방학 동안 내내 동면할 수 있으면 얼마나 좋을까.

'어떻게 이렇게 오랜 시간이 지나도록 전화 한 통이 없어.'

그럼 로만 생각을 안 할 수 있을 텐데.

'날 버릴 생각인 거니?'

나는 다음 해엔 모든 게 거짓말처럼 잊히기를 빌었다.

'내가 만약 엠마나 칼리드와 싸워도 이렇게 마음이 아플까?'

문득 생각했다.

'우린 정말 친구였을까?'

이제 와 의문을 품은들 뭘 어쩌겠는가? 나는 그런 생각들을 다람쥐가 도토리를 묻어 두듯 마음 한구석에 묻어 둔 뒤, 아예 잊어버린 척했다.

"루시!"

뒤에서 엠마의 목소리가 들렸다.

"추운데 왜 코트도 없이 밖에 나왔어!"

고개를 돌렸더니 엠마가 내 코트를 들고 달려오고 있었다.

그다음 날이었다. 내가 자리에 앉자마자 칼리드와 뭔가를 쑥덕이고 있던 엠마가 말했다.

"야, 전학생 왔대."

"지금? 왜?"

그 소리가 나올 수밖에 없는 게, 곧 방학이었다. 보통 방학을 다 보내고 봄 학기에 입학하는 게 정상일 텐데.

"잘 모르겠어. 지금 사무실에 있는 것 같은데, 내 생각엔 유배 아닐까?"

칼리드의 말에 나는 웃었다.

"유배라니 무슨 소리야? 여기가 뭐 어때서."

"그렇잖아. 아니, 무슨 재벌집 자식이 이런 학교에 와? 사고 쳤거나 서자거나, 집안에 미움 산 거 아닐까."

칼리드가 어깨를 으쓱했다. 나는 그 말에 웃음을 멈췄다.

"루시?"

등 뒤에서 칼리드와 엠마의 목소리가 들렸다.

"루시, 어디 가?"

그러게 난 어딜 가고 있는 걸까? 교실 밖으로 나가면서 나는 생각했다.

'어딜 가는 거지? 아무것도 기대하지 않기로 했으면서.'

도착한 곳에 내가 원하는 것이 있을 리 없는데. 나도 나한테 묻고 싶은 심정이다. 계단을 내려가면서 내가 나한테 물었다.

'뭘 기대하는 거야?'

정신을 차린 건 교무실이 있는 복도 앞에 도착해서였다.

'뭐 때문에 지금 여기 있는데? 수업 시작했을 거야.'

누군가 뒤통수를 잡아당기듯 내게 말을 걸었다.

'돌아가자.'

그 말에 나는 뒤를 돌아보았다. 거기엔 아무도 없었다.

'설령 아주 희박한 확률로 그게 로만이라고 해도…… 잊기로 결심했잖아.'

그 목소리에 찔린 듯이 가슴이 아파 왔다. 나는 이제야 그 목소리의 근원지를 알았다. 그 목소리는 밖이 아니라 내 안에서 나오고 있었다.

'알고 있잖아. 한 해 동안, 로만의 침묵이 오히려 대답이었다는 걸.'

내 심장이 겁을 먹었다.

'돌아가자. 이제 와서 뭘 어쩌게?'

양의 심장이 말했다.

'화해할 수 있겠어? 기대하지 말고 더 이상 상처받지도 마.'

부모님이 말했다. 네 겉모습이 어떻든 너는 우리의 딸이고, 네 안에는 사자의 심장이 자리 잡고 있다고. 그러니까 늘 당당하게 가슴을 펴고 살아가라고……. 네가 원하지 않는다면 그 누구도 너를 상처 입힐 수 없을 테니까.

그런데 실은 그렇지 않았다. 나는 아주 작은 심장을 가지고 있었고, 쉽게 상처받았다.

'그래, 로만은…… 침묵으로 답했어.'

찬찬히 생각해 보니 그게 로만일 리도 없었다. 그 누구도 친구를 따라 이렇게 먼 곳까지 전학 오진 않을 것이다. 그것도 연을 끊을 듯이 싸운 친구를 따라서 말이다. 나는 어깨를 축 늘어뜨렸다.

'그래, 칼리드가 한 말이 맞겠지.'

걔가 여길 어디라고 와. 심지어 내가 어디로 가는지 알려 준 적도 없는데. 내려가려던 발걸음을 멈추고, 다시 계단 몇 개를 올라갔을 때였다.

"루시."

목소리가 들렸다.

"루시."

이번엔 진짜 목소리였다. 내가 익히 알던 목소리였다. 그리운 목소리가 내 이름을 불렀다. 마치 세이렌의 노랫소리처럼.

"루시."

"……"

나는 돛대에 꽁꽁 묶여 있지 않았고, 내 귀엔 고막을 막는 양초 조각도 없는데, 그 목소리에 꼼짝할 수 없었다. 난 고개를 돌렸다.

'어?'

그리고 당황했다. 다가오는 사람이 누구인지 알 수 없었던 것이다.

"……?"

그 목소리와 목에 걸린 초록색 목도리가 아니었더라면, 나는 로만을 보고도 그냥 스쳐 지나갔을지도 몰랐다. 로만은 그만큼 달라져 있었다. 또 차분해져 있었고. 로만은 나를 알아보는 눈치였는데, 나는 그 자리에 그대로 굳어 있었다. 마치 알렉산더 씨 같다.

'로만이…… 맞나?'

정말로 이상했다. 분명 내 이름을 그리운 듯이 부르는데 누군지 모르겠다니.

"루시, 나야."

내가 가만히 있자 로만이 다가오며 자신의 가슴에 손을 얹었다.

'예전이라면 달려가 끌어안았을 텐데.'

햇살이 쏟아져 들어오는 창을 등지고 있어서, 계단을 천천히 올라오는 로만의 그림자가 길게 꼬리를 그었다.

'어……?'

나는 왜 로만한테 위화감을 느끼는지 알아챘다. 달라진 모습도 모습이거니와 로만의 꼬리가 흔들리지 않았던 것이다. 나의 목은 이제 긴장될 정도로 움츠러들었다.

"루시."

로만의 발걸음이 멈췄다. 계단 몇 개를 남겨 두고. 이제 우리의 눈높이는 거의 같았다. 로만은 내 표정을 보더니 의아하다는 듯 고개를 갸우뚱거렸다.

"왜 거기 가만 서 있어, 이리 와."

로만이 다정한 목소리로 말했다.

"이리 와서 날 안아 줘, 전처럼. 정말 너무 보고 싶었어."

그러더니 단숨에 성큼 걸어 올라와 나를 덥석 끌어안았다.

"너도 내가 보고 싶었던 것 맞지?"

로만이 고개를 숙여 내 어깨에 코를 비비며 물었다. 은빛 머리칼이 내 볼에 닿았다. 내가 떠 줬던 목도리도 내 몸에 닿았다. 로만의 품이 너무 넓어서 내 온몸이 폭 안겼다. 마치 인형처럼.

"그렇지?"

맞아, 나는 네가 보고 싶었지.

"……."

정말 너무 보고 싶었다. 얼마나 보고 싶었으면 혹시 알렉산더 씨가 내 편지를 로만한테 주지 않은 건 아닐까, 그런 생각도 했다. 하지만 로만은 목에 내 선물을 걸고 나타났다.

'이게…… 무슨 일이지?'

대양의 밤바다처럼 온갖 감정이 일렁였다.

'내가 왜 이러지.'

불쑥 치밀기도 하고 가라앉기도 하는 감정 속에서, 나는 숨을 쉬기조차 어려웠다. 마치 난파당한 배에서 떨어져 나온 조난자 같았다.

'나 정말 화가 정말 많이 났었는데…….'

어설프게 뜬 목도리.

"……."

나는 잘못하면 눈물이 날 것만 같았다.

'보고 싶은 동시에 영영 보고 싶지 않기도 했는데.'

그래도 만나고 싶었다. 로만은 나를 더더욱 꼭 끌어안았다. 그 바람에 내 발은 까치발이 들렸다.

'왜 이렇게 답답하고 가슴에 뭔가 꽉 차오르는 것 같지…….'

로만은 계속해서 내 이름을 불렀다.

"루시."

그리고 내 어깨에 고개를 묻고 숨을 삼켰다.

"만나고 싶었어."

나도 너를 만나고 싶었다고 하면 되는데……. 이상한 일이지. 어쩐지 목소리가 나오질 않았다. 나는 울음을 참듯이 헐떡였다.

"……로만."

이 형용할 수 없는 감정을 도저히 한순간에 소화시킬 수가 없었다.

꽉.

"루시, 얼마나 보고 싶었는지 넌 상상도 못 할 거야."

로만은 나를 더더욱 꽉 끌어안고는, 커다란 손으로 내 등을 문질렀다. 하지만 그렇게 말하는데도 로만의 꼬리는 흔들리지 않았다.

"······."

나는 로만과 아주 닮은, 하지만 내가 아는 로만과는 분명 다른 무언가와 마주하는 기분이었다. 나는 두 눈을 꼭 감았다.

'이제 나 좀 놔줘.'

정말 다행인 점은, 이미 수업이 시작했는지 계단과 복도엔 아무도 없다는 것이었다.

"저기 로만."

로만이 나한테 온몸을 비비대는 동안, 나는 간신히 할 말을 찾아냈다.

"왜 그동안 아무 연락 없었어?"

그 말에 로만이 나를 놓아주었다.

"······그동안 많이 바빴어."

나는 그 말에 너무 당황했다.

'그게······ 다야?'

좀 더 그럴 만한 사정이 있는 줄 알았는데. 내 두 눈이 당혹감으로 흔들렸다.

"······?"

하지만 좀 더 말하길 원하는 나와 달리, 로만은 그게 끝이라는 듯 순진하게 웃었다.

"우리 정말 오랜만에 본 거지?"

그동안 무슨 일이 있었는지 내게 알려 줄 생각은 없어 보였다.

"······응."

결국 나는 고개를 끄덕이며 납득한 척했다.

"시간표를 받았는데 건물 좀 소개해 줄래?"

"응, 줘 봐."

하지만 그 말에 생각보다 훨씬 더 상처받은 내가 있었다. 나는 로만한테 시간표를 받아 들었다.

"따라와."

머릿속이 멍해져서 처음엔 내가 상처받았다는 사실조차 몰랐던 것 같다. 나는 시간표를 확인했다. 그러고 허둥지둥 로만을 C 건물로 데려다주었다.

당연히 나는 수업에 늦었다. 내가 조심스럽게 교실 문을 열고 들어왔을 땐 엠마가 내 자리를 맡아 놓고 있었다. 선생님은 이미 칠판에 판서를 시작하고 있었다. 나는 빈자리에 조심스럽게 앉았다.

"네 가방 여기."

내가 자리에 앉자 엠마가 물었다.

"왜, 무슨 일 있었어? 갑자기 어딜 다녀온 거야?"

"그냥…… 그럴 일이 있었어."

책을 펼쳤지만, 글자가 기어 다니는 벌레들처럼 어지럽게 흩어졌다.

'이게 무슨 일이야?'

로만은 여길 왜 온 거지? 나한테 방금 왜 그런 거지?

"루시, 루시."

칼리드가 뒤에서 조그마한 목소리로 나를 부르며 등을 툭툭 쳤다. 뒤를 돌아보자 칼리드가 한 손으로 코를 움켜쥔 채, 얼굴을 잔뜩 찌푸리고 있었다.

"루시! 우욱!"

헛구역질을 한 번 한 뒤, 칼리드는 자그만 목소리로 속삭였다.

"이렇게 말해서 미안한데, 알려 줘야 할 것 같아서……. 너…… 지금 이상한 냄새 나."

"어?"

나는 뜨악했다. 하지만 머리카락이나 재킷에 코를 묻어도 아무 냄새가 나질 않았다. 나는 고개를 다시 뒤로 돌려 칼리드한테 물었다.

"나한테……? 무슨 냄새?"

"아, 그런 뜻이 아니고……."

칼리드가 아랫입술을 깨물고 우물쭈물했다.

"너 방금……."

물리 선생님이 물백묵으로 칠판을 탕탕 두드렸다. 나는 얼른 고개를 돌렸다. 그러나 칼리드의 말이 신경 쓰였다.

'냄새?'

하지만 아무리 스웨터에 코를 갖다 대 봐도 섬유유연제 냄새밖에 나질 않았다. 뒤에서 칼리드가 가냘픈 목소리로 중얼거렸다.

"그게, 너…… 지금…… 옷이라도 벗어야 할 것 같은데."

"뭐?"

그 말을 엿들은 엠마가 충격과 경악에 가득 찬 얼굴로 칼리드를 쳐다보았다.

"이 변태 새끼……."

"아냐, 그런 뜻이 아니라……!"

"미친놈 아냐, 저거?"

엠마가 나를 다시 앞쪽으로 돌려 앉혔다.

"쟤 왜 저래?"

갑자기 등 뒤에서 시원한 바람이 불어왔다.

'응?'

뒤에는 창문도 없는데. 힐끔 돌아보니 칼리드가 책으로 부채를 만들어 내 뒤에서 살랑살랑 부치고 있었다.

"……."

나는 다시 한번 킁킁 내 스웨터에 코를 묻어 보았다. 하지만 아무 냄새도 나지 않았다. 옅은 로만의 향수 냄새 말고는, 아무 냄새도.

"너 체육복 없어?"

"어?"

"있으면 갈아입어. 제발, 응?"

칼리드의 성화에 수업이 끝나고 가져온 체육복으로 옷을 갈아입긴 했지만, 역시 옷에선 아무 냄새가 나질 않았다.

"도대체 뭐 하는 거야? 진짜 무슨 냄새가 난다고."

엠마가 내 스웨터에 코를 묻으려 했다.

"아무 냄새 안 나. 너 병원 가야 하는 거 아냐?"

"야!"

칼리드가 얼른 내 옷을 엠마에게서 뺏어 내 가방에 쑤셔 넣고는 지퍼까지 야무지게 채웠다.

"엠마, 만지지 마. 저거 손도 대지 마. 알았어?"

"아, 이거 또라이 아냐? 진짜."

"그럼 이제는 안 나?"

내가 묻자 칼리드가 복잡미묘한 표정으로 나를 바라보았다.

"음…… 으응…… 으응…….."

그리고 이상한 소리를 내며 눈을 내리깔았다.

"루시, 아까 어디 나가서 뭐 이상한 거 만졌어?"

엠마가 물었다.

"딱히 만진 건 없는데."

"그게 사실 만졌을 거라기보다는…… 너 수업 들어오기 전에 누구 만났어?"

나는 칼리드의 말에 움찔했다.

"아니. 만난 사람 없는데?"

"그럼, 혹시……."

"너 아까부터 애한테 왜 겁을 줘?"

나한테 뭔가를 물으려던 칼리드가 한숨을 내쉬었다.

"제발…… 엠마, 우리 오래 알고 지냈잖아. 진짜 뭐가 이상해서 그런 거야. 그러고 교실 다닐 순 없으니까……."

엠마가 내 머리에 손을 대자 칼리드의 초록빛 눈이 커졌다.

"아, 엠마! 진짜 지금은 루시 좀 안 만지면 안 돼? 나 지금 예민하다고!"

"아니, 너 예민하다고 왜 가만히 있는 애 괜히 신경 곤두서게 해? 무슨 방사능이라도 만진 것처럼."

"방사능? 야, 그게…… 그게……."

칼리드는 혼란스러운 표정으로 끙, 앓다가 말을 그만두었다.

"하…… 내가 말을 말자."

나는 내가 왜 거짓말을 한 건지는 알 수 없었다. 그러고 보니 너무 당황해서 아무것도 묻지 못했다. 로만은 어쩌다가 여기 온 걸까?

다음 시간, 수업을 듣는데 옆자리에선 전학생 이야기가 한창이었다.

"……내가 봤어. 아까 계단에서 누굴 오랫동안 꼭 끌어안고 있더라니까."

"세상에, 오늘 전학 온 거잖아."

"누굴 만나러 온 게 분명해."

오해하려고 해도 오해할 수 없이, 로만 이야기였다.

"정말로, 너무 꼭 끌어안고 있어서 누군지 보이진 않았는데, 여기 여자친구를 만나러 온 건 아닐까?"

"무슨 로맨스 영화 같다."

그게 아니라고 말할 수는 없었다. 그리고 아까부터 이상하게 어질어질하기도 했다.

"……루시?"

"어?"

그러느라 칼리드가 내게 뭐라 하는 줄도 몰랐다.

"……."

칼리드가 말을 하려다 말고 소리가 나는 쪽으로 한참 시선을 주다, 고개를 갸우뚱하며 내 쪽으로 향했다.

"너 오늘, 왜 이렇게 정신이 없어?"

그러더니 내 쪽으로 몸을 기울이며 속닥였다.

"아까 정말 무슨 일 없었어? 나한테만 말해 봐."

나는 거기다 대고, 사실 그 전학생한테 끌어 안겨 있던 게 나였다고 고백할 용기는 없었다.

"왜 늦게 들어온 거야?"

뭐가 어떻게 되어 가는 거지? 난 심지어 로만이 여길 왜 왔는지조차 모르겠다. 그 애가 전혀 모르는 사람처럼 느껴졌다. 단순히 내가 모르는 동안 갑자기 커져 버려서가 아니었다.

'바빴다고? 정말 그게 다야?'

다시 만난 로만은 너무 차가웠다. 포옹은 예의를 차리는 것 정도라는 생각이 들었다. 건물로 향하는 내내, 우리는 별말도 하지 않았다.

'이게 무슨 일이지?'

혼란스러웠다. 로만은 분명 반갑다고 말하고 있지만, 사실이 아니다. 적어도 나는 그렇게 느꼈다. 왜냐하면 로만의 얼굴이 너무 깔끔하고, 또…… 미소는 짓고 있지만, 꼬리는 움직이지 않아서……. 나는 수업의 내용을 하나도 기억하지 못했다.

'그럼 여기 왜 온 건데? 바쁜 일이 끝나서?'

점점 생각이 많아져서 머리가 아플 지경이었다.

'전화라도 한 통 해 줄 수 있었잖아? 아니면…….'

칼리드가 날 흔들었다.

"루시?"

"어?"

"수업 끝났어."

정신을 차려 보니 애들이 일어나 자리를 옮기고 있었다.

"밖에 나가서 좀 걷자. 바람 좀 쐬고."

칼리드의 말에 나는 멍하니 고개를 끄덕거렸다.

"너 오늘 좀 이상하다."

차가운 바람이 뺨을 긁었다.

"안색이 창백해. 보건실이라도 좀 다녀오지 그래?"

"아냐. 괜찮아. 그냥……."

"괜찮긴. 귀신이라도 본 거 같은 얼굴인데."

칼리드가 '무슨 일이 있긴 있었지?' 하는 얼굴로 내게 끈질기게 물어 오고 있었다.

"정말 괜찮아. 어제 잠을 못 자서 그런가 봐."

나는 아무것도 설명할 수 없었다. 로만의 환영, 혹은 유령을 본 듯한 느낌이었다.

"그런데 나 아직도 냄새 나? 무슨 냄새인데?"

"그게 설명하긴 좀 어려운데……."

칼리드는 한쪽 눈을 찌푸렸다.

"그냥 좀 위험한 냄새."

칼리드는 어깨를 으쓱했다.

"아무것도 아냐. 나도 어제 잠을 못 잤나 보다. 하지만 루시?"

"응?"

"누가 널 괴롭힌다면 나한테 말해야 해? 우린 친구니까."

칼리드의 말을 나는 이해할 수가 없었다.

"그럴 수 있지?"

종소리가 울렸다. 우리는 동시에 고개를 돌렸다.

점심시간에 만난 엠마는 아직도 좀 걱정스럽단 얼굴이었다.

"얘 왜 이렇게 시들시들해? 또 괜한 소리로 괴롭힌 거 아니지?"

"무슨 말을 그렇게 해?"

"아니, 너희 둘은 수업 같이 들으니까…… 루시, 괜찮아?"

"입맛이 없는데……."

혼자 하는 생각이니 출구가 있을 리 있나. 나는 이 세상에서 가장 좋아했던 친구를 내 잘못으로 잃어버렸다는 생각과 그 모든 것을 망친 게 나라는 자책감으로 한 학기를 보냈다. 그런데 로만의 등장이 그 시간을 몽땅 부정한 느낌이 들었다.

"……그동안 많이 바빴어."

그 한마디로 해결될 일이었다니. 그 모든 것이 나의 착각이었고, 나 혼자만 그 우정이 소중했단 말인가? 나는 그저 로만의 '바쁜 일' 때문에 나 혼자 그 난리를 치고 가슴앓이를 했나 싶어, 지금 머릿속이 아주 엉망진창이었다.

"열 있니?"

식욕이 있을 리 없었다.

"조퇴할래?"

엠마가 걱정스러운 얼굴로 내 이마에 손을 얹는데, 갑자기 식당이 술렁거렸다. 무심코 시선을 돌리니 그곳에 로만이 있었다.

"장난 아니네."

칼리드가 말했다.

"내가 들었는데…… 바스커빌이라잖아."

그러자 엠마가 말했다.

"눈에 띌 수밖에 없지. 게다가 꽤 잘생겼는걸."

"저게?"

나는 괜히 머리의 뿔을 가리고 시선을 피했다. 로만이 그냥 모른 척 지나갔으면 좋겠다고 생각했다.

"벌써부터 무리 지어 다니는 게 무섭지 않아?"

칼리드가 작은 목소리로 속삭였다.

"친화력 좋은 거지, 뭐."

"아니, 나 때랑 다르잖아. 뭐 이렇게 평가가 좋아? 멀리서 얼굴 한번 본 애한테."

"질투해?"

칼리드와 투닥거리던 엠마가 신음했다.

"어?"

또 신음했다.

"어? 날 바라보는데?"

엠마의 말에 나는 움찔했다. 더더욱 고개를 숙여 볼까 생각하는데 웅성거리는 소리가 났다. 나는 무심결에 고개를 들었다가 움찔했다.

'아, 안 돼.'

로만과 눈이 마주친 것이다. 난 나도 모르게 고개를 절레절레 흔들었다.

'오지 마. 오지 마. 오지 마.'

오지 말라는 뜻이었는데. 그걸 무슨 뜻으로 알아들었는지, 로만이 갑자기 옆에 있던 학생들한테 무어라 양해를 구했다. 불길한 예감이 들었다.

"어? 이쪽으로 오는데?"

엠마가 말했다.

"지금 나 보고 이쪽으로 오는 거 맞지?"

로만은 곧장 나를 향해 걸어오기 시작했다.

"뭐야? 뭐야? 뭔데?"

엠마도 갑자기 로만이 다가오는 것이 무서웠던지, 두 귀가 겁을 먹고 뒤로 바짝 뒤집혔다. 순간 칼리드가 인상을 찌푸리더니 자리에서 일어서려 했다.

"루시."

그보다 로만이 내 이름을 부른 게 먼저였지만 말이다.

"우리 오랜만에 같이 점심 먹을까?"

로만의 물음에 칼리드와 엠마가 동시에 나를 바라보았다. 나는 어깨를 축 늘어뜨렸다.

'아. 학교생활 뭐 됐다.'

칼리드와 엠마는 둘째 치고…… 전교생의 온 시선이 쏟아졌다.

'이게 얼마 만의 스포트라이트야…….'

아찔했다.

"내가 방해했어? 혹시?"

로만이 고개를 숙이며 다정한 목소리로 물었다.

"나도 여기 끼고 싶은데, 괜찮지?"

"……."

엠마는 해명을 요구하는 눈으로 나를 바라보았다. 나는 두 손을 쥐고 안절부절못했다.

"그게…… 나는……."

사실 당황했다.

'아깐 차가웠잖아. 우리 사이엔 선이 있었는데, 갑자기 왜?'

내가 혼란에 빠진 사이.

"우리 일어날게."

우리 둘을 번갈아 가며 살피던 엠마가 갑자기 칼리드를 잡아끌었다.

"나중에 보자, 알겠지?"

"어? 나?"

"안 그래도 우리 할 애기 있잖아."

"우리가? 뭐?"

그리고 마치 납치하듯 칼리드의 입을 틀어막곤 저 멀리 질질 끌고 갔다. 이제 다시 우리 둘이었다.

"친한가 보다. 친구야? 둘 다?"

로만이 자연스럽게 내 앞에 앉더니 내 식판을 바라보았다. 내 앞엔 과일 맛 음료수 하나밖에 없었다.

"그것밖에 안 먹을 거야? 왜? 자, 이거 줄게. 근데 저 뱀은 누구야?"

로만이 내 빈 식판 위로 포도를 쌓아 올리며 말했다.

"친구? 여기 있기엔 너무 크지 않나? 위험하기도 하고."

비슷한 특성의 사람들을 많이 보다 보니, 로만도 한눈에 칼리드를 알아본 모양이었다.

"초식 특성인 애들 사이에서 왕이라도 되려는 거야, 뭐야?"

로만이 싸늘한 목소리로 중얼거렸다.

'그거 네가 할 말은 아닌데…….'

사실 모습은 이래도 레오파르디 가문인 내가 할 말도 아니다. 뱀, 늑대, 양 모습을 한 사자.

'생각해 보니까 이상한 조합이네.'

나는 로만의 식판을 바라보았다. 과일들만 가득했다.

"너야말로 그거…… 밖에 안 먹어도 괜찮아?"

"괜찮아. 나 요즘 채식하거든."

로만이 웃었다.

"그래……? 그런 것 치고는, 키 많이 컸네."

"그치? 전보다, 음…… 한 25센티미터쯤 컸나 봐."

"그렇게 많이?"

우리가 이런 식으로 대화했었나? 나는 기억을 더듬어 가며, 더듬더듬 말했다. 평온함을 가장하는 일이 힘들었다.

로만이 음료수 뚜껑을 따려는 나를 바라보았다.

"아깐 경황이 없었어. 어떻게 지냈어?"

모두가 우리에게서 멀찍이 떨어져 앉았지만, 온 촉각을 곤두세우고 있다는 걸 느낄 수 있었다.

'어떻게 지냈느냐고?'

음료수 뚜껑이 따지지 않는다. 문득 따지지 않는 음료수 뚜껑을 따려고 낑낑 거리다 포기한 게, 로만과 헤어지고 나서의 일이었단 생각이 들었다.

"그냥, 잘 지냈지."

"그래? 그거 내가 따 줄까?"

나는 고개를 절레절레 저었지만, 로만이 손을 뻗어 얼른 음료수를 가져갔다.

"……근데 있잖아, 루시."

사람들의 시선이 느껴졌다. 여기엔 엠마와 칼리드의 시선도 포함되어 있겠지.

"난 잘 못 지냈는데."

로만이 혼잣말처럼 중얼거렸다.

"어?"

"자."

귀가 좋아도 아마 이 대화는 들리지 않을 테니, 소문 좋아하는 애들은 마음대로 상상의 나래를 펼치고 있을 것이다. 나는 음료수를 받아 들었다.

"그래서, 아까 그 애들 친구야?"

"······응, 친구야."

"그 남자애도?"

"칼리드라고 해."

로만이 가만히 입을 다물고 있다 눈살을 찌푸리며 나를 바라보았다.

"정말 좋아 보인다."

섭섭하다는 말투였다.

"그동안 난 네가 그리웠는데."

이게 도대체 무슨 대화지?

"지금 이게 무슨 소리야?"

나는 더 이상 참을 수 없었다. 조그마한 목소리로 내가 말했다.

"이상하잖아. 여기 오기 직전까지 날 만나 주지 않은 게 넌데, 이제 와서 이게 무슨 소리냐고. 이러면 마치 내가 헤어지자고 한 거 같잖아."

내 말에 로만의 회색 눈이 반짝였다.

"내가 널 얼마나 기다렸는데. 편지 읽어 보기나 했어?"

하지만 난 화가 날 수밖에 없었다. 그냥 참으려고 했는데. 왜냐하면 오랜만에 만났으니까, 좋은 게 좋은 거니까······.

"그러니까 지금 내가 여기 있는 거잖아."

로만이 툭, 하고 내뱉듯이 말했다.

"편지도 읽었어."

나는 입을 다물었다.

"그래서 목도리도 하고 왔잖아."

"······."

"내가 여기까지 오는데 얼마나 걸렸을 것 같아?"

난 로만이 그저 시간이나 거리를 말하는 것이 아니라는 걸 알아챘다.

"내가 봐도 내가 너무 많이 변해서, 이렇게라도 하지 않으면 네가 날 기억하지 못할 것 같았어."

상처받은 얼굴이었다.

"내가 널 왜 기억 못 하는데."

나는 당황했다.

"왜냐하면 넌 날 잊고 싶을 테니까."

로만의 말에 나는 얼떨떨했다.

"내가 널?"

얘가 도대체 무슨 말을 하는 걸까.

"넌…… 어쨌든 날 버리고 여길 온 거잖아."

"로만."

"넌 여기서 루시 하트만이지."

나는 그 말에야 로만이 무슨 말을 하려는지 알아차렸다.

"그때 네가 말은 물리적 거리가 달라지는 것뿐이라고 했지만, 사실 아니었
잖아."

로만이 차가운 얼굴을 하고 중얼거렸다.

"너는 그냥 네 성을 포함해서 거기 있는 걸 다 버리고 홀가분해지고 싶은 것
뿐이었지. 나까지도."

"……무슨 말을 그렇게 해?"

내가 가진 걸 버리고 싶다고 해서 버릴 수도 없고, 설령 그렇다 해도 거기서
너만은 가져오고 싶었는걸. 그런데 넌 내가 가진 인형이나 장난감이 아니잖
아. 로만 바스커빌이잖아.

'그리고 네가…….'

나는 그 말을 하지 않으려고 아랫입술을 꾹 깨물어야 했다.

'누군가를 사랑한다고 했잖아.'

하고 나면 감당할 수 없을 것 같았다. 나는 그 말을 하는 대신 원망했다.

"몇 달이나 아무 연락도 안 한 건 너였으면서…… 난 너 정말로 보고 싶었어. 매일 저녁 그 공원에……."

"보고 싶었어."

로만이 내 말을 잘랐다.

"나도 보고 싶었다고."

"……."

나는 이제 할 말이 다 떨어졌다. 로만이 원망스러운 눈으로 나를 바라보았다.

"내가 여기 와서 당황스러운 거 알아. 아까 그 애들한테 날 제대로 소개하지 않았잖아. 여기서 넌 루시 하트만이니까."

나는 그 말에 꼼짝도 못 했다.

"앞으로 내가 말 걸면 안 되겠지? 넌 평범한 학창 시절을 보내러 여기 온 거니까. 나는 너 편리한 때 꺼내 보고 싶은 추억이겠지."

로만이 자리에서 일어섰다.

"숨기고 싶으면 숨겨도 돼. 그렇지만 네가 정말 그리웠어. 널 만나러 여기 온 거야."

그 말을 듣는데 마치 심장에 뭔가를 맞은 것만 같았다.

"네가 믿든지, 믿지 않든지."

탕, 하고.

심장에 구멍이 뚫린 듯한 느낌이었다.

"……."

나는 왜 저 말에 아무 반박도 하지 못했을까? 로만이 자리에서 일어나 날 떠나갔다.

"……."

다시 만나면 하고 싶은 말이 정말 많았는데, 나는 멍하니 로만의 등을 바라보고 있을 수밖에 없었다.

'너무 비현실적인 일이야.'

내게 다가온 칼리드와 엠마는 내 표정을 보더니 당황한 듯 서로를 바라보았다.

"루시, 괜찮아?"

점심시간 다음은 칼리드와 엠마와 함께 수업을 듣는 문학 시간이었다.

"야, 무슨 일인데?"

나는 그때까지도 멍했다.

'현실 같지가 않아, 내가 뭐라고 해야 했을까?'

하지 못한 말이 그다음 시간까지 여파를 미쳤다.

'내가 로만을 상처 입혔나?'

후회의 물결에 머리끝까지 푹 잠겼다.

'로만은 그럼 지금까지 자기가 한 말대로 생각했을까?'

아닌데, 그게 아닌데……. 오해를 어디서부터 풀어야 할지 알 수 없었다. 사실 뭐가 오해고 뭐가 진실인지도 알 수 없었다.

"루시."

"……어?"

"전학생이랑 대체 무슨 이야기를 한 거야?"

엠마가 조심스럽게 속삭였다.

"지금 네가 얼이 빠진 게 그것 때문이야? 맞지?"

반대편에 앉아 있던 칼리드가 뒤이어 말했다.

"아침에 전학생이 끌어안았다는 애가 너구나?"

"뭐?"

칼리드의 말에 엠마가 놀라 나를 바라보았다. 나는 처음엔 거짓말을 하려고 했지만, 입을 다물었다.

"숨기고 싶으면 숨겨도 돼."

그 말을 듣고 어떻게 로만과의 관계를 부인할 수 있을까?

"친구였어. 옛날에, 친했던……."

"바스커빌이랑?"

엠마의 귀가 쫑긋 섰다.

"어떻게?"

"그냥 우연히, 오다가다……."

"와……."

엠마는 순수하게 감탄했지만, 나는 칼리드의 시선이 따가워서 견딜 수가 없었다. 칼리드가 눈으로 묻고 있었다.

'바스커빌과? 말이 돼?'

내 뒤통수에서 칼리드의 말이 들려오는 것 같았다. 나는 눈빛으로 추궁하는 칼리드에게, 그를 처음 만났을 때 본인이 했던 행동을 똑같이 해 주었다.

"……."

엠마 몰래 검지를 입술로 가져갔다가 떨어뜨리자, 칼리드는 눈살을 찌푸렸지만 입을 다물었다.

"……."

하지만 할 말이 많은 얼굴이었다.

수업이 끝나고 엠마가 화장실 간 사이, 칼리드가 나한테 속삭였다.

"야."

"어?"

"방금 엠마니까 그냥 넘어간 거야. 걔…… 혹시 전 남친이야?"

난 흠칫했다.

"아니야. 진짜 친구야."

"진짜?"

"진짜라니까. 무슨 소리를 해?"

칼리드의 눈이 가늘어졌다. 못 믿는 눈치였다.

"원래 포옹 정도는 하는 사이였어."

"난 그런 사이가 무슨 사이인지는 모르겠는데, 남친 아니면 그렇게 껴안고 그러지 마."

"어?"

"너 생각해서 말해 주는 거야. 알겠어? 지금 너……."

그때 엠마가 손수건으로 손을 닦으며 자리로 돌아왔다. 칼리드가 얼른 속삭이는 걸 멈추고 엠마를 향해 웃었다.

로만과의 대화는 그날 내내 날 괴롭혔다. 뭔가를 눈치챈 듯한 칼리드의 태도도 마찬가지였다.

'우리가 그냥…… 친구 사이로 보이진 않나?'

남들 눈에도 수상해 보이나?

'아무튼 난 빨리 오해를 풀고 싶어.'

딱히 외울 생각은 아니었지만, 머릿속에 로만의 수업 시간표가 다 들어 있었다. 마지막 수업이 끝나자마자 나는 가방을 챙겨 로만이 있는 교실로 달려갔다. 다행히 시간이 맞았다.

"로만!"

그때 로만은 누군가와 이야기하면서 교실을 빠져나오는 중이었다.

"로만 바스커빌!"

처음엔 지금 로만이 누구와 이야기하는지 신경을 쓸 겨를이 없었다.

"나랑 얘기 좀 해!"

밀린 말들, 하고 싶었던 말들, 해야 했던 말들로 머릿속이 터질 것 같았다.

"휴대전화 번호 바뀐 거 아니지?"

로만이 걸음을 멈추고 나를 빤히 바라보았다. 그의 옆에 있던 여자애도 의아한 얼굴로 나를 바라보았다.

"미안해, 내 연락받았으면 알잖아. 난 너 정말 보고 싶었어. 너만큼. 아니 너보다 더."

내 말에 또다시 학생들의 시선이 나한테 쏠렸다. 복도를 지나가고 있던, 혹은 교실에서 나오던 애들이 모두 나를 바라보았다.

"……."

하지만 로만은 아무 대답이 없었다. 마치 모르는 사람이라도 바라보는 것처럼, 로만은 거의 의아하단 얼굴로 날 바라보고 있었다. 나는 얼굴이 붉어졌다.

"저기…… 이야기 좀 하자."

"지금?"

로만이 살짝 미간을 찌푸리더니 말했다.

"선약이 생겨서 지금은 안 되겠는데."

그러더니 옆의 여자애를 바라본다. 세모꼴의 검은 귀를 한 여자애가 내게 물었다.

"아, 미안해. 로만과 아는 사이인가 봐? 오늘 우리가 먼저 로만한테 저녁 먹으러 가자고 했거든. 약속 없으면 너도 낄래?"

그 말에 순간 가슴이 철렁했다.

"아니. 아니야. 괜찮아."

나는 황급히 고개를 저었다.

"그럼 나중에 봐."

로만은 웃으며 인사를 하고는, 남녀가 섞인 한 무리의 학생들과 함께 나를 스쳐 지나갔다. 나는 로만이 사라질 때까지 그 자리에 멍하니 서 있었다.

"……."

사실 그럴 수도 있지. 얼마든지 그럴 수 있다. 대체 로만의 웃음이 왜 충격으로 다가왔던 걸까. 나는 오늘 몇 번이나 멍한 순간을 겪었다. 그건 정말 이상한…… 기분이었다.

내가 준 목도리를 하고, 내가 보고 싶었다고 말하고, 그리웠다고 몇 시간 전에 원망하듯 말해 놓고선. 너 때문에 여기 온 거라고 말해 놓고선.

지금은 어떤가? 마치, 별로 중요하지 않은, 신경 쓰지 않아도 되는 사람처럼 날 바라보지 않았나. 예전이라면 무슨 일이 있더라도 그걸 제치고 나와의 시간을 우선해 줄 사람이었다.

나는 그날 자전거를 타는 대신 천천히 끌면서 집으로 돌아왔다. 아침에 잠깐 내렸던 눈이 얼어붙어서였다.

"……."

거의 두 시간을 걸어오는데, 그동안 아무 생각도 들지 않았다. 무슨 생각을 하려고 해도 머릿속에서 푸슬푸슬 흩어지곤 했다. 그냥 기분이 정말 이상했다. 가슴이 뻥 뚫린 듯한, 무엇인가를 완전히…… 잃어버린 듯한 기분이었다.

'로만의 옆에 있던 애 정말 예뻤지.'

겨우 한 생각이라곤 이것이다.

'로만과 비슷해 보였고.'

집에 돌아오니 두 발이 꽁꽁 얼어 있었다. 나는 현관에 앉아 두 발을 주무르며 한참 동안 가만히 앉아 있었다.

'나도 보고 싶었는데.'

어쩐지 울 것 같은 기분이었다.

'만나면 사과하고 싶었는데.'

뜨거운 물로 샤워를 하고 차를 마셔도 기분이 나아지지 않았다.

'오늘 본 사람은 내가 알던 로만이 아니었어.'

모르는 사람 같았다.

'나는 오늘 나를 잘 모르는, 나를 상처 입히길 원하는 듯한 사람과 만난 것 같았어.'

그럴 리가 없는데, 아까의 로만은 나를 창피하게 만들려고 작정한 것 같았다.

'이게 무슨 피해망상이야?'

하지만 로만의 입장에선 그럴 수도 있는 거잖아. 나는 뒤이어 로만을 내 생각에게서 변호하려고 애썼다.

'전학 왔으니까 빨리 새로운 친구들을 사귀어야지. 선약이 있었다고 했잖아. 나 때문에 그걸 어떻게 깨겠어?'

마치 혼자 두는 체스 같았다.

'게다가 로만은 아직 나한테 화가 많이 났나 봐.'

내 결론은 거기에 이르렀다.

'그래서 날 상처 입히고 싶은 건지도……'

그래, 그 일을 무수히 변명해 보아도 결과적으로 로만을 버려 두고 떠나온 건 나였다.

'우리 사이는 이렇게 멀어진 건가?'

나는 침대에 누웠다. 그리고 로만이 예전에 내게 선물해 준 인형을 끌어안았다. 그날 밤 나는 악몽을 꿨다.

Chapter 6.

늑대지만
해치지 않아요

꿈속에서 나는 달리고 있었다. 숲속에서, 깊은 어둠 속에서였다. 젖은 낙엽 냄새가 느껴질 정도로 생생한 꿈이었다.

나는 꿈속에서 누군가한테 쫓기고 있었다. 날 쫓는 사람이 누군지도 모르면서, 오로지 쫓기고 있다는 사실만을 알았다. 나무와 나무 사이를 스치는 바람을 느꼈다. 발바닥 아래 숲의 낙엽과 부드러운 흙이 밟혔다.

어디선가 탕! 하고 숲을 뒤흔드는 소리가 났다. 파열음이었다. 숨은 금방 차올라 폐가 터질 것 같았지만, 난 멈추지 않았다. 뒤도 돌아보지 않았다. 나의 허벅지가 팽팽하게 부풀었다. 나무들이 내가 지나가기 쉽게 팔을 벌려 주었다고 느낀 것은 착각이었을까?

"헉, 허억, 헉."

정신을 차리고 보니, 나는 두 발이 아니라 네 발로 달리고 있었다. 그런데 네 발로 달리는 것은 나뿐이 아니었다. 뒤를 돌아보자 검은 숲속에서 무엇인가 반짝거렸다. 아른거리는 두 개의 불빛, 눈동자였다.

"헉, 허억, 헉……."

눈을 떴다. 머리맡에서 무엇인가가 반짝이며 진동하고 있었다. 휴대전화였다.

'내가 무슨 꿈을 꾼 거지?'

일어나자마자 꿈은 검은 수챗구멍 같은 무의식 속으로 빨려 들어갔다.

'무서운 꿈인 건 분명한데, 생각이 나질 않아.'

대체 무슨 꿈을 꾼 건지, 정말로 100미터 달리기를 한 것처럼 목이 타고 말랐다. 나는 침대에서 벌떡 일어나 부엌으로 가 물을 따라 마셨다.

'이상한 느낌이었어.'

물 한 잔을 마시고 방으로 돌아오자, 여전히 반짝이며 몸을 떠는 무엇인가가 보였다. 무심코 머리맡에 놓아 둔 휴대전화의 불빛이었다.

'이 시간에 무슨 전화야?'

휴대전화를 집어 들었다. 모르는 번호였다.

「루시, 학교 구경 좀 시켜 주면 안 될까?」

「나 지금 학교 안에 있어. 보고 싶어.」

처음이란 무엇이든 특별한 것일까? 아니면, 단지 상대가 로만이어서일까?

메시지 한 통에 나는 홀린 것처럼 외투를 챙기고 목도리를 목에 둘렀다. 깨달아 보면, 나는 그날처럼 밖으로 나가 자전거에 내 몸을 싣고 있었다. 옛날처럼, 우리가 마지막으로 만났던 그날 밤처럼.

「갈게.」

하지 못한 이야기가 있었다.

'솔직해야 해. 그때 못했던 이야기를 하고, 또 들어 주어야 해.'

들어야 할 이야기도 있었다. 도로에 얼음이 얇게 깔린 건 생각도 나지 않았다. 한밤중에 자전거를 타고 아무도 없는 길을 달리는 게 얼마나 위험한지도.

로만은 학교 교문 앞에서 나를 기다리고 있었다. 넓은 어깨와 큰 키, 어둠 속에 선 로만의 어렴풋한 형체는 나를 다시 한번 움찔하게 했다. 로만이 자전거에서 내려 브레이크를 내리는 나를 발견하고는 천천히 다가왔다.

"루시."

달빛에 로만의 얼굴이 드러났다 사라졌는데, 회색 눈이 파르스름하게 보일 정도로 진하게 빛나고 있어서 나는 멈칫했다.

'어디선가 이 장면을 본 것 같은데.'

이상한 기시감이었다.

'어색하다.'

나는 그게 그냥 어색해서라고 생각했다.

"와 줘서 고마워."

로만이 또다시 나를 덥석 끌어안았다. 커다란 손이 내 등을 받쳐 올려서 나는 까치발을 들어야 했다.

"몸이 차다, 루시."

로만의 크고 높다란 콧대가 목도리와 옷 틈새로 들어와 비비적거렸다.

"잠깐. 어? 야."

옷이 로만의 손에 확 쓸려 올라갔다. 나는 움찔거렸다. 온몸을 꽉 끌어안는 손부터 내 몸에 닿는 모든 게 차가웠다. 나를 오랫동안 기다려서 반가운 건 알겠지만…….

'그런데 원래 이렇게 스킨십이 심했나?'

"남친 아니면 그렇게 껴안고 그러지 마. 너 생각해서 말해 주는 거야."

동시에 칼리드가 한 말이 떠올랐다.

"아니, 잠깐만, 로만, 잠깐만……."

"응?"

"나한테 이상한 냄새 안 나?"

또 나한테 냄새난다고 했던 그 말도. 나는 잔뜩 움츠러들었다.

241

"어?"

로만이 당황한 사이, 나는 그의 단단한 가슴을 밀치고 빠져나와 내 어깨에 고개를 묻고 킁킁거렸다.

"무슨 냄새?"

역시 익숙한 섬유유연제 냄새와 바깥 공기 냄새밖에 나지 않았다. 하지만 특성에 따라 일부 사람들은 평균에 비해 몇 배나 후각이 강하다고 하니까……. 칼리드도 그렇고, 갑자기 신경이 쓰였다.

'로만은 개잖아. 아니, 아니. 늑대.'

나는 후각이 그리 좋은 편이 아니다. 저번에 큐티클 크림 사건도 있고…….

"그게…… 친구가 오늘, 아니 어제지. 나한테 이상한 냄새가 난다고 해서."

"친구?"

로만이 눈살을 찌푸렸다.

"친구 누구?"

"칼리드."

"뱀?"

로만은 금방 알아들었다.

"칼리드라고 해. 걔 이름 있어."

"진짜 많이 친한가 봐?"

나는 코트의 소매에도 내 코를 묻었다.

"응, 내일 소개해 줄게. 네가 괜찮으면."

나는 로만한테 내 친구들을 소개해 주고 싶었다.

"……엠마도 소개해 줄게."

내가 말하면서도 한참 동안 코트의 손목 소매에 코를 묻고 있자, 로만이 내 손을 잡아끌어 빼냈다. 그러곤 내 코트 소매에 제 코를 묻었다.

"아무 냄새 안 나. 오히려 좋은 향기가 나는데? 괜찮아. 나 코 좋은 거 알잖

아. 아까도 이상한 냄새 하나도 안 났어."

로만이 내 옷 냄새를 맡았다.

"그 칼리드라는 애가 너한테 장난쳤나 보다. 왜 그런 장난을 쳤을까? 정말 친구 맞아?"

로만이 내 코트에 얼굴을 묻은 채 속삭였다.

"나라면 그런 소리 안 할 텐데."

그러더니 숨을 들이마셨다. 하지만 나는 그 말을 하면서도 여전히 흔들리지 않는 로만의 꼬리를 보고 있었다. 그 꼬리를 바라보는데, 이상하게 심장이 철렁했다. 나는 로만이 정말 이상했다. 그런데 뭐가 이상한지 콕 집어서 설명할 수가 없었다.

"......."

로만이 하는 말을 들으면 계속해서 기분이 이상하고 또 슬퍼졌다.

"칼리드 그런 애 아니야."

나는 손을 빼내 주머니에 집어넣었다. 그러자 로만이 물끄러미 나를 바라보았다.

"장난기는 좀 있어도 누구 괴롭히는 애는 아니야. 같까?"

내가 물었다. 하지만 로만은 아무 말도 하지 않았다. 로만의 시선에 나는 무안할 정도였다. 우리는 걸으면서 이야기했다.

"너는 하나도 변하지 않은 것 같아."

"보통 그렇지. 넌 너무 많이 컸어."

"그래 보여?"

"응, 좀 달라 보이기도 해."

"뭐가?"

"그냥, 낮에 본 사람을 밤에 보면 좀 달라 보이기도 하잖아."

마치 지금의 학교처럼 말이다.

"네가 조금 낯설어."

나는 애매하게 돌려 말했다.

"나는 나인걸."

"그래, 넌 너지."

밤이라 그런지 정문은 열려 있었지만, 건물은 대부분 잠겨 있었다. 하긴 당연하다. 나는 문득 궁금했다.

'로만은 왜 이 밤에 학교 구경을 하겠다고 한 걸까?'

큰 곳도 아닌데, 낮에 조금만 돌아다녀도 금방 알 수 있을 텐데. 우리는 야외 운동장에서 서성거리다 결국 벤치에 자리를 잡았다.

"네 말대로 그 뱀, 그래. 그렇게 나빠 보이진 않더라. 내가 오해한 건지도 몰라."

로만이 말했다.

"칼리드야."

"어떻게 친구가 된 건데?"

로만은 내 말에 대답하는 대신 물었다.

"그냥……. 그냥? 잘 모르겠어. 운이 좋았나 봐. 그냥 자연스러웠어. 칼리드도 엠마도, 마치 널 만났던 것처럼 말이야."

우리 사이엔 잠깐 침묵이 흘렀다. 나도 묻고 싶은 말이 있었다.

"너는?"

"나?"

"오늘 어땠어? 아까 걔들이 너 학교 구경은 안 시켜 줬어?"

"음……."

로만은 눈치를 보듯이 웃었다.

"글쎄, 그냥 생각보다 재미없었어. 아까 같이 가 주지 그랬어."

"……."

나는 어색하게 웃었다. 그땐 그럴 분위기가 아닌 것 같았는데. 내가 착각한 걸까? 그때 로만의 손이 무릎에 얹은 내 두 손등 위에 내려앉았다. 나는 흠칫했다.

"차갑다. 아까부터 네가 추워 보여."

로만의 손은 따뜻했다.

"그러게."

"가는 길은 내가 데려다줄게. 어디 살아?"

"괜찮은데."

"루시, 있잖아."

"응?"

나는 고개를 끄덕이며 괜히 하늘을 올려다보았다. 별은 없었지만 놀랄 정도로 커다란 달이 떠 있다.

"사실은 네가 없는 동안 나한테 많은 일이 있었어."

그 순간 알았다. 학교 구경은 핑계일 뿐이고, 로만은 지금 이 말을 하기 위해 날 불러냈다는걸.

"우린 친구지?"

나는 로만이 본론을 꺼내기 전에 얼른 물었다.

"그럼. 우린 친구지."

로만은 그 말에 얼굴을 찡그렸는데, 어둠 속에서 웃는 듯도 했고 우는 듯도 했다.

"그렇지. 우린 친구 맞아."

찬바람처럼 차가운 침묵이 우리 사이를 스쳐 지나갔다. 솔직하기로 결심했는데, 나는 마른침을 삼켰다.

"그럼 그동안 무슨 일이 있어서 연락 안 됐는지 물어도 돼?"

"음……."

로만은 또다시 눈을 찌푸리듯 웃었다.

"우리 첫째 형 결혼했다?"

"아, 정말?"

그런 일이 있었나?

"조촐하게 했어. 알렉산더가 마르셀이 유학 가기 전 조그맣게 식이라도 올리고 싶어 했거든. 사실 너한테 알리고 싶었는데……."

"싶었는데?"

나는 로만을 말을 따라했다.

"사실 그땐 아직 네가 조금 미웠어. 네 잘못도 아닌데."

나는 눈을 깜박였다. 로만이 무슨 말을 하는지 잠깐 이해할 수 없었던 것이다.

"나 마음 정리 하느라 늦게 왔어."

로만은 계속해서 내 이해를 앞서 나갔다.

"내가 아까 네가 정말 그리웠다고 했잖아. 루시, 지금 내가 왜 이 자리에 있다고 생각해?"

내 차가운 손을 자신의 따뜻한 손으로 다정하게 덮혀 가면서.

"우리 마지막으로 만났던 때 내가 하고 싶었던 말 할게. ……나 너 정말 좋아했었어."

"……."

"네가 내 첫사랑이었나 봐."

그 말에 나는 숨 쉬는 것조차 잊었다.

"그날의 고백을 마무리 지으려고 여기 온 거야. 루시, 난 널 정말 좋아했었어."

나는 그 마지막 날 로만의 입을 막은 걸 매일 밤 후회했었다. 그 일이 우리 둘 관계를 망쳤다고 믿었다. 사실, 아주 약간은…… 로만이 뒤늦게 날 찾아온 이유가 혹시 나 때문이 아닌가도 생각했었다. 그런데 로만은 과거형으로 그 사실을 인정했다.

"내가 그때 너한테 많이 잘못했던 거 알아. 나 혼자 화내고 상처받고. 넌 아무 잘못 없는데, 날 사랑하지 않는 게 네 잘못은 아니지……."

로만의 말은 내가 물을 새도 없이 자꾸만 이어졌다.

"네가 날 친구로만 생각하는 거 사실 알고 있었어. 그래서 정리하는 데 시간이 필요했어."

로만의 입가에 쓴웃음이 매달렸다.

"그때 네 연락을 받으면 너한테 매달릴 것만 같았어. 가지 말라고 말이야."

"……."

"그래서 지금에야 여기 온 거야. 너한테 사과하려고. 나 혼자만의 마음으로 소중한 친구를 잃을 순 없잖아."

나는 고개를 숙였다.

"내가 여기 왜 왔는지 궁금했지? 이제 알겠어?"

나는 약 반년 전, 상자를 열지 않는 것을 선택했다.

"지금은 괜찮아, 널 봐도 아무런 생각이 들지 않아. 그러니까…… 이성으로서 말이야."

그랬더니 상자가 내게로 와 이 순간 저절로 열렸고, 그 안의 고양이는 죽어 있었다.

'……그랬구나.'

나는 할 말이 없었다. 그저 로만을 뚫어져라 바라보았다. 로만은 그럴 줄 알았다는 듯 다정한 미소를 지으며 속삭였다.

"네가 정말 보고 싶었어. 그리웠다는 말 정말이야. 이제야 네 친구가 되어 줄 수 있을 것 같아."

그러더니 내게 질문을 던졌다.

"나도 묻고 싶은 게 있어. 너는 내가 얼마나 보고 싶었어? 어제 본 그 애들과 나만큼 친해졌어? 아직도 가장 친한 친구는 나야?"

"……응, 너야."

이상하게 목이 멨다.

"다행이다."

로만이 다시 나를 끌어안았다.

"그럼 우리 사이에 아무것도 변한 게 없는 거네, 그렇지?"

그다음에 무슨 이야기를 했는지 잘 생각이 나질 않는다. 나는 머리를 얻어맞은 듯이 멍했다.

로만은 자신의 지프차에 내 자전거를 실어 주었다. 나는 조수석에 탔다.

"여기서 어디로 가면 돼?"

"곧장 직진하면 돼."

머릿속이 공 모양으로 잔뜩 엉킨 털실 덩이 같았다.

'언제부터?'

너무 많이 얽혀서 풀 수가 없을 정도라, 목도리를 짜려면 쓰레기통에 버리고 다시 새로 사는 게 빠를 정도로 엉망진창이었다.

'언제부터? 왜? 어떻게?'

물을 수 없는 질문들로 머릿속이 터질 것만 같았다.

'어떻게 마음 정리를 한 건데?'

나는 왜 여기에 나왔던 것일까.

"학교와 가까운 데 사네."

로만이 자전거를 내려 주면서 내가 지금 살고 있는 이층집을 바라보았다.

"오늘 나와 줘서 고마워."

로만이 내 뺨을 만졌다. 로만의 손은 커다래져서 내 얼굴이 그의 손바닥 안에 쏙 들어갔다. 로만이 나를 쓰다듬었을 때, 나는 금방이라도 울 것 같은 마음을 숨기느라 딱딱하게 굳어 있었다.

"오늘 밤늦게 나와 줘서 고마웠어."

로만은 오히려 후련한 얼굴이었다.

"그럼 잘 자. 좋은 꿈 꾸고."

혼자 모든 매듭을 끊어 낸 얼굴이었다.

"그래. 너도."

나는 웃었다. 속으론 로만이 내 얼굴을 읽고 아무것도 알아내지 못하기를 바랐다. 성공했을까? 그 시도가?

나는 집으로 돌아왔다. 침대에 누웠다. 깨어났을 때 꿨던 이상한 꿈 생각은 온데간데없었다.

'그래, 그렇게 된 거구나.'

우리는 오해를 했다. 그 오해는 오늘 다 풀렸다. 여전히 로만은 내 친구가 되길 원하고, 내 친구다. 가장 소중한. 그런데도 나는 지금 뭔가를, 그것도 아주 소중한 것을 잃어버린 기분이었다.

'내가 로만의 첫사랑이었다니, 로만이 날 짝사랑했다니……'

처음엔 그게 무엇인지도 몰랐다.

'그게 내가 모르는 사이에 끝났다니……'

학교에서건 사교계에서건 머리에 뿔이 달린, 앞으로도 무엇을 낳을지 모르는 날 좋아할 사람은 없다고 믿었었는데.

'바스커빌가의 저주란 건 정말 헛소문이구나.'

침대에 누운 난 애써 잠을 청하려 해 보았지만, 점점 정신이 맑아졌다.

'헛소문인 줄은 당연히 알고 있었어.'

누군가 내 정수리 위에, 시리도록 차가운 물을 조금씩 붓는 듯한 기분이었다.

'당연히 알고 있었는데……'

누가 날 좋아해 주겠어. 그동안 난 내게 다가오는 많은 사람을 거부하는 것으로 상처 입을 가능성을 원천 봉쇄했다. 하지만 난데없이 내게 말을 걸어 보길 잘했다는 수 카인의 얼굴이 머릿속에 어른거렸다.

'내 비겁함이 모든 걸 망친 거야.'

실은 그것보단 더 많은 가능성이 있었는지도 모르겠다. 하지만 기대는 비참한 것이니까. 나는 내가 잃어버린 게 뭔지도 모르면서 애써 축소해 보려 노력했다.

'어차피 우린 잘 안 됐을 거야.'

실제로 그때 로만이 날 좋아한다고 했던들, 우리가 뭘 할 수 있었겠는가. 모든 일은 흐지부지되었을 것이다. 사랑은 우정보다 길지 못하니까. 더군다나 나는 로만을 사랑하지 않았다.

"……."

나는 눈을 깜박, 하고 떴다가 감았다.

'그 모든 게 우정이기만 했을까?'

나는 내 물음의 답을 알 수 없었다.

'그만 생각하자.'

나는 다시 한번 잠들어 보려 했으나, 나도 모르게 가졌다 잃어버린 것이 나를 쫓아왔다. 예를 들면 고양이. 상자 속 죽어 있는 고양이가 자꾸 떠올랐다. 나는 상자를 열 용기가 없어 그 고양이를 굶겨 죽인 것일까?

'로만은 예전에 나를 사랑했고, 이제는 나를 사랑하지 않는구나.'

모든 것을 잃을 용기로 나아가야 얻을 수 있는 게 있다고 한다. 그게 뭘까? 부모님 말처럼 도망치는 대가로 내가 잃은 것과 얻은 건, 뭘까?

싫어하던 사교계와 친구 하나 없는 따분한 학교와 나를 짝사랑하던 로만? 그걸 잃고 지금 얻은 건 얼마나 더 가치가 있을까?

다음 날, 나는 꼴딱 날을 새우고 첫 수업을 마주했다. 누군가 내 어깨를 톡톡 두드렸다.

"응?"

"네가 어제 바스커빌과 이야기한 애지?"

고개를 돌려 보니 수줍고 궁금한 표정으로 모르는 애가 묻고 있었다. 예쁘게 웨이브 진 갈색 머리를 한 너구리 특성의 여자애였다.

"어."

"원래 아는 사이였어?"

"응."

"저기 그럼……."

나는 쓰게 웃었다. 무슨 질문이 꼬리에 꼬리를 물고 이어질지 예상이 갔다.

"네가 생각하는 그런 거 아니야."

그렇게 말하는 내 입 안으로 쓴물이 퍼져 나갔다. 며칠 만에 로만은 학교의 인기인이 되었다. 갑자기 내게 친한 척하며 다가오는 애들은 마지막엔 모두 나와 로만이 무슨 관계냐고 물었다. 궁금했겠지, 궁금했을 것이다. 내가 어떻게 친해졌는지. 우린 진짜 양과 늑대만큼이나 어울리지 않았으니까.

로만은 마치 늑대 무리의 알파 같았다. 학생들 무리에 섞여 있을 때 로만은 당당해 보였다. 나는 로만을 전과는 달리 보게 되었다. 그는 보석처럼 반짝였고, 그 반짝임이 사람들의 선망을 샀다. 나는 이제 로만이 나를 보고 방긋 웃으며 다가올 때, 가슴 깊이 아픔을 느끼게 되었다.

'우린 친구였지.'

로만의 반짝임은 이전엔 나만 알던 것이었다.

'그런데 지금도 그럴까?'

나는 자꾸만 제삼자의 시선으로 우리를 의식하게 되었다.

나는 방학이 빨리 오길 빌었다. 눈앞에 없을 때 그토록 로만이 그리웠는데, 이젠 보고 싶지 않았다. 로만의 눈은 이제 나를 좇지 않았고, 나를 바라본다 해도 꼬리는 흔들리지 않기 때문이었다.

'그때 로만이 내게 고백했더라면…… 우린 지금 어떻게 되었을까?'

만약 그때 로만이 내게 고백했더라도 받아 줄 수 없었을 것이다. 아마 거절했을 것이다. 우린 그런 식으로는…… 너무 어울리지 않았다.

그런데 지금 나는 왜 이렇게 아플까?

다행히 궁금함으로 가득했던 학생들의 관심은 곧 가라앉았다. 원한다면 누구나 로만과 이야기할 수 있었기 때문이었다. 로만은 이제 만인에게 다정했다.

다행히 곧 방학이었다. 엠마는 크리스마스에 우리 두 사람을 집으로 초대해 주었다. 칼리드는 '널 위해 칠면조를 구워 주진 않을 거야.' 하는 엠마의 말에도 싱글벙글했다.

"루시, 너는 이브에 와서 하룻밤 자고 가. 칼리드, 너는 당일에만 놀다 가고. 우리 다 같이 루미 큐브 하자."

"……."

"루시? 칼리드?"

요즘 왜 이렇게 멍 때리는 시간이 늘어났는지 모르겠다.

"둘 다 정신 좀 차려. 그리고 칼리드, 왜 루시를 노려보는 거야?"

나는 그 말에 칼리드를 바라보며 고개를 갸웃했다.

"……."

칼리드는 인상을 쓰고 있었다. 나한테 할 말이 있는 듯한 표정이었는데, 결국 아무 말도 하지 않았다. 칼리드가 책상에 푹 엎드렸다.

"왜, 겨울이라 컨디션 안 좋은 거야?"

"그런 거 아냐."

엠마가 걱정스러운 얼굴로 말했다.

"그럼 뭔데?"

"넌 몰라도 돼."

칼리드가 나한테 무슨 말을 하고 싶었는지는 점심시간이 되어서야 밝혀졌다. 제 시각보다 늦게 나온 아스파라거스 샐러드를 내 몫까지 가져오겠다고 엠마가 일어선 때였다.

"루시."

메추라기 요리를 포크로 쿡쿡 찌르고 있던 칼리드가 나를 흘긋 처다보았다.

"정말 전학 온 늑대와 친구이기만 해?"

"응?"

한쪽 관자놀이에 손을 얹은 칼리드가 내게 몸을 기울이며 속삭였다.

"나한테 말해 봐. 보통 관계는 아니지? 비밀 연애라도 하는 거야? 집안의 눈을 피해서?"

난 쓴웃음을 지었다.

"칼리드. 정말 너마저 그럴 거야?"

이미 왕성한 호기심의 물결은 한번 크게 일렁였다 와, 하고 쓸려 간 뒤다.

"그럼 이건 심하지."

그런데 칼리드는 이상한 말을 했다.

"뭐가?"

"말을 할까 말까 오랫동안 고민했는데…… 사실, 바스커빌이 전학 온 뒤부터…… 너한테 지금…… 바스커빌 냄새가 나."

"어?"

"엄청 심하게. 설명하기 어려운데 마치 영역 표시……."

그때였다.

"애기들아, 밥 왔다!"

엠마의 신난 목소리가 학생 식당을 쩌렁쩌렁 울렸다.

"짜잔, 내가 누굴 데려왔게?"

"저 눈치도 없는 계집애……."

고개를 든 칼리드가 작게 탄식하는 소리가 들렸다. 엠마 뒤에 서 있는 것은 로만이었다.

"나도 여기 껴도 돼?"

로만의 냄새라고?

"칼리드, 오늘 우리 둘이 먹을까?"

엠마가 다짜고짜 칼리드에게 말했다.

"왜?"

"할 말이 있어서 그래."

"뭔데? 여기서 해."

"여기서 할 수 없는 말이니까 그렇지. 루시, 우리 간다? 알겠지?"

"아, 갈게, 갈게. 가는데, 잠깐 멱살 잡지 마. 옷 늘어나."

내가 고개를 끄덕이자마자 엠마는 칼리드를 질질 끌고 사라졌다.

'소개해 주려 했는데.'

나는 그러지 않아도 된다고 할 기회를 놓쳤다. 사실 그날 밤 이후로 로만과 둘이 있는 게 어색했다.

"둘이 사이좋은가 보다."

로만이 자연스럽게 칼리드가 앉아 있던 자리에 앉았다.

"그렇지?"

나는 둘을 바라보았다. 저 멀찍이 떨어져 앉은 둘은 뭔가를 소곤소곤 이야기하고 있었다. 칼리드가 고개를 저으면서 어깨를 으쓱했다가, 엠마의 말에 해맑게 웃었다.

"둘이 사귀나 봐. 맞지?"

무슨 얘기를 하나 싶어 둘을 바라보고 있던 나는 깜짝 놀랐다.

"아냐. 둘은 친구인데?"

"왜?"

로만이 힐끔 그들을 쳐다보며 웃었다.

"저러다 사귈 수도 있지. 사이좋아 보이잖아."

나는 그 말에 둘을 바라보았다.

"예전의 너랑 나 같은 사이일 수도 있고."

그 말에 또다시 로만을 바라보았고.

'얜 왜 이럴까.'

로만은 여전히 채식 지향인가 보았다. 그릇에 아스파라거스 샐러드가 담겨 있는 걸 보면, 거기서 음식을 고르다 엠마와 만났겠지.

"칼리드가……."

나는 화제를 돌리려 아까 칼리드가 한 말을 꺼냈다.

"나한테 네 냄새가 난대."

"뭐?"

로만은 황당하다는 듯 목을 움츠리며 눈을 동그랗게 떴다.

"정말?"

그러더니 내 손을 쥐어 제 쪽으로 가져갔다.

"아무 냄새 안 나는데?"

로만이 킁킁 내 손에 내고 콧대를 비볐다.

"너한테 내 냄새가 왜 나겠어?"

"그러게."

하기야 그렇다.

"뱀은 후각이 예민하다고 하잖아. 과민 반응을 보이는 거겠지."

하지만 나는 칼리드의 말이 마음에 걸렸다. 초식 특성인 난 논외지만, 중학교 시절에는 모두가 육식이어서 오히려 서로 조심했다.

"넌 칼리드가 좋은 친구라고 말하지만…… 루시."

하지만 한 달에 한 번 꼴로는 싸움이 난 것 같다. 육식 특성의 아이들은 예민한 데가 있었다.

'영역…….' 칼리드가 그런 말을 했던 것도 같은데.

"여긴 초식 특성인 사람들이 대부분이니까, 내가 오기 전엔 자기 왕국이었겠지. 그냥 내가 마음에 안 드는 게 아닐까?"

로만이 중얼거리며 손을 놓아주었다.

"……"

"네 친구가 예민한가 봐."

"그런 건 아닐 거야."

그 말 외에는 뭐라 할 말이 없었다. 나는 괜히 말했다고 생각하며 내 손을 만지작거렸다.

"넌 심심하겠다."

"뭐가?"

"만약 쟤네 둘이 사귀면 말이야. 너 혼자 남게 되는 거잖아."

나는 다시 저 멀리 앉은 둘을 바라보았다. 전과 달리 로만과 단둘이 있는 게 너무 답답했다.

"루시."

"어?"

"크리스마스이브에 시간 있어?"

"……."

"사실 그거 물어보려고 여기 온 거야. 크리스마스 마켓이 열린다는데, 거기 가자."

나는 이미 선약이 있었다.

"나 여기 아무도 없잖아. 너랑 놀고 싶어서 그래. 그때처럼."

로만이 애교 부리듯이 말했다.

"선약 없지?"

그 말에 난 어색하게 웃었다.

'거짓말을 하네. 아무도 없는 것 아니면서.'

"당연히 가야지. 내가 왜 자리를 피해 줬겠어, 어?"

엠마가 눈을 반짝였다.

"야, 너 지금 우리 집 크리스마스 파티가 문제야? 잘만 하면 바스커빌의 신데 렐라가 될 수도 있는데."

"신데렐라?"

"잘하면 재벌 3세의 아내가 될 수도 있다고!"

'오…….'

부모님이 들었으면 기함할 만한 말이었다. 레오파르디는 그 누구의 신데렐라도 될 수 없다. 사랑하는 누군가를 신데렐라로 만들어 줄 수 있으면 모를까 말이다.

"바스커빌가는 무조건 연애결혼이라잖아. 너만 노력하면 돼."

내용도 내용이었지만, 엠마의 말에 나는 새로이 충격을 받았다.

"내가…… 노력을 해서 신데렐라가 되어야 한다고?"

누굴 신데렐라 맨으로 만들어 주는 게 아니라?

"신데렐라보단 푸른 수염 아냐?"

옆에서 칼리드가 이죽거렸다.

"옛날에 내가 어디서 좀 크리피한 이야기를 들었는데 말이야. '바스커빌가의 저주'라고 하는……."

"넌 초 치지 말고 조용히 해라."

내가 뭐라고 하기도 전에 엠마가 이를 악물며 중얼거린 뒤 내 어깨를 움켜쥐었다.

"루시, 정말 장난으로 하는 말 아니야. 진지하게 생각해 봐. 전부터 알던 사이였다며. 바스커빌이 이곳으로 전학을 왜 왔겠어?"

나는 그 답을 알고 있었다. 로만은 나에 대한 마음을 정리한 다음에 사과하러 왔다. 그리고 그 과정에서 뭐가 뭔지…… 좀 변했고 말이다.

"내가 아까 봤는데, 바스커빌이 널 정말 좋아하는 거 같아. 널 볼 때 볼우물에 새겨지는 그 장밋빛 미소를 봐."

엠마가 흥분한 목소리로 말했다.

"아까 날 바라보면서 같이 식사해도 되냐고 묻는데, 내 심장이 다 두근거리더라니까. 내가 눈치가 좀 있잖니……."

"정신 차려, 너희 둘 다 눈치 없으니까."

가만히 듣고 있던 칼리드가 기가 찬다는 듯 헛숨을 토해 내며 말했다.

"야, 루시 쟤는 입이라도 다물고 있지. 엠마, 어떻게 네가 눈치 있단 소리를 할 수가 있어? 양심 있어?"

"내가 뭘?"

칼리드가 이번에는 나를 바라보았다.

"내가 했던 말, 바스커빌한테 전달했어?"

아, 맞다. 나는 어색하게 웃었다.

"자긴 잘 모르겠다는데?"

내 말에 칼리드의 표정이 일그러졌다.

"아니, 보자 보자 하니까. 이거 진짜 위험한 새끼네⋯⋯. 악!"

엠마가 칼리드의 등을 소리 나게 쳤다.

"왜 가만히 있는 애를 질투하고 그래? 여기가 야생의 세계도 아니고, 사람끼리 지금 영역 싸움해?"

"질투? 내가? 누구? 바스커빌한테? 진짜 그렇게 생각해? 왜? 내가 왜 바스커빌을 질투해야 하지?"

칼리드는 또다시 어이없어하며 뭐라고 하려 했지만, 엠마의 말이 먼저였다.

"암튼 크리스마스는 우리 둘이 보낼게. 알았지?"

"⋯⋯아."

그 말에 칼리드가 입을 다물었다.

"왜? 너 우리 집에 올 거지? 엄마한테 이미 말 다 해 놨단 말이야."

"선물⋯⋯ 뭐 사 갈까?"

'가야지, 그럼.' 하고, 칼리드가 순하게 고개를 끄덕거렸다.

"칼리드, 다시 말하지만, 우리 집에 육식 메뉴는 없어."

"위장약도 사 갈게. 하루 채식하는 게 뭐 대수야? 나 맛은 느낄 줄 알아."

나는 둘을 바라보았다.

'둘이⋯⋯ 그런 기류가 흐르는 건가?'

지금까지 한 번도 생각해 본 적 없었는데, 로만의 말을 들으니 갑자기 둘의 툭탁거림이 의식되었다. 예를 들면 예전에는 아무 생각 없이 흘려 넘겼던 칼리드의 행동 말이다. 괜히 간식 박스에서 엠마의 당근 스틱을 받던 그 모습.

'왜 삼킬 수도 없는 걸 입에 넣고 먹을 수 있는 척하지?'

동시에 로만이 예전에 내게 했던 말이 떠오른 건 왜일까.

"난 풀도 먹을 수 있고 과일도 먹을 수 있어. 그러니까 설령 너랑 내가 무인도에 떨어진다고 해도 우린 잘 살 수 있을 거야."

그 순간 얼굴이 붉어졌다. 그땐 그 말이 무엇인지 몰랐다. 그저 다정하다고만 생각했지.

'그렇구나.'

어쩌면 눈 가리고 아웅 했던 감정들이, 이제 내게 다른 의미로 다가왔다. 마치 추리 소설의 마지막 페이지를 펼치고서야 알게 되는 복선들처럼……. 하지만 깨닫고 나니 책의 페이지는 이미 끝나 있었다.

"이제 우린 정말 친구지?"

나는 피로했다. 로만이 이미 종결지은 감정 때문에 나는 내가 잃어버린 것이 무엇인지 생각하는 시간을 갖게 되었다.

'차라리 모르는 게 나았던 것 같아.'

로만을 다른 의미로 생각하는 것은 이제 나뿐이었다. 어째서 다시 혼자가 된 기분이 드는지 알 수 없었다.

'로만을 그리워하던 때가 더 나았던 것 같아.'

나는 도대체 무엇이 그렇게 아깝고 아쉬워서 다시 곱씹고 생각하게 되는 것일까?

방학이 되었다. 크리스마스를 낀 2주간의 방학이었다.

'이제 드디어 안 봐도 된다.'

간신히 숨통이 트인 느낌이었는데, 첫날부터 로만한테서 메시지가 왔다.

「시내 구경 좀 시켜 주면 안 돼?」

그 말에 가슴이 답답해졌다. 로만의 연락에 기쁘기도 한데 가슴이 답답해지다니. 이상한 일이었다.

'이젠 나도 내 마음을 모르겠어.'

로만에게 시내 가이드를 해 줄 학생을 모집하면, 남자든 여자든 한 트럭은 채울 수 있을 것 같았다. 더군다나 나는 시내를 잘 몰랐다. 매일이 집과 학교를 오가거나 가끔 엠마와 칼리드와 함께 노는 게 다이니 그럴 수밖에 없었다.

'나가기 싫다.'

나는 풀이 죽었고 우울했다.

'거절도 할 수 없어.'

예전에 로만은 나를 짝사랑했다고 한다. 그러니 나와 함께 보내던 시간이 얼마나 달콤했을까.

'하지만 지금이라면 어떨까?'

나는 원래 화장도 잘 하지 않는데, 로만한테 내 민낯을 보이는 듯한 부끄러움이 들었다. 준비를 하려다 그만두었다. 안 되겠다, 아무래도.

「나 시내 잘 몰라. 친구들이랑 가.」

솔직하게 답했다. 나는 휴대전화를 저 멀리 치워 버렸다.

'뭐가 이렇게 꾹 막힌 거 같지?'

가슴께가 뻐근했다. 눈물이 나올 것 같아서 얼굴을 찡그려 보았지만, 눈에선 아무것도 나오지 않았다.

'향수병일까?'

나는 라디에이터를 틀고 침대에 누웠다. 다음 학기를 예습하려고 쌓아 둔 책들은 생각도 나지 않았다. 수학 과제도, 겨우내 읽으려고 빌려 둔 생물학 도서도.

'나 도대체 왜 이래?'

그러고 눈을 꽉 감았다. 귀여운 여자애들 사이에 섞여서 웃고 있는 로만이 벌써 상상되었다.

'사자가 되지 못할 바에야 다람쥐로 태어날 걸 그랬어. 겨울잠을 잘 수 있는 동물로.'

그제야 찔끔, 눈물이 났다.

얼마나 그러고 있었는지 모르겠다. 잠이 들었나 보다.

톡, 토톡.

지이이잉.

톡, 톡톡톡.

지이이이잉.

귓가에서 벌이 윙윙대는 듯한 이상한 소리에 나는 잠에서 깼다. 머리가 깨질 듯이 아팠다.

우선 내 귀에 대고 징징 우는 것이 뭔지 확인했다. 로만의 휴대전화 번호로 전화가 걸려 오고 있었다. 그다음엔 창문이었다. 딱따구리가 창문을 두드리기라도 하는 줄 알았더니, 돌멩이였다. 무슨 일인가 하고 창문을 열었다가 돌팔매질에 맞을 뻔했다.

"헉."

"맞았어?"

아래를 내려다보자 로만이 제 지프차 앞에 서 있었다. 나를 발견한 그가 소리쳤다.

"전화도 안 받고 무슨 일이야?"

"잤어."

나는 헝클어진 내 머리칼을 쓸어 올리며 말했다. 로만이 저 아래서 안심한 얼굴로 웃었다.

"그래 보인다. 다 잤으면 내려올래?"

차가운 겨울바람에 뺨이 붉어진 얼굴이었다.

"바람 쐬고 오자."

언제부터 있던 건지. 로만의 목엔 여전히 그 목도리가 걸려 있었다. 나는 웃으려다가 말았다.

"……."

여전히 로만의 꼬리도 귀도 움직이지 않고 있어서였다. 내가 친구지만, 이제 나와 함께 있는 게 마냥 즐겁지만은 않은 걸까?

"그렇게 메시지 보내고 갑자기 연락이 안 되면 어떻게 해."

로만이 저 아래서 외쳤다.

"……."

"나 친구 없어. 이렇게 짧은 시간에 어떻게 친구를 사귀어? 내가 언제 전학 왔는지 알면서."

나는 결국 밖으로 나갈 채비를 했다.

운전을 하며 로만이 말했다.

"맛있는 거 사 줄게."

"목도리 했네."

"이제 봤어?"

로만이 한 손으로 목도리를 만지작거리며 말했다.

"네가 떠 준 거 맞지? 좋더라."

나는 그걸 한 올 한 올 엉엉 울면서 떴다. 우린 친구였는데 이렇게 끝인가 하고, 생각했다. 처음 사귄 친구였는데, 나한테 참 잘해 줬는데, 내가 하는 모든 이야기를 진지하게 들어 줬는데……

그때의 기억이 밀려들어와 나는 눈시울이 붉어져서 차창으로 고개를 돌렸다. 그걸 뜨는 동안 로만은 제 엉킨 마음을 갈무리하는 시간을 가지고 있었겠지, 하는 생각이 들어서였다.

"나 정말 시내 잘 몰라."

"그냥 말해 본 거야, 내가 알려 줄게."

"너도 잘 모를 거 아니야."

"여기 애들이 알려 주더라."

나는 다시 로만을 돌아보았다.

"여기 애들?"

"그래, 여자애들 말이야."

로만의 차는 카페테리아 앞에서 섰다.

"나 아직 배 안 고파."

"알아. 나도 배 안 고파. 뭔가 따뜻한 거 마실까?"

차의 바퀴가 커서 로만이 먼저 내린 뒤 내 조수석 문을 열어 주었다.

"왜 그런 표정을 지어?"

나는 아무 말이나 했다.

"그냥, 네 얼굴이 내 위에 있는 게 이상해서."

로만이 허리를 숙였다.

"많이 이상해? 아직도 내가 낯설어?"

나는 고개를 저었다.

"많이 이상하진 않아."

"다행이다."

카페테리아는 작고 좁았지만 아늑했다. 벽지는 낡아 가는 파란색이었다. 로만은 메뉴판을 보고 커피와 감자튀김, 팬케이크를 시켰다. 웨이트리스가 와서 직접 커피를 따라 주었다.

"손 좀 줘 봐."

커피 잔을 만지작거리는데, 로만이 손을 내밀었다.

"왜?"

"추워 보여서."

방금 전까지 따뜻한 차를 타고 있었고, 또 따뜻한 카페테리아로 들어왔다. 하지만 나는 뭐라고 하는 대신 손을 내밀었다. 로만이 내 손을 꼭 쥐었다.

"넌 안 추워?"

"난 열이 많아서 괜찮아."

주방에서 뭔가가 지글지글 끓는 소리가 들렸다.

"루시."

"어?"

"너 이번 겨울 방학에 왜 집에 안 갔어?"

로만이 회색 눈을 가늘게 뜨고 나를 바라보았다. 얼어붙은 호수보다 그 눈이 더 아름다웠다.

"다음 학기 준비 때문에. 방학이 짧잖아."

하지만 사실이 아니었다. 이제 로만은 거기 없다. 지금 내 눈앞으로 날아왔기 때문에. 나는 로만과 함께 있는 걸 답답하게 여겼으면서도, 왜 집에 돌아가지 않은 걸까?

"덕분에 이렇게 있을 수 있어서 좋네."

로만의 손이 느껴졌다.

"양들은 겨울에 있잖아."

내가 말했다.

"어."

"서로 떨어져 있는다고 하더라, 여름에는 꼭 붙어 있고. 성격이 나빠서, 어쩌면 남 잘되는 꼴은 못 보겠어서 그런가 봐."

로만은 이 이야기가 왜 나왔는지 모르겠다는 듯이 눈을 깜박깜박 떴다.

"그 말은…… 나랑 지금 떨어져 있고 싶다는 소리야?"

나는 푸스스 웃었다.

"아니, 그냥 한 말이야. 밖에 봐, 너무 예쁘다."

이 지역엔 눈이 짧게 자주 왔다. 그제 내려서 이미 사흘이 된 눈이 여기저기 소복하게 쌓여 있었다. 팬케이크가 나왔다. 황금빛 팬케이크는 두툼하고도 완벽한 원 모양이었고, 맨 위엔 커다랗고 네모난 버터가 팬케이크의 열기에 흐물흐물 흘러내리고 있었다.

'이거 데이트 같다.'

문득 생각하고 놀라는 내가 있었다.

"내가 잘라 줄게."

로만은 시내 구경을 시켜 달라고 했지만, 그날 우리가 한 일은 팬케이크와 감자튀김을 먹고 시답잖은 이야기를 나눈 것뿐이었다. 예전에도 한 일이다.

"방학 동안엔 뭘 할 거야?"

로만이 물었다.

"눈이 많이 내린다는데, 난 면허도 차도 없으니까 집에 있으려고."

"면허는 왜 안 땄어?"

"무서워서."

"교통사고 나는 게?"

"응."

"하다 보면 쉬운데. 내가 가르쳐 줄 수도 있어."

나는 고개를 절레절레 저었다.

"사고 나면 어떡해. 나는 몰라도 다른 사람은 다치면 안 되잖아."

"그렇게 말하면 안 되지."

로만이 인상을 찌푸렸다.

"무엇보다도 가장 중요한 건 네 안전이지. 남이야 뭐?"

그러더니 배시시 웃었다.

"어디 가고 싶으면 말만 해, 내가 네 발이 되어 줄게."

하지만 나는 알고 있었다. 설령 폭설이 내리고 도로가 얼어 꼼짝하지 못하게 된다고 해도, 나는 이제 로만을 부르지 않을 거란 사실을. 왜냐하면 이제 로만은 나만의 것이 아니니까.

"넌 뭘 할 거야?"

"잘 모르겠어. 여기 적응하기 바빠. 내일은 미치가 날 초대해 주기로 했어."

"집으로?"

"응, 집으로. 넌?"

"밀린 과제 하려고."

"그래, 그럼 또 보자. 시간 될 때."

"알겠어."

미치가 누구인지 나는 모른다. 권해 준다고 해도 같이 갈 생각이 아니었지만, 그게 끝이었다.

'로만은 다정하지.'

이제 로만의 다정함은, 나에게만 향하는 특별함은 아니지 않을까.

'그래, 하지만 이제 특별하진 않아.'

돌아오는 길에 나는 생각했다.

'로만한테 내가 더 이상 특별하지 않으니까.'

나는 집에 돌아와서 옷도 벗지 않고 침대에 풀썩 누웠다.

'역시 성격이 나쁜 거야, 난.'

나는 말로는 보고 싶다, 보고 싶다 했지만, 실은 로만이 그냥 거기서 외톨이
이길 바랐나 보다. 마치 여름엔 상대가 덥길 바라 붙어 있고 추우면 춥길 바라
떨어져 있는 양처럼. 로만에게 나 말고는 아무도 없길 바랐나 보다.

'정말 못됐다.'

나는 내가 언제까지나 로만이 외톨이인 채로 외로워하며 나를 생각해 주길
바랐다는 걸 깨달았다. 심지어 나는 친구가 있음에도 불구하고 말이다.

'난 말이야, 네가 너무 외로워서……'

여기서 잘 지내고 잘 보내면서도 로만이 나 때문에 괴롭길 바랐다.

'날 그렇게 떠나보낸 걸 후회하길 바랐어.'

내일 로만은 나 아닌 사람들과 점심 혹은 저녁을 먹겠지. 오늘 먹은 팬케이
크는 달콤했다.

'끔찍해.'

내일 로만이 먹는 점심 혹은 저녁이 그만큼은 맛있지 않기를 바랐다. 나는
그런 걸 비는 내가 이 세상에서 제일 끔찍한 사람이라고 생각되었다.

역시 그냥 본가에 돌아갔어야 했나 봐. 그러면 루이와 부모님과 함께 보낼
수 있었을 텐데. 지금 여기서 내가 잃어버린 기회가 무엇인지 생각하고 또 생
각하는 시간은 가지지 않아도 되었을 텐데. 내가 성격이 나쁘다는 걸 거듭 깨
닫지 않아도 되었을 텐데.

다음 날 내겐 아무런 전화도 걸려 오지 않았다. 그다음 날도 마찬가지였다. 나
는 전처럼 로만한테 심심하다고 연락할 수 없었다.

'마음이 불덩이 같아.'

어쩐지 지는 기분이 들어서였다. 하지만 이긴다고 해서 뭐가 좋을까? 뭐가

이득일까? 어제 같은 일을 나 아닌 사람과 반복하는 로만이 상상되었다. 모두가 로만과 사귀고 싶어 했다. 말을 걸고 싶어 했고, 우정을 주고받길 원했다.

'그게 너무 싫어.'

나는 아직도 로만이 나를 사랑하기를 바랐다. 나만의 것이길 바랐다. 정말 미치지 않고서야 어떻게 그런 생각을 할 수 있을까?

―난 지금 샘이 난 거야.

―질투하는 거야.

―그런데 누구를?

―대체 무엇을?

사람이란 게 질투심이 없을 수가 없다. 우정이나 사랑이나 다 누군가를 좋아하는 감정이다. 그러니, 내가 좋아하는 것을 남이 좋아하는 데에는 당연히 시기와 질투가 따르는 것일지도 몰랐다. 그렇다. 나는 지금 로만을 질투하고 있었다.

'로만의 무엇을?'

원래 친구 사이란 다 이런 건지도 모른다. 도돌이표처럼 반복되는 생각에 견딜 수 없어진 나는, 벌떡 일어나 자전거를 타고 도서관에 갔다. 다른 사람도 나와 같은 경험을 하는지 궁금했다.

'다른 누군가도 나와 같은 생각을 하지 않았을까?'

나는 언제나 나와 비슷한, 나와 같은 경험을 가진 타인을 원해 왔다. 그런데 문득 읽은 책의 구절에 심장이 아팠다.

「질투라는 감정은 우리를 산산조각 내고 갈기갈기 찢어 놓는다. 우리는 왜 질투하는가?」

맞다, 나는 찢어지고 있었다. 질투심이 내 마음을 산산조각 내었다.

「그것은 우리가 이미 깨닫고 있기 때문이다. 질투의 대상에게 더 이상 우리가 유의미한 존재가 될 수 없다는 것을…….」

나는 더 읽지 못했다. 순간, 읽고 있던 책의 페이지에 눈물 한 방울이 떨어졌다.

'아…… 정말 그래.'

이전엔 이런 마음을 몰랐다. 그때의 나는 나 이외에 아무것도 소중하지 않았으므로. 나는 겁쟁이여서 나르시시스트일 수밖에 없었다. 그래, 모든 나르시스트는 겁쟁이였다. 왜냐하면 타인을 사랑하는 것은 고통이니까.

질투가, 나를 감싸고 있던 알 껍데기를 깨뜨렸다. 나는 로만을 질투했다. 왜냐하면 가질 수 없었기 때문에. 이젠 나만의 것이 아니기 때문에. 애초에 로만은 소유물이 아니었다. 내 것이 아니었다.

'그런데 나는 왜 이렇게 마음이 아플까?'

로만이 나를 바라보았다 다른 곳으로 시선을 주었다는 사실만으로, 어째서 로만을 영영 잃어버렸다는 상상을 했을 때보다 더 고통스러워진 걸까. 별것 아닌 문장들에 눈물이 계속해서 떨어졌다. 나는 손등으로 눈을 슥슥 비볐다.

'나도 할 수만 있다면…… 이 감정을 없애고 싶어.'

로만은 도대체 어떻게 그 고양이를 굶겨 죽인 것일까? 나는 누구한테라도 이 일을 상의하고 싶었다.

'예전이라면 루이한테였겠지.'

하지만 루이는 감정적으로나 물리적으로나 너무 멀리 있었고, 엠마에겐 이 일을 들키고 싶지 않았다. 엠마라면……. 엠마는 정말 좋은 애지만, 너무나 좋은 애라서 나의 감정은 이해해 주지 못할 것 같았다. 그럼 칼리드는 어떨까? 칼리드라면…….

'칼리드는 아마 이 마음을 알지 않을까?'

하지만 막상 전화를 하려다 나는 망설였다.

'이런 이야기를 해도 될까, 칼리드한테?'

휴대전화 번호는 알지만 사적으로 연락한 적은 한 번도 없었다. 더군다나 갑자기 전화해서 뭐라고 해야 할까? 어디서부터 어디까지 말해야 할까?

외롭지 않자고 여길 왔는데, 나는 그 어떤 때보다 혼자였다.

내 가슴은 점점 멍든 사과처럼 썩어 들어 갔다. 로만과 함께 있는 게 점점 고통스러워졌는데, 왜 결국 이브에 만났는지 모르겠다.

"크리스마스 분위기 난다."

크리스마스 마켓엔 사람이 많았다. 가게들은 주로 초록색과 빨간색, 금색과 은색 등의 컬러로 장식을 했고, 산타클로스 모양의 조그만 양초와 나무를 깎아 만든 장식품들이 여기저기 진열되어 있었다.

"루시, 그치?"

"응."

사람들이 무척이나 많았다. 거리엔 핫도그 냄새가 진동했다. 우리는 바닐라 맛의 에그노그를 마시며 돌아다녔다. 로만이 멈춘 곳은 인형을 맞히는 야외 사격장이었다.

"저거 따줄까?"

나는 고개를 끄덕였지만, 예전에 로만과 함께했던 시간처럼 즐겁지가 않았다.

'역시 엠마네 집에 갈 걸 그랬어.'

엠마와 같이 보내는 크리스마스가 더 재미있을 것 같았다. 무엇보다도 그곳에선 로만 생각을 하지 않아도 되겠지. 로만은 그런 내 마음도 모르고 총을 들었다. 백발백중이었다. 로만은 커다란 산타클로스 인형을 연달아 땄다.

"귀엽다."

인형을 받아든 나는 희미하게 웃었다.

"잘한다. 전에 해 본 적 있어?"

내 물음은 별것도 아니었는데, 로만은 당황한 얼굴로 말했다.

"어…… 아니, 내가 운동 신경이 좋잖아."

"그래, 그치."

집으로 가져가면 반짝임을 잃을 것 같은 잡동사니를 파는 집시들이 손님을 기다렸다. 커다란 크리스마스트리 아래서 사람들은 서로를 바라보며 웃고 있었다. 나도 그렇게 재미있어야 할 텐데, 기분은 계속 가라앉았다.

"왜 그래?"

로만은 나를 예민하게 알아차렸다.

"몸이 안 좋아?"

"그런가 봐. 사람도 많고."

집에 가고 싶었다. 나는 몸 핑계를 댔다. 실제로 인파에 섞여 어지러운 건 사실이었다. 로만은 걱정스러운 얼굴로 내 이마에 손을 짚었다가 흠칫했다.

"가야겠다."

"어?"

"왜 말을 안 했어? 봐, 열이 있잖아."

내가 열이 있었나. 나는 로만이 총으로 쏘아 맞혀 준 인형을 끌어안고 고개만 끄덕끄덕했다.

"미안해."

로만의 차 안에서 내가 말했다.

"왜 사과를 해?"

로만이 의아하다는 듯이 물었다.

"네가 기대했을 텐데……."

내 대답에 로만은 전방을 바라보며 말했다.

"괜찮아."

"……."

"이미 마켓 구경은 다 했어. 그렇게 기대한 것도 아니었는걸."

그 말에 이상하게도, 할퀸 상처에 물이 닿은 것처럼 마음이 따끔거렸다.

'이제 로만은 나와 노는 게 기대되지 않나?'

로만의 차에 실린 채 생각했다.

'그래······.'

차는 이내 집 앞에 멈춰 섰다.

"혹시 더 아프면······ 연락하고, 알았지?"

"알았어."

로만의 손이 나를 쓰다듬다가 떨어져 나갔다.

'아.'

나는 로만과 더 이상 친해지지 않는 게 좋겠다고 생각했다.

'나는 점점 더 시시한 사람이 되어 가는구나. 고작 질투심 때문에.'

로만의 말이 정말이었는지, 그날 밤 열이 많이 올랐다.

'질투하는 것 자체가 괴로워. 로만이 상처 입을 만한 말을 일부러 하는 건 아닐 거야. 내가 그렇게 느낄 뿐이야.'

질투하는 밤이었다. 나는 나의 감정에 와르르 휩쓸렸다.

'계속 로만과 함께 있다가는 로만을 상처 입힐 것 같아. 나쁜 말을 할 것만 같아.'

로만을 상처 입히고 싶다니, 믿을 수가 없다.

'내가 왜 이런 쓸데없는 감정으로 고통받고 있지?'

나는 내 밑바닥을 보고 있었다. 어두운 밤 속에서 홀로 찢어지고 산산조각 나는 고통을 느꼈다. 누군가 내 심장에 대고 방아쇠를 당긴 것 같았는데, 그 총구 뒤에 누가 서 있는지 알 수가 없었다.

'그냥 상황이 변했을 뿐이지.'

나는 그저 총에 맞은 것처럼 헐떡거리며 이 감정에서 도망치려고 했다. 예전엔 이렇지 않았다.

'로만에게는 아무 잘못 없는 거잖아. 그럼 잘못한 건 나인가? 로만의 감정에서 도망쳤던 나······?'

예전엔 로만의 맑은 호수처럼 투명하고 아름다운 눈동자를 들여다보는 것만으로도 그 속을 알 수 있었다. 지금은 그렇지 않았다. 들여다보면 보이는 것은 잘못된 감정에 사로잡혀 있는 나 자신뿐이었다.

'지금의 로만은, 내가 아는 로만이 아닌 것 같아. 다른 사람 같아. 로만의 말은 가끔 날 일부러 상처 입히는 것 같아.'

도대체 너는 누구일까?

'친구인 척하며 다른 사람이 되어서 나를 해치려는 것 같아. 하지만 왜?'

질투를 인정하기 싫어서 피해망상까지 하는 것 같았다.

한참 상념에 빠져 있는데, 전화가 걸려 왔다. 나는 코트 주머니에서 진동하는 휴대전화를 꺼냈다. 엠마였다.

[루시!]

나는 내 이름을 부르는 그 전화가 구원 같았다. 날 추악한 감정에서 꺼내 주는 것 같았다.

"······응, 왜?"

[나 지금 너희 집 가도 돼?]

엠마의 목소리는 다급해 보였다.

"우리 집?"

[어, 초대해 주라. 할 말이 있어.]

"왜? 무슨 일이야?"

[야, 나 어떡해.]

엠마가 겁먹은 목소리로 말했다.

[나 있잖아, 오늘 칼리드한테 고백받았어.]

이 와중에 누군가의 전화가 연달아 걸려 왔다. 그게 누구인지 확인해 보니 칼리드였다.

"둘이 사귀나 봐. 맞지?"

"아냐. 둘은 친구인데?"

"왜? 저러다 사귈 수도 있지. 사이좋아 보이잖아."

이전에 로만과 나눈 대화가 없었더라면 정말 깜짝 놀랐을 것이다.

"고백?"

나는 일단 칼리드의 전화를 무시했다.

"어떻게 된 일이야?"

[그러니까 루미 큐브를 할 때까지는 정말 좋았거든? 집에 간다고 나가서는 갑자기 자기 코트를 두고 갔다고 하잖아.]

상황이 짐작이 갔다.

[안 그래도 추운 게 쥐약인 애가 말이야. 그래서 내가 걔 코트를 들고 밖으로 나갔더니 갑자기 산책을 하자네? 날도 추운데 덜덜 떨면서.]

나는 엠마가 보는 것도 아닌데 고개를 끄덕끄덕했다.

[그래서 결론은, 나랑 사귀고 싶대. 이게 말이 되는 소리야? 난 전혀 몰랐어. 걔가 에그노그를 너무 많이 먹었나 봐.]

술을 너무 많이 마셔서 미친 게 아니겠느냐, 하는 말이었다.

"엠마…… 그래도 고백인데 그랬겠어? 그리고 내가 보기에도 칼리드가 너 좋아하는 거 같았어."

[뭐? 그걸 알았어……?]

"아니, 알고 있었던 건 아니고, 분위기가 그냥 그랬다고."

스스로 깨우친 것도 아니면서 나는 뻔뻔하게 답했다.

[아, 진짜……?]

엠마의 목소리가 기죽은 듯이 줄어들었다.

[난 걔가 그럴 줄은 몰랐어. 더군다나 칼리드는 뱀이잖아…….]

"그게 뭐가 어때서?"

[어떤 건 아닌데, 우리랑 하나부터 열까지 다르잖아. 사실 뱀을 본 것도 올해가 처음이고.]

"진짜 뱀도 아니잖아."

[그런 뜻이 아니잖아. 칼리드는 정말 좋은 애이긴 하지만, 우린 지금까지 정말 잘 지냈는데. 아무튼…… 나 너희 집 가도 돼?]

엠마는 대화 상대를 원하고 있었다.

"그럼, 주소 보내 줄게."

전화를 끊자마자 통화는 칼리드로 넘어갔다.

[루시! 방금 전 엠마와 통화한 거지!]

'안녕, 지금 전화 가능해?' 하는 인사도 없이, 칼리드가 절박한 목소리로 물었다.

"응, 너 엠……."

[설명할 필요 없어. 뻔하지. 자기 머리로 안 되겠으니까 너한테 쪼르르 달려가 도움을 요청한 거잖아. 그래서 말인데, 나 좀 도와줄래?]

나는 의아했다.

"뭘 어떻게?"

[내가 좋은 사람이라고 말해 줘.]

"넌 좋은 사람이야, 칼리드."

[…….]

"칼리드?"

276

[흐아…….]

긴 침묵이 이어지던 저 너머에서 갑자기 깊은 한숨 소리가 들렸다.

[응, 고맙다. 고마운데…… 그래, 그렇게. 나 말고 엠마한테 말이야.]

나는 더더욱 의아했다.

"엠마도 너 좋은 사람인 거 알아."

[아니…… 알겠지, 당연히. 내 말은 이어지게 도와 달란 거잖아. 응? 나 엠마
와 사귀고 싶어.]

칼리드는 어지간히 급한 모양이었다.

[듣고 있는 거 맞지?]

"응응."

나는 칼리드가 점점 이성을 잃어 가는 목소리를 들었다.

[등 좀 떠밀어 줘. 알잖아, 나 엠마한테 처음부터 관심 있었어.]

아, 진짜? 칼리드는 당연한 듯이 '알잖아'라고 하는데, 나는 옆에서도 전혀
몰랐다.

"엠마가 좋아?"

[그래, 걔 눈치 더럽게 없고 귀엽잖아. 귀도 하얗고 복슬복슬하고. 솔직히 처
음부터 만져 보고 싶었어.]

"……그랬구나."

[아니, 처음엔 이렇게 좋아질 줄 몰랐는데…… 걘 너무 얼빵하고, 내가 왜 그
런 애를 좋아하게 된 거지?]

"그래?"

이야기가 옆길로 샜다.

[아무튼, 아니, 이건 중요한 문제가 아니야! 너 혹시나 내가 이런 말 했다고
엠마한테 말하면 가만 안 돼.]

이게 협박인지 도움 요청인지 모르겠다. 내가 가만히 자신의 말을 듣고만 있

자, 칼리드는 점점 더 이성을 잃어 갔다.

[네가 보기에도 나 괜찮은 사람이라며. 나 엠마한테 잘해 줄 자신도 있어. 그런데 걘 겁이 많잖아. 엠마가 의지하는 건 너고…….]

"……."

[그러니까 네가 말 좀 잘해 주면 안 돼?]

나는 칼리드의 말에 움찔했다. 엠마가 정말 날 믿고 의지하던가? 내가 누군가한테 의지가 될 만한 사람인가? 나는 내 조언을 얻기 위해, 자신의 낡은 차를 끌고 우리 집으로 달려올 준비를 하고 있을 엠마를 생각했다.

[……알았어, 알았다고!]

내 침묵을 무슨 뜻으로 받아들였는지 칼리드가 바락, 하고 외쳤다.

[그렇게 안 봤는데 너 정말 흥정 잘한다! 이번에 도와주면 네가 원하는 건 뭐든지 할게! 뭐든지 시켜. 그냥 종처럼 부리라고! 알았어?]

"어? 진짜?"

[그래!]

어차피 도와줄 생각이었다. 그런 조건 없어도 말이다.

"칼리드, 알았어. 정확하게 뭘 어떻게 도와주면 되는데?"

나는 내 조언이 오히려 엠마와 칼리드 사이에 역효과로 작용할까 봐 무서웠다.

"원하는 걸 정확하게 말해 봐. 나 눈치 없는 거 알잖아. 그러니까 나한테 원하는 걸 정확하게 말하지 않으면 역효과가 날지도 몰라."

전화를 끊고 나는 엠마한테 우리 집 주소를 보냈다.

〈2권에 계속〉

늑대지만 해치지 않아요 1

초판 1쇄 인쇄 2023년 3월 6일
초판 1쇄 발행 2023년 3월 15일

지은이 우유양
펴낸이 김선식

경영총괄 김은영
IP개발 윤보라 상품개발 정예현
엔터테인먼트사업본부장 서대진
웹소설1팀 최수아, 김현미, 심미리, 여인우, 장기호
웹소설2팀 윤보라, 이연수, 주소영, 주은영
웹툰팀 이주연, 김호애, 변지호, 윤수정, 임지은, 채수아
IP제품팀 윤세미, 정예현
디지털마케팅팀 김국현, 김희정, 이소영, 송임선, 신혜인
디자인팀 김선민, 김그린
해외사업파트 최하은
저작권팀 한승빈, 김재원, 이슬
재무관리팀 하미선, 김재경, 안혜선, 윤이경, 이보람 제작관리팀 이소현, 김소영, 김진경, 양지환, 이지우, 최완규
인사총무팀 강미숙, 김혜진, 지석배 물류관리팀 김형기, 김선진, 양문현, 전태연, 전태환, 최창우, 한유현
외부스태프 E-HO 이호(디자인)

펴낸곳 다산북스 출판등록 2005년 12월 23일 제313-2005-00277호
주소 경기도 파주시 회동길 490
전화 02-702-1724 팩스 02-703-2219 이메일 dasanbooks@dasanbooks.com
홈페이지 www.dasan.group 블로그 blog.naver.com/dasan_books
종이 아이피피 출력·인쇄·제본 한영문화사 코팅 및 후가공 평창피앤지

ISBN 979-11-306-9783-3(03810)